W . SOMERSET MAUGHAM
COLLECTED SHORT STORIES

毛姆
经典短篇集

[英] 威廉·萨默赛特·毛姆——著

张和龙——译

陕西师范大学出版总社

图书代号：SK16N0064

图书在版编目（CIP）数据

毛姆经典短篇集 /（英）毛姆著；张和龙译 . —西安：
陕西师范大学出版总社有限公司，2016.3

　　ISBN 978-7-5613-8343-8

　　Ⅰ . ①毛… 　Ⅱ . ①毛… ②张… 　Ⅲ . ①短篇小说—小
说集—英国—现代 　Ⅳ . ① I561.45

　　中国版本图书馆 CIP 数据核字（2016）第 016989 号

毛姆经典短篇集
MAO MU JING DIAN DUAN PIAN JI

[英] 威廉·萨默赛特·毛姆 著　张和龙 译

责任编辑	焦　凌
特约编辑	陈艺恒
责任校对	巩亚男
装帧设计	董歆昱
出版发行	陕西师范大学出版总社
	（西安市长安南路 199 号　邮编710062）
网　　址	http://www.snupg.com
经　　销	新华书店
印　　刷	山东临沂新华印刷物流集团有限责任公司
开　　本	880mm×1230mm 1/32
印　　张	7.5
插　　页	4
字　　数	170 千
版　　次	2016 年 3 月第 1 版
印　　次	2016 年 3 月第 1 次印刷
书　　号	ISBN 978-7-5613-8343-8
定　　价	29.80 元

读者购书、书店添货或发现印装有问题，请与营销部联系、调换。
电　话：(029) 85307864　85303629　传　真：(029) 85303879

译者序

一

毛姆（William Somerset Maugham，1874—1965）恐怕是 20 世纪最具争议的英国作家之一。肯定他的人视他为"文学天才"，否定他的人觉得他只是个"畅销书作家"而已。其实，在英国现代小说史中，毛姆始终占有重要的一席之地，其地位仅次于伍尔夫、劳伦斯等少数几位作家。如果单就短篇小说而论，他可以毫无争议地跻身一流短篇小说家的行列。早在 20 世纪 20 年代，他就被文学批评界誉为"英国的莫泊桑"。在他生前，英国《新政治家》杂志称他是"当今在世最伟大的短篇小说家"。英国学者克莱尔·汉森说："任何一部 20 世纪短篇小说集，如果不收录毛姆的作品就会失去意义。"中国学者侯维瑞先生也指出："毛姆的长篇小说和剧本都取得了令人瞩目的成功，但是为他赢得最高荣誉、标志着他创作的新高度的却是他的短篇小说。"

终其一生，毛姆共创作了一百五十多部短篇小说，较有代表性的短篇集有《一叶颤动》（The Trembling of a Leaf，1921）、《木麻黄树》

I

（The Casuarina Tree，1926）、《英国间谍阿兴登》（Ashenden：Or the British Agent，1928）、《第一人称短篇小说六篇》（Six Stories Written in the First Person Singular，1931）、《阿金》（Ah King，1933）、《四海为家的人们》（Cosmopolitans，1936）、《像从前那样杂拌》（The Mixture as Before，1940）、《环境动物》（Creatures of Circumstance，1947）等。他的短篇小说可分为三大类：以欧洲为背景的"西方故事"，以南太平洋、东南亚和中国为背景的"东方故事"，以及阿兴登间谍故事。最受读者欢迎、也深受评论界好评的是那些带有浓郁"异域情调"的东方题材故事。正如美国学者莱布里奇所说："毛姆与东方的联系，与东南亚、太平洋岛屿以及中国的联系，正是其作品最吸引现代读者的地方。"

本书共收录了毛姆的十二个短篇，主要是"东方故事"与"西方故事"。在这两类故事中，毛姆聚焦于西方上流社会或中产阶级，笔锋直指人性的阴暗、丑陋或堕落。尤其是在"东方故事"中，毛姆并没有像斯蒂文森、吉普林或康拉德那样采用"帝国罗曼司"（Imperial Romance）的形式，来颂扬大英帝国的殖民主义统治，而是以冷峻的写实手法，对西方殖民者的上流社会进行了讽刺与批判。他既是西方现代文明的审视者与挑剔者，也是东方"异域"文化的观赏者与猎奇者。萨义德在《东方学》一书中称毛姆为"典型的东方主义作家"，是切中肯綮的。作为中国读者，我们在阅读毛姆时应当清楚，他对中国文化十分钦慕，但同时又不无根深蒂固的傲慢与偏见。在他的短篇小说中，"中国佬"（Chinaman）一词的频繁出现就是一个例证。

从创作手法上看，毛姆不同于同时代的现代主义作家。在他看来，一部优秀的小说应该有引人入胜的主题，生动鲜活的人物形象，构思精巧的故事情节，简洁明了的叙事风格，清晰、简洁与悦耳的语言，以及合乎人物性格的对话。他说："作者讲述的故事应该合情合理而且有条有理，故事应该有开端、中间和结尾，结尾必须是开端的自然结局。情节要具有可能性，不仅要有利于主题发展，还应该是由故事自然产生的。小说中的人物要有个性，他们的行为应该源于他们的性格。"对照本书中的短篇小说，不难看出毛姆确实是讲故事的行家里手，无愧于"故事圣手"的美誉。相比之下，不少现代主义作品佶屈聱牙，艰涩难懂，让很多读者敬而远之，难以亲近，而毛姆小说脍炙人口、雅俗共赏，就显得弥足珍贵、堪可称道了。

二

本书的十二个短篇结集而成"满满一打"（毛姆一短篇的篇名），其中"东方故事"占了较多的篇幅。《雨》选自《一叶颤动》。这个短篇最早以《汤普森小姐》为名刊登在美国纽约的一家杂志上。1922年被改编成剧本后在纽约百老汇上演，十八个月中连演六百四十八场。1925年，再度被改编后在伦敦环球剧院上演，不到两个月的时间就连演一百二十五场。1923年，《雨》被好莱坞以高价购得电影改编权，第一次被拍成电影。1932年再次被搬上银幕，影响巨大。《雨》讲述的是一个妓女与一位传教士之间发生的奇特故事。毛姆对人性欲望与虚伪的深刻揭示主要是通过精巧的叙事结构与充满戏剧性的冲突来完成的。他对"讲故事"的喜爱远远超越了弗洛伊德式的精神分析。此外，毛姆并没有着力描写南太平洋岛屿旖旎迷人的自然风光，而是更多地突出湿热幽闭的热带环境对人物行为与心理所产生的影响。这个短篇受到了莫泊桑《羊脂球》的影响，但是毛姆融异域风情与写实手法为一体，其风格完全不同于法国式的自然主义。

《情非得已》与《赴宴之前》选自《木麻黄树》，《丛林中的脚印》选自《阿金》。这三个短篇故事都是以英国在东南亚的殖民地马来亚和婆罗洲为背景。《情非得已》讲述了一个荒唐的跨种族婚姻故事，所表现的是殖民主义背景下种族歧视与文化冲突的主题。《赴宴之前》与《丛林中的脚印》写的是白人殖民者之间发生的离奇而冷血的谋杀故事，再现了英国殖民统治阶级在东南亚殖民地的生存状况。毛姆将这些白人殖民者置于遥远而陌生的"异域"环境下，描写他们的傲慢、偏见、孤独、空虚、欲望、恐惧与自私。从叙事层面看，毛姆使用他擅长的叙述技巧，以回忆的方式娓娓道来，层层剥笋，把故事讲得跌宕起伏，扣人心弦，最后的高潮过后，仍然能让读者回味再三。

《大班》《领事》选自毛姆的旅行杂记《在中国屏风上》（On a Chinese Screen，1922）。20世纪早期，毛姆曾两次访问中国，后来创作了多部涉华题材作品，《在中国屏风上》是其中的代表作。毛姆以随笔的形式和纪实的手法记述了对中国的印象，但上述两个短篇并不是旅行素描，而是非常成熟的虚构作品。它们后来被收入多种毛姆短篇小说集中，如《毛姆短篇故事全集》（The Complete Stories of

W. Somerset Maugham，1934）、《毛姆短篇小说选》（Collected Short Stories，1951）、《毛姆短篇小说六十五篇》（Sixty-five Short Stories，1976）等。这两个短篇描写了旅居中国多年的英国殖民者殖民流散者的故事，一直被看成是毛姆短篇小说中的名篇佳作。它们不同于其他以故事性见长的短篇，而是以人物意识作为叙述中心，带有明显的现代主义色彩。

《如此朋友》《一位绅士的画像》《梦》《逃婚》《病女露易丝》五个短小故事选自《四海为家的人们》。这些故事的场景分别设定在日本、俄罗斯、朝鲜以及英国本土，主要人物仍然是英国人或其他西方人。周游世界各地的毛姆秉持"世界主义"的视野，所探讨的主题仍然是人性的虚伪、自私、嫉妒、狭隘、偏执等。《如此朋友》写的是一个表里不一的英国人如何对自己的同胞落井下石的故事。《逃婚》与《病女露易丝》是两个"西方故事"，写的是人性的自私（或女性的自私），从中可以看出身为同性恋的毛姆对待女性的态度。《一位绅士的画像》和《梦》系首次被译成中文，在题材与风格上略显不同。上述这几个故事简短精练，意味隽永。

《食莲者》选自他的西方故事集《照方配药》。在这个故事中，风光旖旎的卡普里岛被建构成了现代都市人的"世外桃源"。毛姆借用《奥德赛》中的"食莲族"典故，描写了一个英国人如何放弃伦敦某银行经理的工作，来到卡普里岛上定居，过着一种寄情山水、悠闲自得的"另类"生活，老来却凄惨而死。从主题上看，这个短篇与毛姆的长篇代表作《月亮与六便士》一样，都隐含着对现代性的深刻思考。

在现代英语中，The Lotus Eater 意为"贪图安逸的人"，但主人公所追求的悠闲自得并不只是游手好闲的同义词。毛姆是以劳碌 / 悠闲的二元对立模式审视了现代人的生存方式以及某种充满诱惑但却注定了要失败的乌托邦理念。

三

下面谈一谈 The Lotus Eater 的翻译。这个典故的中文译名已经有很多，主要分为三类。第一类是将 lotus（或 lotos）译为"莲"，如"食莲人""食莲者""吃莲花的人"。这一类翻译历史最为悠久，争议也最多。第二类摒弃了"莲"的意象，奉"枣子说"为圭臬，译为"食落拓枣的人"，如陆谷孙的《英汉大词典》、陈中梅翻译的《奥德赛》等。第三类索性抛开"莲""枣"意象，意译为"吃忘忧果的人""吞食魔果的人"，或音义结合将 lotos 译为"荙陀果""洛托斯花"。我们在翻译毛姆的这个短篇时，一开始想意译为"落拓客"，但经过再三斟酌后，觉得"莲"的意象无论如何都应该保留，于是便采纳了读书界已有的译名"食莲者"，并以此作为中译本的篇名。

《奥德赛》中的 lotus 究竟系何种植物，实在难以考证。即使被考证出来是某种致瘾致幻的枣子或果实，但是与史诗中"知足忘忧"的花果意象不可同日而语。文学虚构来源于生活，但并不等同于生活。也许，荷马笔下的 lotus 所参照的是古希腊鼠李科的植物"枣莲"（ziziphus lotus），但它仍然只是虚构与夸张的产物。世界上并不存在某种叫"忘忧莲"的花果，吃了之后能让人忘却烦恼，乐不思蜀，它只存在于希腊的神话故事中。我们无须对之进行植物学上的烦琐考证，正如我们无须从人种学的角度来考证"塞壬女妖"一样。它与什么"后悔药""长生果""不老泉""忘川水"等虚构意象何其相似。这些药啊果啊泉啊水啊，从来都不会有人从医药学、植物学或地质学层面加以考证的。在中文语境中，"莲"也不仅仅限于"睡莲"或"水百合"。很多与"莲"不同种属、不同门类的花果草木都被冠上了"莲"的名号，如雪莲、榴莲、旱莲、木莲、苦莲、石莲、抱树莲、莲雾、火莲果、铁线莲等。因此，史诗中那种具有"忘忧"功能的奇花异果——"莲"，我们就无须狭隘地理解成我们常见的莲花或莲蓬子了，尤其是在文学想象与虚构的层面上。

从翻译与跨文化传播的角度来看，把《奥德赛》中北非某岛居民称为"食莲族"，将丁尼生的诗歌题目 The Lotus-eater 译为"食莲人之歌"，以及保留毛姆短篇小说篇名的"食莲"意象，可以充分展示中国语言文化所具有的吸纳外来文化的开放性与包容性。"食莲者"意象的输入，能有效地扩展中文"莲"字的文化内涵，也可以丰富中国语言文化的表现力。近九十年来的"食莲"话语实践表明，中文"莲"的意象可不必限定在"出淤泥而不染""清水出芙蓉"等"爱莲"文化层面，"食莲"也无须止于黄庭坚诗歌《赣上食莲有感》的单一美学维度。古词新意或旧瓶新酒，在跨文化传播中是一个普遍现象。想象一下，现代汉语中的"政治""经济""科学""社会主义""革命"等数不胜数的词汇，都是经由日文汉字而来的"外来词"，其内涵和外延已经与古汉语中的原义大不相同了。

　　"忠实于原作"是当下翻译界普遍认同的翻译法则。不过，对原作"愚忠"或"死忠"并不是一个可取的做法。考虑到译入语习惯及读者接受度，适当变通也是无可厚非的。尤其是在文学翻译中，译者不能过分拘泥于字词句的表层，以至于脱离文学审美的全局。局部的变通或"不忠"有时会有利于整体内涵的忠实传达。《食莲者》中有这样一段对话，是叙述者与友人对主人公凄惨结局的评论。友人说："He brought it on himself. After all,he's only got what he deserved."叙述者说："I think on the whole we all get what we deserve……"笔者在翻译时斗胆做了"不忠"的处理："这是咎由自取啊。毕竟，他只是自食苦果罢了。""是啊，世间众生种下了苦涩的莲果，最终只能由自己张口吞下……"此处增加了原句中没有的"莲果"意象，旨在与"食莲者"的中译名遥相呼应。这样做是否妥当，只能恭候读者方家批评指正了。

目 录

雨

差不多是回舱睡觉的时候了，等他们明天一早醒来，久违的陆地就会映入眼帘。麦克菲尔医生点上了烟斗，将身子斜靠在船栏上，在苍茫的天穹中搜寻着南十字星座。他在前线干了两年，本应愈合的一处伤口久久未愈。眼下令他高兴的是，自己可以在阿皮亚①静静地休养一年了。这次旅行让他感到精神焕发。船上部分旅客明天要在帕果帕果②下船，大伙儿在傍晚时分举办了一场告别舞会，至今他的耳鼓里仍然回响着自动钢琴发出的刺耳乐声，此时的甲板上终于曲终人散了。不远处，只见他的妻子坐在一把长椅上，正与戴维森夫妇相谈甚欢。他信步走到她的身旁，在婆娑灯影中坐了下来。他摘下帽子，露出一圈深红色的头发，头顶处光秃一片，皮肤泛着红色、长满色斑。他年届四十，身材精瘦，脸形干瘪，行事干练，浑身透着学究气，说话时带着苏格兰口音，声音非常低沉，语调平缓。

① 南太平洋西萨摩亚的首府与港口城市。
② 南太平洋美属东萨摩亚的首府与港口城市。

船行期间，麦克菲尔夫妇与传教士戴维森一家早已结下了亲密无间的友谊。这倒不是因为他们两家人志趣相投，而是因为近距离交往的缘故。他们之间的主要纽带还在于他们都看不惯那些在吸烟室内没日没夜打扑克、玩桥牌、乱喝酒的家伙们。一想到她和丈夫是戴维森夫妇在船上最愿意结交的人，麦克菲尔夫人就备感荣幸。连腼腆而精明的医生本人也在不知不觉中对他们的好意欣然笑纳了。不过，他生来一副斗嘴好辩的天性，夜半时分就在客舱内找着碴儿挑起传教士夫妇的毛病来。

　　"戴维森太太一直在说，要不是遇到我们，这一趟旅行他们真不知道该怎么熬过去呢，"麦克菲尔夫人一边说着，一边熟练地梳着假发。"她说，整条船上，他们最乐于交往的就是我们俩了。"

　　"我总觉得传教士算不上什么大人物吧，竟然也装腔作势摆起了谱来。"

　　"那可不是摆谱。她说那话的意思，我倒是挺能理解的。要是让戴维森夫妇与吸烟室里的那帮粗鄙家伙们搅和在一起，那可真是太不像话了。"

　　"他们教会的老祖宗可没那么挑三拣四吧。"麦克菲尔医生轻声笑着说。

　　"我跟你说过多少遍了，不要拿他们的教会开玩笑，"他的妻子回应道，"我可不想染上你这样的坏毛病，阿列克，你从来都看不见别人身上的优点。"

　　他眨着苍白乏力的蓝眼睛，朝妻子乜斜了一眼，但是没有吭声。结婚这么多年来，他早已学会了任她数落而不反驳，这样对夫妻和睦相处倒是不无好处的。他赶紧宽衣解带，爬到上铺，躺下后看起了书，随后进入梦乡。

　　第二天早晨，他来到甲板上，船已经离海岸很近了。他用贪婪的眼睛朝陆地看去，只见一条细长的银色沙滩蜿蜒伸向山丘，山顶上覆盖着郁郁葱葱的植被。差不多靠近海岸的地方，密布着葱绿的椰子树。树林中可以看见一座座萨摩亚人的茅屋。茅屋丛中，零星点缀着熠熠发光的小教堂。戴维森太太走过来，在他身旁站住脚。她穿着一身黑色衣服，脖子上戴着一条金链子，链子上吊着一个小十字架。她身材矮小，干枯的棕色头发梳得整整齐齐，一双暴突的蓝眼睛上戴着一副不起眼的夹鼻眼镜。她的脸精瘦细长，如绵羊的脸一般，但不会给人以傻乎乎的印象，相反却透露出极度的机敏。她身形敏捷，颇似飞翔中的小鸟。她身上最引人瞩目之处莫过于她的嗓音了——高亢，铿锵，毫无婉转之色。那声音落在耳膜上，硬邦邦的，干巴巴的，刺激着人的神经，仿佛是风钻发出的无情轰鸣声。

　　"这座岛看起来很像你们待的地方啊。"麦克菲尔一边说着，一边挤出笑容来。

　　"我们那地方都是低矮的小岛，和这些岛屿可不一样，它们都是珊瑚岛。这儿的岛屿却是火山岛。还要走十天的航程才能到我们那儿呐。"

　　"看着这些岛屿，就跟看着老家的街坊邻里差不多。"麦克菲尔打趣道。

　　"是啊，你这样说未免太夸张了。不过，在南海这地界，人们对距离的远近却抱有不同的看法。说起来，你的话倒也不能说不对。"

　　麦克菲尔轻轻叹了口气。

　　"很高兴我们不是在这儿传教，"戴维森太太继续说着，"据说在这儿传教真是困难重重。远航的轮船不时停靠过来，把岛上的人心都给搅乱了。再者，岛上还驻扎着海军，这对当地人来说可不是什么好事情。在我们那儿，可没有这么多困难需要克服。当然，也有一两个生意人跑来，但是我们会时刻提防着，叫他们恪守规矩。一旦坏了规矩，我们就打发他们卷铺盖走人。"

她用手扶了扶鼻梁上的眼镜，随后用冷峻严肃的目光凝视着这座绿色的岛屿。

"把传教士们安排在这儿传教，几乎不可能达到目的。我们没有被派到这儿来，真是谢天谢地啊。"

戴维森传教的地方是萨摩亚北部的一个群岛。那些岛屿星罗棋布，相距甚远。他经常坐着独木舟，在各个小岛间长途奔波。这个时候，他的妻子就留守在教区总部，独自处理教堂事务。一想到她处理教务时风风火火的样子，麦克菲尔医生不免心中一沉。她在说到当地人如何腐化堕落时，语调尖厉，慷慨激昂，那神情透着极度的恶心与憎恶。知耻明羞的本能在她身上异乎寻常地强烈。早在他们刚认识的时候，她就说过：

"你知道吗，我们最初去到那些岛上的时候，土著人的婚俗恶习真是让人触目惊心啊，我简直无法向你描述。我还是先告诉麦克菲尔太太，再让她来讲给你听吧。"

随后，他看见妻子与戴维森太太并肩坐在帆布长椅上，神情严肃，促膝相谈，长达两个小时左右。他在两人身前的甲板上来回踱步。戴维森太太那情绪激昂的低语声，犹如从远方传来的山洪暴发的闷响。他的妻子嘴巴大开，脸色煞白，看得出正在聆听一段骇人听闻的异域奇事。入夜时分回到舱房，她用低沉的语调向丈夫转述了一切。

"怎么样，我可没有瞎说吧？"第二天，戴维森太太眉飞色舞地喊道，"还有比这样的事更骇人听闻的吗？现在你知道我为什么不能亲口跟你讲了吧？尽管你是一位医生。"

戴维森太太仔细端详着他的脸，迫不及待地渴望从中看到自己精心安排所达到的预期效果。

"你能想象我们第一次去那儿时的沉重心情吗？如果我跟你说，那些村子里找不到一个好姑娘，你是绝对不会相信的。"

她使用"好"这个字眼时，纯粹是从技术层面上来讲的。

"戴维森先生和我反反复复商量过了。我们决心整治的第一件事就是废除那儿的跳舞习俗。当地土人对跳舞真是痴迷疯狂啊。"

"我年轻的时候并不反对跳舞。"麦克菲尔医生说。

"昨天晚上，我让麦克菲尔太太跟你提前通气，我就料到了你会这样说的。我觉得，丈夫和妻子跳一跳舞，确实没有什么坏处，可是令人宽慰的是，你太太是不会跳舞的。在那种情形下，我想到的是，我们最好能循规蹈矩一点。"

"在哪种情形下？"

戴维森太太透过夹鼻眼镜朝他瞥了一眼，但是没有回答他的问题。

"可是在白人那儿，情况就大不一样了，"她继续说着，"尽管我必须要说的是，我同意戴维森先生的观点。他说他不能理解的是，丈夫怎么能站在一旁，看着自己的妻子被搂在另一个男人的怀中？就我来说，自打结婚起，我就再也没有在舞池里跳过一步舞了。可是土著人跳舞却是另外一回事了。跳舞不仅不道德，而且肯定会伤风败俗的。然而，我要感谢上帝，我们最后还是把跳舞的风俗给废除了。如果说，八年里我们的教区都一直没人跳舞，那可是千真万确的事情。"

这时候，轮船驶近港口。麦克菲尔夫人来到他们身旁。船突然转弯，在鸣响汽笛后，缓缓驶入港口。这是一个被陆地环抱的大港，大得可以停泊整个舰队。高耸而陡峭的绿色山峦将船包围起来，港口附近，迎着徐徐海风，矗立着总督府的楼房，房子四周是花园，一根旗杆上悬挂着一面耷拉下来的星条旗。轮船经过两三幢整齐的平房，还有一个网球场，随后来到一个布满仓库的码头前。码头附近两三百码处，停泊着一艘纵帆船，戴维森太太用手指了指，他们将乘坐这艘船去阿皮亚。码头上挤着一群急不可耐、吵吵嚷嚷、心情愉快的土著人。他们从岛屿各处赶来，有的是出于好奇，有的和转乘悉尼的船客做点生意。他们兜售着菠萝，大串大串的香蕉，塔帕土布，用贝壳与鲨鱼牙做成的项链，卡瓦碗，独木战舟模型。一些美国船员穿戴整齐，胡子刮得干干净净，正在土著人中间闲逛着。那儿还有一小群当地官员。轮船卸载行李期间，麦克菲尔夫妇和戴维森太太打量着这群土著人。麦克菲尔医生注意到大多数儿童与半大男孩似乎都患上了雅司病[①]，皮肤上的破烂脓疮就像是得了慢性溃疡病似的。当他生平第一次看到象皮肿[②]的病例时，他做医生职业的眼睛熠熠生光。这些得病的人在四周走来走去，不是有一条粗重笨大的手臂，就是拖着一条畸形变位的腿。男男女女的腰里都系着土里土气的围布。

"这样的装束真是太难看了，"戴维森太太说，"戴维森先生认为应该立法禁止。下身什么都不穿，只围上那么一块红布，怎么能让他们不做出伤风败俗的事情来呢？"

"这样的衣着倒是很适合这里的气候。"医生一边说着，一边抹

---

① 一种热带症状慢性皮肤传染病。
② 又称淋巴水肿，由于淋巴液回流受阻并长期淤积，致使皮肤和皮下组织增生，皮皱加深，皮肤增厚变硬粗糙，外观似大象皮肤，故名象皮肿。

去额头上的汗水。

这时，他们已经离船上岸了。尽管仍然是清晨时分，但天气已经酷热难耐了。港口四周群山环抱，一丝风儿也刮不进帕果帕果来。

"在我们的那些岛上，"戴维森太太继续用尖厉的声音说着，"我们基本上根除了围布习俗。眼下只有一些老人仍然系着。女人现在都穿着女式大罩衣，男人们都穿上了裤子和衬衫。我们最初待在那儿的时候，戴维森先生曾在一份报告中说：这些岛上的土著人永远成不了基督徒，除非让十岁以上的男人都穿上裤子。"

戴维森太太飞快地朝天空瞥了两三眼。港口处飘来了浓重的黑云，天开始下雨了。

"我们最好找个地方避雨。"她说。

他们随着人群来到一幢铁皮屋顶的大房子中。大雨开始倾盆而下。他们在房子里站了一会儿。这时，戴维森先生也来了。航行途中，他对麦克菲尔夫妇一直彬彬有礼，可是他却不像他太太那样喜欢交往，所以大多数时间都在看书。他是一个沉默寡言、郁郁寡欢的人。你能感觉到，他的和蔼可亲只是因他的基督徒身份而强加给自己的一种责任。他天性矜持内敛，甚至带着孤僻。他的外表尤为与众不同。他又高又瘦，四肢颀长而松软，脸颊凹陷，颧骨出奇地高耸。他的面色苍白，犹如尸体一般，双唇却十分饱满，充满性感，猛一看见着实吓人一跳。他蓄着一头长长的头发，深陷的眼窝中有一双黑色的大眼睛，眼神带着悲戚。他的双手优雅匀称，手指又大又长，他的整个外表透着巨大的力量。然而，他身上最引人注目之处莫过于让人感觉他是一团被遏制的火焰，这团火焰既令人难忘，又隐约让人感到不安。要与他这样的人亲密交往几乎是不可能的。

眼下他带来了令人不悦的消息：岛上的卡纳卡人患上了麻疹。这种病很危险，经常置人于死命。纵帆船上的水手已经染上了一例，而他们将要乘坐的就是这艘纵帆船。病人被转到岸上的防疫站接受治疗了。可是从阿皮亚发来的电报上说，只有确认再也没有其他水手染病后，纵帆船才能被允许开进海港。

"也就是说，我们要在这里至少待上十天了。"

"可是阿皮亚那儿急需我赶过去呀。"麦克菲尔先生说。

"那也没有办法。如果大帆船上没有别的水手染病，那么就会带上白人乘客启程。三个月内，所有其他交通工具都要禁止通行。"

"可这儿有旅馆吗？"麦克菲尔夫人问。

戴维森勉强一笑。

"没有。"

"那么我们该怎么办呢？"

"我和总督谈过这件事了。倒是有一位店主愿意拿出一些房间出租。我建议只要大雨一停，我们就到那儿去看一看。别指望能住得舒服啦。如果有一张睡觉的床，还有一个遮风挡雨的屋顶，我们就得谢天谢地了。"

可是大雨始终没有停下来的迹象。后来，他们只好打上雨伞穿上雨衣动身了。那儿没有市集，只有一些政府的楼房，一两家商店，还有几座土著人的草屋掩映在椰子树和香蕉林中。他们要找的房子离码头五分钟的路程。这是一栋两层的木板房，两个楼面都有阳台，瓦楞状的铁皮屋顶。房主是个混血儿，名字叫霍恩，妻子是土著人，身旁围着几个棕色皮肤的孩子。他在一楼开了间商店，卖一些罐装食品和棉布。店主领着他们看了房间，里面几乎没有像样的家具。麦克菲尔夫妇的房间里，只有一张简陋的旧床，上面挂着一顶破旧的蚊帐，还有一把快要散架的椅子和一个脸盆架。他们心情沮丧地朝四周查看着，瓢泼的大雨仍然没有停止。

"我就不把行李打开了，实际上我们也不需要。"麦克菲尔夫人说。她在打开旅行箱时，戴维森太太走进房间。戴维森太太依然十分活泼而机灵，糟糕透顶的环境并没有对她产生丝毫影响。

"我给你们提个建议，你们找根针和碎布，现在就把蚊帐补上吧，"她说，"否则，今天晚上你们就甭想睡安稳觉了。"

"蚊子真有那么厉害吗？"麦克菲尔医生问。

"这个季节正是蚊虫肆虐的时候。要是在阿皮亚，你们被邀请去参加总督府的晚会，就能看见所有女宾都会拿上一个枕套，把她们的——她们的下肢给围上。"

"我真希望雨能够消停一会儿，"麦克菲尔夫人说，"如果有太阳的话，我会仔仔细细地把这个地方好好收拾一下。"

"唉，要是你等太阳出来的话，还不知道等到猴年马月呢。帕果帕果是太平洋岛屿中雨水最多的地方。你看看那些山峦，那座海湾，它们可都是招惹雨水的主儿。不管怎么说，每年这个时候，人们都知道雨水会连绵不断地下起来。"

她看看麦克菲尔医生，又看看麦克菲尔夫人，只见他们俩一筹莫展地站在那儿，一副失魂落魄的样子。她抿紧了嘴巴，觉得自己应该主动请缨帮帮他们了。像他们这样中看不中用的人，尽管使她感到很不耐烦，可是她的双手总不免痒痒，恨不得把一切都安排妥当。对她来说，这样做是多么顺理成章的事情啊。

"好了，你们把针和布给我，我来替你们补补蚊帐吧，你们继续

9

整理你们的旅行箱。一点钟吃午饭。麦克菲尔医生，你最好去一趟码头，看看你们的大件行李是不是放在雨淋不到的地方。你知道这些土著人是什么样子，他们放行李的地方，很有可能会淋到雨的。"

医生又把雨衣穿上，走到楼下。霍恩先生正站在门口与人说话，一个是轮船上的舵手，另一个是二等舱的乘客，麦克菲尔医生在甲板上见过几次。那舵手身材矮小，浑身邋遢，见他走过来时朝他点头示意。

"碰到麻疹真是一件倒霉的事儿，医生，"他说，"我看到你们已经安顿下来了。"

麦克菲尔医生心想，这家伙真喜欢随便套近乎，但是他一向谨小慎微，所以也不太容易动怒。

"是的，我们在楼上租了间房。"

"汤普森小姐和你们同船去阿皮亚，所以我把她带到这儿来了。"

舵手用手指了指站在身旁的女子。她大约二十七八岁，体态丰满，一身俗气打扮，但人长得漂亮。她穿了一身白色衣裙，戴着一顶白色的大帽子，粗胖的小腿裹在白色的布袜子中，鼓鼓囊囊的，脚上穿着一双绵羊皮革的白色长靴。她朝麦克菲尔医生嫣然一笑。

"这么糟糕的房间，老板竟然要收我一块五的房费。"她用嘶哑的声音说着。

"我跟你说，她可是我的朋友，乔，"舵手说，"她最多只能付一块钱。你就降价照顾她一下吧。"

又胖又圆的店主嘿嘿一笑。

"好了，斯万先生，既然你都帮她求情了，我就看看能不能做点什么。我会和霍恩太太商量一下。要是可以的话，我们会给房费打折的。"

"别找这样的借口来搪塞我了，"汤普森小姐说，"我们现在就把价钱讲好。房费一天一块钱，再多一个子儿也没有了。"

麦克菲尔医生笑了。他比较钦佩汤普森小姐讨价还价时的大胆。他自己却是那种别人要多少钱自己就付多少钱的主。他宁可多花一些冤枉钱，也不愿喋喋不休地砍价杀价。店主叹了口气。

"好吧，看在斯万先生的面子上，我就收你一块钱吧。"

"这才是生意之道嘛，"汤普森小姐说，"快进来吧，我请你们喝杯土酒。我的那个提包里有些地道的好酒呢。麻烦你把包拿过来，斯万先生。你也过来喝一杯，医生。"

"噢，我想我不能喝酒了，谢谢你，"他回应道，"我正要去码头，看看我们的行李是不是放好了。"

他迈步走入大雨中。大雨从港口处一阵阵席卷而来，港口对面的海岸模糊一片。他从两三个土著人身旁经过，只见他们身上只围了块土围布，其他什么也没穿。他们手里撑着一把把大伞，都小心翼翼地走着，显得从容不迫，腰板挺得很直。他们面带微笑，从他身边走过去的时候，用一种陌生的语言向他问好。

差不多午饭的时候，他赶了回来。他们的午餐摆在店主的客厅里。客厅原来不是供房客起居用的，只是为了装点门面，里面的空气散发着霉味，令人难受。沿着墙壁整整齐齐摆着一套长毛绒沙发，天花板上铺着防苍蝇的黄色纸巾，中央处吊着一盏镀金的枝形吊灯。戴维森没来吃饭。

"他拜访总督去了，"戴维森太太说，"我想总督留他吃午饭了。"

一个土著小女孩端来一盆汉堡牛排。过了一会儿，店主走过来，看看他们想要的东西是不是都有了。

"我想我们又多了一个同住的人了，霍恩先生。"麦克菲尔医生说。

"她只是租了一间房，没别的，"店主回应说，"吃饭的事她自个儿解决。"

他带着讨好的神情看着两位女士。

"我把她安排在楼下，所以是不会妨碍你们的。她不会给你们带来任何麻烦。"

"也是从那条船上下来的吗？"麦克菲尔夫人问。

"是的，夫人，她是二等舱的乘客。她要去阿皮亚。那儿有一个出纳员的工作正等着她呢。"

"哦！"

店主离开后，麦克菲尔医生说：

"我想，她在自己房间吃饭，一定觉得很没劲的。"

"如果她是二等舱的乘客，我想她也只能这样了，"戴维森太太回应道，"我还不知道她究竟是什么样的人呢。"

"舵手带她来的时候，我碰巧见过她。她名叫汤普森。"

"是不是昨天晚上与舵手跳舞的那个女的？"戴维森太太问。

"那一定是她了，"麦克菲尔夫人说，"我当时还在想她是做什么的。我觉得她的行为相当不检点。"

"根本就不是端庄淑女！"戴维森太太说。

随后他们谈论别的话题。因为今天起得早，午饭后大家感到困倦，所以各自回房睡觉。他们一觉醒来后，天空仍然是灰蒙蒙的，乌云依旧低垂着，但大雨已经停了。他们来到美国人修建的海湾公路上散步。

他们回来的时候，发现戴维森先生刚好进门。

"我们可能要在这儿待上两个星期，"他急躁地说，"我与总督还发生了争论，可他说他也毫无办法。"

"戴维森先生渴望着早点回去工作呢。"他的妻子说完，用焦急的目光看着他。

"我们离开那儿已经一年了，"他边说边在门廊里来来回回地走着，"传教的事情由当地土著传教士在负责。我特别担心他们会把事情弄得更糟。他们都是好人，我是不会说他们一句坏话的。他们敬畏上帝，为人虔诚，是真正的基督教徒——他们的基督精神会让国内很多所谓'基督徒们'感到脸红的——可遗憾的是，他们的工作能力较为有限。让他们管一管教堂里的事务，一次可以，两次也可以，但一直让他们管下去就不行了。如果让土著传教士负责传教的事情，不管他们如何值得信赖，可到了一定的时候，就不难发现，他们又会不自觉地沾染上各种坏毛病的。"

戴维森先生静静地站着。他的身材又瘦又高，苍白的脸上一双大眼睛炯炯有神。他是一个令人印象深刻的人。从他的激情的手势和深沉、响亮的声音中，他的真诚显而易见。

"我盼望着能立刻投入到工作中去。我要行动起来，立刻行动起来。如果大树已经腐烂透顶了，那就应该连根拔除，将它们扔进火堆里去。"

傍晚时分，他们吃过茶点——这也是他们当日最后一餐——坐在空气沉闷的客厅里，两位女士在忙着针线活，麦克菲尔医生抽着烟斗，传教士跟他们讲起了他在那些岛屿上的工作经历。

"我们刚到那儿的时候，土著人根本没有什么原罪的概念，"他说，"他们违反了一条又一条上帝的戒律，却从来不知道自己犯下了罪孽。我想，我的工作中最为艰难的部分，就是给土著人灌输原罪的思想。"

麦克菲尔夫人早已知道戴维森先生曾经在所罗门群岛工作过五年，后来才遇到戴维森太太。戴维森太太此前在中国传教。他们俩在波土顿相逢相识，当时他们正好都利用假期在那儿参加一个传教士大会。结婚后，他们被选派到那些岛屿上传教，打那时起就一直工作到现在。

在他们与戴维森先生的所有谈话中，有一件事对他们来说显而易见：这个人具有不屈不挠的勇气。他是一个能出诊行医的传教士，随时都有可能被叫到某个岛上，去诊病治病。每逢雨季，在肆虐狂暴的太平洋上，即使搭乘捕鲸船也很不安全，可他却经常坐着土著人的独木舟，甘冒巨大的风险往来海上。但凡有人身患疾病，或是遭遇意外，他都随叫随到，毫不迟疑。有那么十几次吧，他在船上整夜苦熬自救，才得以保全性命。他经常久去未归，毫无音信，戴维森太太曾不止一次陷入痛苦的绝望中。

"有时候，我哀求他不要出门了，"她说，"即使要出门，那也应该等到天气好转、风平浪静的时候，可他总是置之不理。他早已固执成性了。他一旦做出决定，就坚定不移，绝难动摇。"

"要是连我也畏畏缩缩，那又怎么能让土著人笃信上帝呢？"戴维森大声说道，"我这不是固执，根本不是固执。他们一有困难就会找我，也知道我肯定会赶过去，只要人力尚可为之。我替上帝讲经传道，上帝怎么能把我弃之不顾呢？要知道狂风大作，是因上帝的吩咐；波涛汹涌，是因上帝的指令。"

麦克菲尔医生性格胆怯。炮弹从战壕上空呼啸而过时，他都感到胆战心惊，难以习惯。他在前线医疗站做手术时，汗水从额头上汩汩流下，模糊了他的眼镜，他也只能尽力稳住瑟瑟发抖的双手。他看了传教士一眼，脊背有些寒战。

"我真希望自己能毫不畏惧。"他说。

"我真希望你能信仰上帝。"戴维森先生反驳道。

14

那天晚上，传教士的思绪穿越时光，回到了他与妻子在那些岛屿上共同度过的早年岁月。

"有时候，戴维森太太和我只要相互对视一下，就会泪流满面。我们马不停蹄、日日夜夜地工作着，却没有取得任何进展。当时，要是没有她的话，我真的是一筹莫展。每当我心情沮丧，或即将陷入绝望的时候，都是她给了我勇气，给了我希望。"

戴维森太太低头看着手上的针线活，瘦削的脸颊上泛起一丝红晕。她的双手微微颤抖着，不知道该说什么好。

"当时没人能帮到我们。我们孤立无援，我们的家人远在千里之外，黑暗把我们包围了起来。每当我萎靡不振或疲惫不堪的时候，她总是放下手中的活计，拿起《圣经》对我朗读起来，直到我心神完全恢复宁静，犹如睡意爬上了孩子的眼皮。最后，她合上《圣经》对我说：'不管他们如何冥顽不化，我们一定要让他们得到救赎。'我觉得，我的心智在主的引领下再一次强大起来。我就回应她说：'是的，在上帝的帮助下，我一定能让他们得到救赎，一定要让他们得到救赎！'"

他来到桌子旁，站在那儿，犹如站在传道台旁。

"他们的天性是那么腐化堕落，要让他们看清自己的邪恶真是异常艰难。我们就是要从他们习以为常的行为中定出罪恶来。我们不仅将通奸、谎言、偷窃定为罪恶，还将赤身裸体、跳舞、不做礼拜定为罪恶。我们将女人袒胸露乳定为罪恶，也将男人不穿裤子定为罪恶。"

"是吗？"麦克菲尔医生略显惊讶地问道。

"我对他们处以罚款。让他们意识到某个做法是罪恶的，唯一的办法就是：他们一旦犯错就实施处罚。他们不做礼拜，我处罚他们。他们跳舞，我处罚他们。他们衣着不当，我处罚他们。我列出了一张处罚清单，每一桩罪恶都处以相应的罚金，或判处劳役。最后，我终于促使他们幡然醒悟了。"

"难道他们从来就没有拒绝处罚吗？"

"他们怎么敢呢？"传教士反问。

"谁站出来反对戴维森先生，那一定是胆大妄为之徒了。"戴维森太太说完后抿紧了嘴唇。

麦克菲尔先生充满困惑地看着戴维森。他对所闻之事感到震惊，但又不想直言不讳地表示反对。

"你们不要忘记，我还拥有最后的撒手锏，那就是将他们革除教籍，逐出教堂。"

"他们很在乎教籍吗？"

戴维森微微一笑，轻轻地搓起了双手。

"没有教籍，他们就卖不了椰子肉干。人们出海捕鱼，他们就得不到应有的分成。这就意味着他们要忍饥挨饿。他们当然是很在乎教籍的。"

"你跟他讲讲弗雷德·奥尔森的故事吧。"戴维森太太说。

传教士用恶狠狠的眼神盯住麦克菲尔医生不放。

"弗雷德·奥尔森是个丹麦人。他在这些岛屿上做生意已经很多年了。就像其他生意人一样，他相当有钱。我们刚来的时候，他很不高兴。他在岛上一直为所欲为，作威作福。他对土著人的椰子干强买强卖，从不付现钱，只用商品和威士忌交换。他娶了一个土著女人为妻，但他明目张胆地出轨。他还是一个酒鬼。我给了他悔过自新的机会，但是他拒不领情，还公然嘲笑我。"

戴维森说到后来，声音越来越低沉，最后沉默了一两分钟。那沉

16

默带有浓重的威胁意味。

"时过两年，他就变得贫困潦倒了。他在二十五年中积聚的财富丧失殆尽。是我让他一文不名的。最后，他迫不得已来找我，就像乞丐一样，哀求我放他一条生路，给几个钱能让他买张船票回到悉尼去。"

"他哀求戴维森先生的情形，我真希望你们能亲眼见到，"传教士的太太说，"他原来是一个健康、强壮的人，身型偏胖，嗓音高亢洪亮。可是现在，他瘦骨嶙峋，浑身哆嗦，似乎一夜之间就变得老态龙钟了。"

戴维森朝室外的夜色看去，眼神空旷迷离。外面又开始下起雨来。

突然，楼下传来一声轰响。戴维森转过身来，两眼困惑地看着妻子。那是留声机发出的刺耳的、响亮的音乐声。

"怎么回事？"他问。

戴维森太太将鼻梁上的眼镜夹紧。

"二等舱的一位乘客在这儿租了间房。我想声音是从她那儿发出来的。"

他们静静地听着。不一会儿，他们又听见了跳舞的声音。这时，音乐声停下了。他们听见开瓶塞的声音，以及越来越大轻快活泼的交谈声。

"我敢肯定，她正在与船上结识的朋友搞派对呢，"麦克菲尔医生说，"轮船要在十二点钟起航，是不是？"

戴维森未作评论，但他看了看手表。

"你做好了吗？"他问自己的太太。

戴维森太太站了起来，叠好手中的针线活。

"是的，我想我做好了。"她答道。

"现在就去睡觉，是不是太早了？"医生说。

"我们还有很多材料要读，"戴维森太太解释道，"无论走到哪里，我们都要在睡觉前读完《圣经》中的一章。我们会仔细研读，还要评论，深入透彻地进行研讨。研讨可以使大脑得到出色的训练。"

两家人互道晚安后告别。房间里只剩下麦克菲尔医生和麦克菲尔夫人了。有两三分钟的时间，他们都没有说话。

"我想，我去把纸牌拿来。"医生终于开口说话了。

麦克菲尔夫人满腹狐疑地看着他。她与戴维森夫妇的交谈使她略感不安，但是她不想把自己的想法说出来。戴维森夫妇随时都有可能再来，他们最好不要玩牌。麦克菲尔医生把牌拿来了。她看着丈夫独自把牌摊开，内心隐隐约约感到某种负罪感。楼下继续传来了派对的欢笑声与喧闹声。

第二天雨过天晴。既然不得不在帕果帕果无所事事地待上两个星期，麦克菲尔夫妇打算让自己乐在其中。他们来到码头，从行李箱中拿出很多书来。医生拜访了海军医院的主治外科医生，协助他一起到病房巡诊。他们还在总督府留下了名片。回去的路上，他们遇到了汤普森小姐。医生脱帽致意，她用响亮、快乐的声音向他问候："早上好，医生。"她的衣着与昨天一模一样，一身白色衣裙，脚穿锃亮的白色高跟皮靴，肥胖的双腿鼓鼓囊囊的，在这个充满异域风情的小岛上，算得上是真正的奇装异服了。

"我想她这身打扮很不得体，我不得不这样说了，"麦克菲尔夫人说，"在我眼里，她这副样子真是俗不可耐啊。"

他们回到住处的时候，汤普森小姐正在阳台上与店主的一个混血孩子玩耍。

"跟她打个招呼吧，"麦克菲尔医生低声对妻子说，"她一个人待在这儿挺孤单的。对她不理不睬，真有点儿不厚道。"

麦克菲尔夫人比较腼腆，不过她有一个习惯，就是对丈夫言听计从。

"我想我们都是住在这儿的房客。"她搭话说道，显得相当笨拙。

"困在这个巴掌大的破地方，真是糟糕透了，是不是啊？"汤普森小姐回应道，"他们还跟我说，我很幸运租到了一间房。幸好我没待在土著人的房子里，有些人却不得不住到那儿去了。我就是搞不懂，他们为什么不在这儿开一家旅馆呢？"

她们又交谈了几句。显然，大声嚷嚷、喋喋不休的汤普森小姐很愿意与她唠嗑，可是麦克菲尔夫人对闲聊很不擅长。没过多久，她就说道：

"好了，我想我们要上楼了。"

傍晚时分，他们坐下来吃茶点，戴维森匆忙走进来说：

"我看见楼下那个女的与两个水手坐在一起。我很纳闷，她怎么会结交这些人呢？"

"她真不检点。"戴维森太太说。

一整天无所事事、漫无目标后，大家都感到疲惫不堪了。

"要是后面两个星期都这样的话，我们肯定会无聊透顶的。"麦克菲尔医生说。

"唯一的办法就是将时间分成几块，分别做一些不同的事情，"传教士回应道，"我会花几个小时读书，再花几个小时锻炼，不管是刮风还是下雨——在这样的雨季里，过分在意天晴与否，那真是没法活了——最后花几个小时娱乐一下。"

麦克菲尔医生用疑虑不安的眼光看着他的同伴。戴维森的这个计划使他感到压抑。他们正在吃的还是汉堡牛排。这儿的厨师似乎只会做这唯一的一道菜。这时，楼下的留声机又响了起来。戴维森听到后，立刻变得焦虑不安起来，但什么也没说。男人的声音传了上来。汤普森的客人们正在合唱着一首广为人知的歌曲。不一会儿，他们又听到了她本人的歌声，那声音嘶哑而响亮。歌声中还夹杂着大量的喊叫声，哄笑声。楼上的四个人原本想谈天闲聊，却身不由己地听着楼下碰杯时的叮当声，以及椅子挪动时的咯吱声。显然，来的人更多了。汤普森小姐正在搞派对。

"我真纳闷，这些人怎么都跑到她这儿来了。"麦克菲尔夫人突然说道，打断了传教士与丈夫正在交谈的医学话题。这句话暴露了她的思绪飘到那儿去了。戴维森脸部的肌肉抽动了一下。这也说明，尽管他在谈论科学问题，但忙碌不停的心思也飘到那同一个方向去了。正当麦克菲尔医生大谈自己在弗兰德斯前线的经历时，戴维森突然大喊一声跳了起来。

"怎么回事，阿尔弗莱德？"戴维森太太问。

"哎呀！我以前怎么没有想到啊。她是从伊韦雷来的。"

"不可能。"

"她是在火奴鲁鲁①上船的。这是明摆着的事情。她正在这儿做皮肉生意。就在这儿。"

他用慷慨激昂、义愤填膺的语调说完了最后几个字。

"伊韦雷是什么地方？"麦克菲尔夫人问。

他用沮丧的目光朝她看去，声音颤抖而透着恐惧。

"火奴鲁鲁岛上的瘟疫之地。就是那片红灯区。是我们这个文明世界肮脏龌龊的地方。"

---

① 即檀香山。

20

伊韦雷位于城市边缘地带。你从海港附近的偏街小巷走下去，在黑暗中跨越一座摇摇欲坠的小桥，来到一条废弃的马路上，走过坑坑洼洼、凹凸不平的路面，最后突然进入一片光亮中。马路的两旁都是停车场，还有大量炫丽亮堂的酒吧，理发店，烟草店。每一个酒吧都有自动钢琴奏乐，显得喧嚣吵闹。空气里弥漫着躁动以及急不可耐的狂欢氛围。你转身走进一条小巷，无论向左还是向右，就走进红灯区了，因为马路将伊韦雷分成了两块。这儿的一排排平房干净整齐，漆成绿色，平房之间的通道宽敞而笔直。那布局就像是一座花园小城。令人肃然起敬的匀称性，以及井井有条、整齐划一的格局，既带有嘲讽的意味，又让人感到厌恶。烟花之地从来都没有这样体系健全、秩序井然过。过道里偶尔会被灯光照亮。这些过道本来是漆黑一片的，但那些敞开的窗户里时不时透出些光亮来。男人们在这里四下闲逛着，打量着坐在窗户前的烟花女子。这些女子或在看书，或做着针线活，大多数时候对这些过客们毫不在意。就像这些烟花女子一样，这些男人们来自世界各国。这里有很多美国人，有海港内停泊的船只上的水手，有喝得酩酊大醉的巡逻艇上的现役军人，有驻扎在岛上的白人与黑人士兵。有日本人，他们三三两两走在一起。还有夏威夷人，穿长袍的中国人，戴着怪异帽子的菲律宾人。他们全都沉默无语，仿佛饱受压抑似的。人的欲望真是可悲啊！

"这是太平洋岛屿中最臭名昭著的地方，"戴维森大声喊叫着，"多少年来，传教士们义愤填膺，强烈反对。当地的报纸后来也大声疾呼，可是警察却无动于衷。你们都知道他们的观点。他们认为，既然罪恶是不可避免的，那么最好的办法就是把它们集中起来，对它们加以控制。但是这背后的真相却是他们收受了贿赂。警察都被贿赂了。酒吧老板向他们行贿，地痞流氓向他们行贿，烟花女子们也向他们行贿。不过最后，他们还是在被逼无奈中采取了行动。"

"轮船抵达火奴鲁鲁时，我从送上船的报纸上读到过相关消息。"麦克菲尔医生说。

"伊韦雷这个罪恶与耻辱之地，在我们抵达的那一天就已经不复存在了。所有的人都接受了司法审判。我真不知道自己为什么没有立刻看出这个风尘女子的来路。"

"既然说起这件事情，"麦克菲尔夫人说，"我就想起来了，我亲眼看见她是在开船前几分钟上船的。我当时还在想，她对时间的掐算真是恰到好处啊。"

"她竟敢跑到这个地方来了！"戴维森愤愤不平地大喊，"我决不允许这样的事情发生。"

他大步朝门口走去。

"你要干什么？"麦克菲尔医生问。

"你能希望我干什么？我要坚决制止他们。我可不想让这个地方变成了——变成了……"

他搜索着合适的措辞，不想冒犯女士们的视听。他的双眼闪烁着，情绪相当激动，白皙的脸庞显得更加苍白。

"听声音，楼下好像有三四个男人，"医生说，"你不觉得现在就冲过去，显得相当莽撞和冒失吗？"

传教士朝他轻蔑地看了一眼，二话没说就冲出了房间。

"那你对戴维森先生就太不了解了。对个人安危的担忧是绝对不会妨碍他履行职责的。"

她坐在那儿，双手紧张不安地扣在了一起，高耸的颧骨上泛出了红点。她侧耳倾听着楼下即将发生的事情。他们所有的人都在听着。他们听见传教士哒哒哒地下了木制楼梯，砰的一声把门推开。歌声戛然而止，但留声机继续播放着那只粗俗的曲子。他们听见戴维森的喊叫声，随后又听见重物落地的响声。音乐声停止了。他将留声机摔到了地板上。这时，大家又听见戴维森的喊叫声，但是却听不清他在说什么，接着听见汤普森小姐响亮刺耳的尖叫声，随后是一阵混乱不堪的喧嚣声，仿佛是好几个人声嘶力竭地冲着对方大喊大叫。戴维森太太有点喘不过气来，她的双手攥得更紧了。麦克菲尔医生犹豫不决地看着她，然后又朝妻子看去。他自己并不想下楼，但是他不知道她们俩是否想让他去。就在这会儿，楼下传来的声音好像是有人打了起来。后来打斗声更加清晰可辨，很有可能是戴维森先生被扔出了房间。门砰的一声关上。大家茫然无语地坐着。他们听见戴维森上楼的声音，径自朝自己的房间走去。

"我想我该回去了。"戴维森太太说。

她起身走了出去。

"要是你需要帮忙的话，尽管叫我。"麦克菲尔夫人说。等对方出门后，她才又说："我希望他没有受伤。"

"他为什么要管别人的闲事啊？"麦克菲尔医生说。

他们默默无言地坐了一两分钟，随后两人都感到惊讶不已，因为留声机又一次桀骜不驯地响了起来。那些人用嘲弄的声音吼叫着，声嘶力竭地唱出了一首淫秽的歌曲。

第二天，戴维森太太面色苍白，满脸疲倦。她抱怨自己头疼欲裂，人显得苍老而枯槁。她对麦克菲尔夫人说，传教士彻夜未眠。他整夜处于焦躁不安之中，凌晨五点就起身下床，出门而去。昨晚他被泼了一大杯啤酒，浑身衣物被弄得污迹斑斑，满身酒味。不过，戴维森太太在说到汤普森时，眼睛里冒出一团阴沉的怒火。

"她这样藐视戴维森先生，早晚会追悔莫及的，"她说，"戴维森先生有一颗卓越不凡的善心。无论有谁遭遇困苦厄难，只要找他帮忙，他都会救贫解困，急人所难的。然而他也疾恶如仇，急公好义。一旦他的满腔义愤被激发出来，那后果是相当可怕的。"

"哦，那他会做什么呢？"麦克菲尔夫人问。

"我不知道，但我绝不会站在这个破鞋女人的立场上，去设想究竟会发生什么。"

麦克菲尔夫人感到浑身哆嗦。这个矮小的女人神态自信，得意的语调中带有明确无误的恐吓。那天早上，她们俩计划好了一道外出。两人肩并肩走下楼梯。汤普森小姐的门敞开着，只见她邋里邋遢的，披着一件起皱的睡袍，正围着一口火锅做着早餐。

"早上好，"她问候道，"戴维森先生今天早上好一点了吗？"

她们昂首阔步从她身旁走了过去，仿佛她根本不存在似的。然而，当她发出一阵响亮的嘲笑声时，她们俩不禁满脸尴尬。戴维森太太突然转身向她发难。

"你竟敢对我如此放肆？"她大声吼叫，"要是你胆敢侮辱我，我就让你从这个地方滚出去。"

"喂，难道是我邀请戴维森先生来派对的吗？"

"别理她。"麦克菲尔夫人匆忙低语道。

"她太厚颜无耻了，简直无耻透顶了。"戴维森太太勃然大怒道。

由于怒火填胸，她几乎透不过气来。

她们在返程的路上，又遇见汤普森小姐正朝着码头闲逛而去。她

24

把所有艳俗的衣物都穿在身上。宽大的白色帽子带有粗鄙艳丽的花饰，显得招摇刺目。她经过时，兴高采烈地向她们打着招呼。看见两位女士露出冰冷的目光，站在附近的两个美国水手咧嘴而笑。她们回到房间后，外面又开始下起雨来。

"我想，她的干净衣服就要被弄脏了。"戴维森太太说，神态极为鄙夷。

她们午饭吃到一半，戴维森才赶了回来。他被雨水淋得浑身湿透，却不愿更衣。他坐了下来，郁郁寡欢，默默无语，目光呆滞地盯着外面的雨丝。戴维森太太告诉他两次遇到汤普森小姐的情形时，他没有作出任何回应。只是眉头紧锁，说明他听到了事情的经过。

"我们不应该让霍恩先生把她从这儿赶出去吗？"戴维森太太问，"我们决不允许她在这儿侮辱我们。"

"她似乎也没有别的地方好去吧。"麦克菲尔医生说。

"她可以住到土著人的家里去。"

"这种鬼天气，住在土著人的草屋里一定很不舒服。"

"我就在土著人的草屋里住过好几年。"传教士说。

那个本地小女孩端来了油炸香蕉，这是他们每天都要吃的甜点。戴维森先生转过身面对她。

"你去找一下汤普森小姐，问问她什么时候方便，我想去看看她。"他吩咐道。

女孩羞涩地点了点头，随后走了出去。

"你为什么还要去看她呀，阿尔弗莱德？"他的妻子问。

"我去看她，那是我的职责。我要给她最后悔改的机会，否则我是不会采取任何行动的。"

"你还不知道她是什么样的女人啊！她会侮辱你的。"

"那就让她侮辱我吧。那就让她鄙视我吧。她的灵魂是不朽的，我必须竭尽所能拯救她的灵魂。"

这个妓女发出的嘲笑声仍然在戴维森太太的耳膜上嗡嗡作响。

"她简直太过分了！"

"堕落得连上帝也不宽恕她了吗？"他的双眼突然熠熠生光，语气也变得圆润柔和起来，"永远不会！有罪的人也许会犯下比地狱还要深重的罪孽，但是我主耶稣的仁慈博爱仍然能抵达他的内心。"

土著女孩带回了她的口信。

"汤普森小姐向你们表示问候。只要戴维森牧师不在工作时间来访，其他任何时间她都乐于招待。"

几个人默然无语地听完了口信。麦克菲尔医生迅速收回嘴角上爬过的一丝笑意。他深知要是他觉得汤普森小姐的厚颜无耻竟然好笑的话，他的妻子知道后一定会大为光火的。

他们在沉默中吃完了晚餐。晚饭后，两位女士上楼做起了针线活。麦克菲尔夫人织起了围巾，自开战以来，她已织好了无数条围巾。医生点起了烟斗。而戴维森先生依旧坐在椅子上，出神的双眼紧盯着桌面。后来他终于站起了身，一言不发地走出了房间。他们听见他下楼去了。他们听见他敲门的声音以及汤普森小姐充满挑衅的声音说："进来。"他在她屋里待了一个小时。这里的雨季不像在英国的和风细雨，而是疾风骤雨。你在无情的狂泻中可以感受到大自然原始力量的恶毒。雨水倾泻而下，奔流不止，那情形犹如天堂里的洪水已经泛滥成灾了。雨水哗哗地倾倒在瓦楞铁皮的屋顶上，持续不断，固执顽强，使人发疯。暴雨似乎也带有自身的暴怒情绪。有时候，你会觉得雨要是再不停下，你就要失声尖叫了。随后你又会觉得自己渺小无助，仿佛突然患起了全身软骨病，你会感叹起自己悲惨而绝望的命运来。

传教士回屋时，麦克菲尔医生转身朝他看去，两位女士也抬起头来。

"我给了她最后悔改的机会。我力劝她作出忏悔。她是一个邪恶的女人。"

他停顿了一下。麦克菲尔医生发现他的眼神黯淡了下去，惨白的面容变得冷峻而坚定。

"现在我就要拿起我主耶稣使用过的鞭子，他用这根鞭子把高利贷者和货币兑换商赶出了圣殿。"

他在屋子里来来回回地踱步。他紧闭嘴巴，皱起了两道浓眉。

"即便她逃到了世界的尽头，我也一定会把她追回来。"

这时，他突然转过身来，迈开大步走出屋子。他们又听见他下楼去了。

"他又要去干什么？"麦克菲尔夫人问。

"我不知道。"戴维森太太取下夹鼻眼镜擦了起来，"他在做神职工作的时候，我从来都不问他问题。"

她轻轻地叹息了一声。

"怎么啦？"

"他非要把自己弄得精疲力竭不可。他不懂得什么叫爱惜身体。"

麦克菲尔医生从混血店主那儿得知了传教士的行动产生的效果。他从店铺前经过时，店主在门廊里拦住了他，凑到身前跟他说话，一张胖脸上满是担忧的神情。

"戴维森牧师一直在指责我，说我不该把房间租给汤普森小姐，"他说，"可当时我租房给她的时候，并不知道她是干什么的呀。只要有人到我这儿来，问我有没有房子出租，我只会问，他能不能付得起房租。更何况她在租房的时候，可是预付了一个星期的房租。"

麦克菲尔医生不想把自己给卷进来。

"说一千道一万，这可是你的房子。你愿意让我们住进来，我们真的十分感激。"

霍恩用狐疑的眼光看着他，他还不确定麦克菲尔医生是不是完全赞成传教士的做法。

"传教士们彼此之间都是有联系的，"他吞吞吐吐地说着，"要是他们想跟生意人过不去，生意人就只能关门滚蛋了。"

"他让你把她撵走吗？"

"不是。他说，只要她循规蹈矩，他是不会让我那样做的。他说，他希望能公平地对待我。我答应他，我会警告她不要在这儿招徕客人。我刚才去她那儿跟她说了。"

"那她是怎么回答的？"

"她回了我一句'见鬼去吧'。"

店主的身体在帆布旧裤子里扭动了一下。他觉得汤普森小姐这样的主顾真是太难对付了。

"噢，我敢说她一定会搬出去的。要是没有人过来找她，她自然就不想待在这儿了。"

"可是她又没有别处可去，除非她住进土著人的草屋。可现在没有哪个土著人敢收留她了，因为传教士从中作梗横插了一脚。"

麦克菲尔医生看了看外面的大雨。

"唉，老是坐等着雨过天晴，那也是白费功夫啊。"

傍晚时分，他们坐在客厅里，戴维森对他们讲起了自己读大学时的故事。当时他没有经济来源，只好利用假期打一些零工来渡过难关。楼下寂静无声，汤普森小姐正独自一人坐在她的小房间中。不过留声机突然响了起来。她故意打开留声机挑衅，来打发自己的孤独，但是已经没有人跟随机器唱歌了。留声机播放的是一首忧郁的曲子，听起来就像是呼喊救命的乐音。戴维森未加理睬。他的早年轶事刚讲到了一半，依旧坦然自若地讲着。留声机继续响着。汤普森小姐播放了一张又一张的唱片，那情形看来是寂静的夜晚正使她感到心烦意乱。天气潮湿沉闷，令人透不过气来。麦克菲尔夫妇宽衣就寝，但是却无法入睡。他们并排躺在床上，双眼睁得很大，只听见蚊帐外面的蚊子发出让人难以容忍的嗡嗡声。

"怎么回事？"麦克菲尔夫人终于低语道。

他们隔着木板墙听见了一个声音，那是戴维森的说话声。那声音单调、热切、持续不断。他正在大声祈祷着，正在为汤普森小姐的灵魂祈祷着。

两三天过去了。眼下她们在马路上遇见汤普森小姐的时候，只见她不再用调侃式的殷勤或假惺惺的微笑跟她们打招呼了。她走过去的时候，仰面朝天，涂脂抹粉的脸上阴云密布，双眉紧蹙，仿佛根本没有看见她们似的。店主跟麦克菲尔医生说，她曾经想去别的地方投宿，但是都没有办成。傍晚时分，她通过留声机播放了很多唱片，但显而易见的是，她的纵情欢笑是伪装出来的。拉格泰姆音乐①自身带有破裂的、伤心的节奏，仿佛是绝望者的舞曲。她在星期天播放乐曲的时候，戴维森先生让霍恩过去传话，要求她立刻停放，因为星期天是上帝的安息日。唱片取下来后，整个屋子沉静了下来，只有雨水落在铁皮屋顶

---

① 多切分节奏的一种早期爵士乐。

上发出哒哒哒哒的声音。

"我想她自己有点吃不消了，"店主第二天对麦克菲尔医生说，"她不知道戴维森先生究竟要对她干什么，所以她内心感到害怕。"

那天早上，麦克菲尔医生朝她瞥了一眼，使他大感吃惊的是，她的傲慢表情已经荡然无存了。她的脸上是一副束手就擒的神色。混血店主侧脸朝麦克菲尔医生看去。

"我想，你也不知道戴维森先生会干什么吧？"他试探地问道。

"是的，我不知道。"

奇怪的是，竟然是霍恩问了他这个问题，因为他自己也想知道传教士究竟在搞着什么名堂。他觉得，传教士正在这个女人的周围精心编织起了一张严密的罗网。一旦万事俱备，他就会拉紧绳索突然收网的。

"传教士让我告诉她，"店主说，"她在任何时候需要帮忙，尽管去叫他，他一定会来的。"

"你跟她说的时候，她说什么了？"

"她什么也没说。我可没有等她开口，就赶紧把传教士的话说了一遍，说完后马上就走人了。我想，她当时可能就要哭出声来。"

"可以肯定，孤独已经让她烦躁不安了，"医生说，"还有那连绵不绝的大雨，也足以让人变得神智紊乱的。"他急躁不安地继续说着："这个该死的鬼地方，难道一下雨就停不下来了吗？"

"每逢雨季，就会这样持续不断地下着。我们这儿每年的雨水有三百英寸呢。你瞧，应该是这片海湾的地势造成的。它似乎把全太平洋的雨水都招来了。"

"这个该死的海湾！"医生骂道。

他挠了挠身上蚊子叮咬过的地方，觉得自己的脾气变得暴躁起来。

在雨过天晴、阳光灿烂的日子里，这个地方又像是一座火炉，酷热无比，湿闷难耐，让人感到窒息。这个时候，你会产生一种奇怪的感觉：周围一切都滋生了某种野蛮的暴力。当地的土著人，向来以快乐无忧、天真烂漫而著称于世。可他们那通体的文身，那染过的头发，这时候看上去，似乎也带有某种居心叵测的意味了。当他们赤着双脚跟在你的身后吧唧吧唧地走着，你会出于某种本能不时回头察看。你会觉得他们随时都有可能从身后迅猛地扑上来，将一把长长的匕首狠狠地插进你的肩胛骨中。他们那浓眉大眼的背后，究竟隐藏着什么样见不得人的私心杂念，你永远也捉摸不透。从外表来看，他们都有点像神殿壁画上的古埃及人。他们的身上透露出远古时代的恐怖元素。

传教士来去匆匆，忙碌不停，可是麦克菲尔夫妇不知道他在干什么。霍恩告诉医生传教士每天都去看望总督，有一次还跟他提到了总督。

"总督很多次都下定决心了，"传教士说，"可是你真要让他下狠手整人的话，他又没了主心骨。"

"那就是说，他是不会采取什么行动来如你所愿了。"医生用打趣的口气说道。

传教士依然一副不苟言笑的样子。

"我希望总督能够采取正义的举措。采取正义的举措是无须他人进言规劝的。"

"不过，究竟什么是正义的举措呢，那也许是言人人殊吧。"

"如果一个人的腿脚已经生蛆坏死，却仍然对截肢手术犹豫不决，那你还会隐忍不发吗？"

"生蛆坏死是明摆着的事实。"

"难道罪恶不是吗？"

戴维森的所作所为很快就水落石出了。他们四个人刚刚吃完午饭，还没来得及各自散去回房午睡。天气酷热难耐，两位女士和医生不得不小睡片刻。戴维森一向反对这个慵懒的习惯。这时，门突然被推开了，汤普森小姐走了进来。她朝房间四周看了一眼，随后直接朝戴维森走去。

"你这个卑鄙的小人，你究竟在总督面前说了我什么坏话？"她恼羞成怒，破口大骂。片刻的停顿后，传教士拖过来一把椅子。

"你能不能坐下来说话，汤普森小姐？我真希望和你再谈一次。"

"你这个卑鄙下作的混蛋！"

她的口里迸发出了一连串侮辱性的言词，污秽不堪，肆无忌惮。戴维森神情严肃地注视着她。

"汤普森小姐，如果你觉得合适的话，那你就对我恶言辱骂吧，我可是毫不在乎的，"他说，"不过我必须恳请你注意的是，今天在场的还有两位女士。"

她一通大发雷霆之后，眼泪开始夺眶而出。她满脸涨得通红，仿佛气管被呛住了似的。

"发生什么事了？"麦克菲尔医生问。

"刚才有一个家伙找上门来。他对我下令，让我必须乘下一班轮船走人。"

传教士的眼睛里会闪过一丝喜悦的火花吗？可是他的脸上却不露一点声色。

"在这种情况下，你可不要满心指望着总督会让你留下来。"

"这全都是你干的好事，"她大声尖叫道，"你骗不了我。这全都是你干的好事。"

"我也不想欺骗你。确实是我促请总督采取这唯一可行的措施。

这也是他的职责与义务所在。"

"那你为什么要插手乱管闲事呢？我究竟碍着你什么事啦？"

"你大可放心，如果你真的只是碍着我的事了，我绝对不会耿耿于怀的。"

"你以为我愿意待在这个糟糕透顶的鬼地方吗？难道我看起来就像个土老帽吗？"

"如果真是那样的话，我就看不出你有什么好抱怨的。"他回答道。

她口齿不清地发出了一声愤怒的大叫，然后冲出了房间。屋子里出现了短暂的沉默。

"总督终于采取行动了，真是令人欣慰，"戴维森首先开了口，"他生性懦弱，行事优柔寡断。他说，汤普森小姐只不过在这儿逗留两个星期罢了，如果她接下来去了阿皮亚，就进入英国人的管辖范围，后面的事就与他毫不相干了。"

传教士突然站了起来，迈开大步朝房间的另一头走去。

"掌管权力的人竟然如此逃避自己的职责，这真是相当可怕的事情。你听听他们那说话的语气，仿佛罪恶不在眼前就不再是罪恶了。世界上只要有这种女人存在，那就是耻辱啊。即使将她转移到其他岛屿上去，那也改变不了这个事实。说到后来，我不得不直言不讳了。"

戴维森横眉倒竖，咬牙切齿，一副凶狠无比、斩钉截铁的神情。

"你说这话是什么意思？"

"我们的教会对华盛顿并非毫无影响力。我向总督直言，如果有人对他在这儿的治理方式投诉的话，他就没有什么好果子吃了。"

"那她必须什么时候离开呢？"医生稍等片刻后问道。

"下个星期二，从悉尼开往旧金山的轮船要停靠在这儿。她必须

33

乘坐这趟航班离开。"

这么说来，还剩下五天的时间了。第二天，医生从医院回到住处。那天上午的大部分时间里，他都待在医院，就是想做点更有意义的事情。当他正要上楼的时候，混血店主拦住了他。

"对不起，麦克菲尔先生，汤普森小姐病了。你能去给她看看吗？"

"当然可以。"

霍恩领着他进了房间。她正无所事事地坐在椅子上，既没有看书，也没有做针线活，眼睛茫然地盯着前方。她身穿那套白色衣裙，头戴着那顶绣有花纹的宽帽。麦克菲尔注意到她那涂脂抹粉的皮肤发黄、起泥，双眼流露出凝重的神情。

"很抱歉，听说你身体不适。"他说。

"哦，我没有真病。我只是说说而已，因为就是想见见你。我就要搭乘那趟去旧金山的轮船滚蛋了。"

她朝他看去，眼睛里突然露出惊恐的神色来。她不断地打开双拳，又攥起双拳，仿佛不由自主地抽搐一般。店主站在门口，竖耳听着。

"我明白。"医生说。

她说话时声音有些哽咽。

"我想，现在就让我去旧金山，真是太不方便了。昨天下午，我想去拜见一下总督，但是却见不到他。我看到了总督的秘书，他对我说，我必须乘那趟船离开，这是没有什么好商量的。我就想当面见到总督，所以今天早上，我就在他的官邸门外等候。他一走出官邸，我就上前拦住他说话。虽然，他不大愿意理睬我，但我不依不饶。最后他说了，如果我想待在这儿等下一班轮船去悉尼，他是没有任何意见的，只要戴维森牧师不表示反对的话。"

34

她停下话头，焦急地看着麦克菲尔医生。

"我真不知道我究竟能帮上你什么忙。"他说。

"嗯，我想你也许不介意去问一问他。我向上帝发誓，只要他同意我留下来，我绝对不会在这儿招惹是非的。如果他觉得合适的话，我还可以闭门不出。也就是两个星期的时间嘛。"

"我去问问他看。"

"他是不会同意的，"霍恩说，"他要你在星期二走人，所以你还是提前做些准备为好。"

"告诉他我会在悉尼找到工作的，我是说正经的营生。我也没有别的要求了。"

"我会尽力而为的。"

"如果有了消息，你就马上告诉我，好吗？不管怎样，我想尽快知道结果，否则心里七上八下的。"

麦克菲尔医生并不愿意干这样的差事。不过，按照他的处事方式，他可以间接地完成这个任务。他把汤普森小姐请他帮忙的事跟妻子说了，让她先去问一问戴维森太太。在他看来，传教士的态度似乎太专横跋扈了，即使这个女孩在帕果帕果再待上两个星期，那也没什么大不了的。然而，这次斡旋的结果让他感到猝不及防。传教士直接找到了他。

"戴维森太太跟我说，汤普森托你来向我求情。"

麦克菲尔医生就这样被当面对质了。他生性腼腆，被人强逼着公开回应，实在让他感到深恶痛绝。他觉得自己的怒气开始上冲，涨得满脸通红。

"我觉得，她既然要去悉尼而不是旧金山，那也没有要紧的。只要她答应在这儿遵守规矩，再跟她过不去未免太过分了吧。"

传教士用严厉的目光逼视着医生。

"那她为什么不愿意回旧金山呢？"

"我没有问，"医生生硬地回答道，"我想，我还是不要管别人的闲事为好。"

也许这不是一个十分明智的答话。

"总督已经发出了指令，一旦有轮船从岛上起航，就将她驱逐出境。他是在履行自己的职责罢了，我是不会随意干预的。有她在这儿，就存在着危险。"

"我觉得你太不近人情，太独断专行了。"

两位女士抬头朝医生看去，眼神里带着一丝惊恐。然而，她们无须担心两人会大吵起来，因为传教士微微一笑。

"非常遗憾的是，你竟然这么看我，麦克菲尔先生。相信我吧，我也为这个不幸的女人感到伤心痛惜，不过我只是在尽力履行职责而已。"

医生没有吭声，他脸色阴沉地朝窗外看去。外面的雨终于难得一见地停了下来。越过海湾，你可以看见土著人村庄的土屋掩映在对面的树林中。

"我想，我得利用雨停的机会到外面走走。"他说。

"请你不要记恨我，我真的不能答应你的说情，"戴维森说着，露出忧郁的微笑，"我非常尊敬你，医生。抱歉的是，你真的误会我了。"

"我没有误会你，你总以为自己比别人见识高明，当然不会把我的建议放在眼里。"他反唇相讥。

"这么说来就是我的不对了。"戴维森轻轻笑道。

麦克菲尔医生对自己颇为懊恼，因为自己毫无来由地粗鲁失礼了。他下楼的时候，汤普森小姐正半掩着门等他回话。

"嗯，"她问，"你跟他说了吗？"

"说了。很抱歉，他说他无能为力。"他回答道，由于神情尴尬而不敢正眼看她。

随后，他飞快地瞥了她一眼，只见她抽噎了起来。他发现她的脸因为恐惧而变得惨白，这让他感到心慌意乱。突然间，他灵机一动。

"不过，你也不要放弃希望。我想，他们竟然这样对待你，真是一件很不光彩的事情。我要亲自去找一下总督本人。"

"现在吗？"

他点了点头。她的脸焕发出光彩。

"哎呀，你真是太好了。我敢肯定，要是你能替我说话，总督一定会让我留下来的。只要让我待在这儿，我是不会做不该做的事情的。"

麦克菲尔先生也不知道，自己为什么痛下决心要去向总督申诉。他本来对汤普森小姐的事情并未放在心上，但是传教士的话激怒了他。和传教士在一起，他的怒火很容易被烧起来。他在官邸里见到了总督。总督身材魁梧，长相英俊，曾经做过水手，嘴唇上方蓄着一抹整齐的髭须，身穿一尘不染的白色卡其制服。

"我来找你说说一个女人的事情，她和我们住在同一幢房子里，"他说，"她的名字叫汤普森。"

"我想，关于她的事情，我已经听得耳朵起茧了，麦克菲尔医生，"总督含笑说道，"我命令她在下个星期二走人。我能做的就是这些了。"

"我想请求你把她离开的时间顺延一下，让她暂时待在这儿，等旧金山的航船一到，她就立刻去悉尼。我担保她会安分守己的。"

总督继续微笑着，但是他的双眼眯缝了起来，神情愈发严肃。

"我倒是非常愿意卖你一个人情，麦克菲尔医生，可是命令一旦下达了，那就不可能撤回来。"

医生据理力争，而这时候总督已不再微笑了。他怏怏不快地听着，用躲闪不定的目光注视着他。麦克菲尔发现自己徒费一番口舌后却毫无效果。

"给这位女士带来不便，我深表歉意。但是她必须在星期二乘船离开。这确实是没什么好商量的。"

"可是她不走也没有什么大不了的呀！"

"请原谅我，医生，我觉得我做出的任何决定，除了向上级部门汇报外，是无须向他人解释的。"

麦克菲尔用记恨的目光看着总督。他突然想起戴维森曾经暗示过，他对总督使用过威胁手段。他从总督的态度中察觉到了某种难以启齿的尴尬。

"该死的戴维森真是太多管闲事了。"他激动地说道。

"就你我而言，麦克菲尔医生，我对戴维森先生没有任何好感，但是我必须坦诚相告的是，他曾经言之有理地向我指出，在这个土著人的小岛上驻扎着很多现役军人，如果允许汤普森这样失德的女人待在这儿，那真是相当危险的一件事。"

他站起身来，麦克菲尔医生也只好跟着站了起来。

"请你务必给予谅解。我还有个约会。请代我向麦克菲尔夫人问好。"

医生神情沮丧地离开了总督府。他心里清楚，汤普森小姐正等着他回话。他很不情愿亲口告诉她自己铩羽而归。于是他从后门进屋，蹑手蹑脚地上了楼，仿佛做了见不得人的事情似的。

吃晚饭时，他默默无语，心神不宁，而传教士却轻松活泼，兴致勃勃。麦克菲尔医生觉得他的目光时不时落到自己的身上，一副得意扬扬、兴高采烈的样子。他突然意识到戴维森已经知道他拜访过总督，也知道他受挫而归。可是，他究竟是怎么打听到的呢？这个人似乎拥有某种险恶的力量。晚饭后，他看见霍恩站在阳台上，便装作有话要说的样子，走了出去。

"她想知道你有没有去见总督。"店主低声说。

"去了。他说木已成舟。我真的感到万分抱歉。我再也无能为力了。"

"我就知道是没有用的。他们可不敢开罪传教士。"

"你们在说什么呢？"戴维森走了过来，友好地问道。

"我正在说，至少还有一个星期的时间，你们都没有机会赶到阿皮亚了。"店主机智地答道。

霍恩离开了，他们俩返回客厅。戴维森先生每次吃完饭后都要花一个小时放松一下。不一会儿，大家听到了轻轻的敲门声。

"进来。"戴维森太太用刺耳的大嗓门说道。

可是门没有被推开。她起身走了过去，伸手把门打开。他们看见汤普森小姐站在门口。她的外表出现了异乎寻常的变化。站在眼前的不再是那个在马路上讥笑她们的轻佻女孩了，而是一个伤心欲绝、战战兢兢的妇人。她那一头秀发，平时总是精心梳理得整整齐齐，眼下却凌乱无序地披散在脖子上。她趿拉着一双卧室用的拖鞋，身穿破旧不整的长裙和短衫。她站在门口，潸然泪下，却不敢进门。

"你来干什么？"戴维森太太厉声喝问。

"我能跟戴维森先生说句话吗？"她声音哽咽地说道。

传教士站了起来，朝她走去。

"那你进来吧，汤普森小姐，"他用亲切的语调说道，"我能帮你什么忙吗？"

她终于走进房间。

"是这样的，我为那天说过的话向您道歉，为所有说过的话向您道歉。我想我真是昏了头了。我乞求您原谅我。"

"哦，那根本算不了什么。我想我的度量还是够大的，比那更难听的话我也能受得住。"

她朝他走过去，完全是一副低声下气的神态。

"您让我的身心完全垮了。我会服服帖帖的。请您不要把我赶回旧金山，好吗？"

他的和善面孔倏忽不见了，声音突然变得生硬而严厉起来。

"那你为什么不愿意回旧金山呢？"

她低三下四地站在了传教士面前。

"我想我的家人住在那儿。我不想让他们看见我现在这副模样。其他任何地方，我都可以去。"

"你究竟为什么不想回旧金山呢？"

"我刚才跟您说了。"

他探身过去，目不转睛地盯着她，一双明亮的大眼睛似乎正努力要看透她的灵魂。他突然深深地吐了口气。

"那是因为感化院！"

她尖叫起来，随后跪倒在他的脚下，双手紧紧抱住他的双腿。

"请不要把我送回到那儿去。我对着上帝向您发誓，我一定会改邪归正的。我再也不干这样的营生了。"

她突然夹缠不清地苦苦哀求起来，眼泪顺着化妆过的脸颊奔流而下。传教士俯下身子，抬起她的脸，逼迫她看着自己。

"到底是不是因为感化院呀？"

"他们没有逮住我，是我自己设法逃走的，"她喘息道，"如果那帮人抓到我，我就要在牢房里待上三年。"

他松开了手，她瘫倒在地板上，痛苦地啜泣着。

麦克菲尔医生站了起来。

"眼下这情形完全不一样了，"他说，"你知道了这一切，就不能再逼她回去了。再给她一次机会吧。她想悔过自新。"

"那么我就给她最后一次机会。如果她能幡然悔悟，我就让她接受应得的惩罚。"

她误解了他的意思，把头抬了起来，凝重的眼睛里露出了希望的火苗。

"你要放过我吗？"

"不是。你必须在星期二乘船去旧金山。"

她发出一声恐怖的呻吟，随后爆发出声嘶力竭的尖叫声，听起来完全不像是人类的声音。她用脑袋向地板歇斯底里地撞去。麦克菲尔医生冲过去，把她扶了起来。

"好了，千万不要这样。你最好回房间躺下。我给你拿点药来。"

他搀扶着她站了起来，半拉着，半抱着，把她送下了楼。他对戴维森太太和妻子大为光火，因为她们俩都没有伸手帮他一把。混血店主正好站在楼梯的平台上，在他的协助下，他才最后把她扶上了床。她呻吟哭泣，悲痛欲绝，几乎失去了知觉。他给她注射了一针镇静剂。当他再次回到楼上时，已经满头大汗、精疲力竭了。

他进屋时，只见两位夫人和戴维森仍然坐在他们原来的位子上。他离开后，他们既没有走动过，也没有说过话。

　　"我正在等你，"戴维森说，声音陌生而遥远，"我希望你们所有的人都和我一道，为我们这个犯错的姐妹的灵魂祈祷。"

　　他从书架上拿来《圣经》，在他们吃饭的桌子旁坐了下来。桌子上的餐具还没有收拾好。他将茶壶推到了一边，用强健有力、洪亮深沉的声音读起《圣经》中的一章。这一章讲的是耶稣基督与一位犯了通奸罪的女子会晤的故事。

　　"现在请随我一起跪下，让我们为这位亲爱的姐妹——萨蒂·汤普森的灵魂祈祷。"

　　他一口气念出了一大段充满激情的祷告词，恳求上帝宽恕这个有罪的女人。麦克菲尔夫人与戴维森太太紧闭着双眼跪了下来。医生却大感意外，显得手足无措、局促不安，最后也屈膝跪了下来。传教士的祷告词激情四射，铿锵有力，连他自己也深深为之动容。他高声祷告着，热泪奔涌而下。窗外，无情的大雨下着，连绵不断地下着，那种凶猛与狠毒劲儿与人类是何其相似啊。

　　最后，他做完了祷告。稍过片刻后，他说：

　　"我们现在重念一遍天主的祷告词。"

　　于是他们又念了一遍，随后，跟着传教士纷纷站了起来。戴维森太太的脸色几近苍白，但神态安详。她的样子看起来心安理得，心平气和。可是麦克菲尔夫妇却突然感到羞愧难当，不知道该把眼睛看向何处。

　　"我到楼下去一趟，看看她现在怎么样了。"麦克菲尔医生说。

　　他敲了敲她的门，霍恩从里面替他打开了。汤普森小姐坐在一把摇椅上，低声抽泣着。

"你怎么坐到椅子上了？"麦克菲尔医生惊呼道，"我跟你说过要躺在床上。"

"我不想躺在床上。我想见见戴维森先生。"

"可怜的孩子，你觉得那又有什么用呢？他永远也不会被你说动的。"

"他说过，只要我找他，他一定会来的。"

麦克菲尔朝店主挥手示意。

"你去把他叫来。"

店主上楼后，他和她默默无言地等待着，戴维森走了进来。

"请原谅我把你叫到这儿来。"她说，一脸忧郁地看着他。

"我正期待着你来叫我呢。我早就知道天主会回应我的祷告。"

他们相互凝视了片刻，随后她把视线移开。她说话的时候，目光躲闪不定。

"我是一个坏女人。我想要忏悔。"

"感谢上帝啊！感谢上帝！上帝听见我们的祷告了。"

他转身朝麦克菲尔和店主看去。

"我要和她单独待在一起。跟戴维森太太说一声，我们的祷告应验了。"

他们俩走了出去，并随后把门关上。

"我的天啊。"店主发出感叹。

那天晚上，麦克菲尔医生无法入睡，熬到很晚。他听见传教士上楼的时候，看了看手表，已经是深夜两点钟了。可是，即使到了那个时候，传教士也没有立刻上床睡觉。透过两家中间的木板墙，他依然能听见他在大声祷告着。直到后来，他自己精疲力竭，才慢慢沉入梦乡。

第二天早上，他看见传教士的神态时非常惊讶，传教士的脸色比以前更加苍白，看起来十分疲倦，但是他的双眼却闪烁出狂野的激情，那样子仿佛是沉浸在巨大的喜悦中。

"我希望你下楼去看看萨蒂，"他说，"我想她的肉体好不了了，但是她的灵魂——她的灵魂净化了。"

医生心中感到悲哀与不安。

"昨天晚上，你和她在一起待得很晚吧？"他问。

"是的，我要是一走开，她就觉得难以忍受。"

"你看起来就像是潘趣①一样幸福快乐啊。"医生恼怒地说道。

戴维森的双眼闪耀着销魂狂喜的亮光。

"我蒙受上帝惠顾得到了极大的恩赐。昨天晚上，我被赋予了特权，将一个迷失的灵魂带回到耶稣博爱的怀抱中。"

汤普森小姐又一次坐到摇椅上。散乱的床铺还没有整理，房间里的东西杂乱无章。她懒得穿上衣裙把自己装扮一下，而是随意披上一件脏兮兮的睡衣，头发慵懒地挽在一起。她用一条湿毛巾在脸上擦了一下，但脸全都浮肿了起来，泪痕依稀可见。她的样子相当邋遢难看。

医生走进来的时候，她无精打采地抬起眼睛，满脸病色，衰弱不堪。

"戴维森先生在哪儿？"她问。

"如果你叫他，他一会儿就来，"麦克菲尔不悦地答道，"我过来看看你身体怎么样了。"

"哦，我想我的身体没有问题。你大可不必担心。"

---

① 潘趣（Punch）是英国最受欢迎的传统木偶剧《潘趣与朱迪》（*Punch and Judy*）中的主要人物之一。

"你吃过东西了吗？"

"霍恩给我送过一杯咖啡。"

她焦虑不安地看向门外。

"你认为他很快就会下来吗？我觉得他和我在一起的时候，事情就没那么糟糕了。"

"星期二的时候，你还会走吗？"

"会的，他说我必须走。请让他马上过来。你帮不上我的忙。眼下他是唯一能帮到我的人了。"

"好吧。"麦克菲尔医生说。

在接下来的三天里，传教士大部分时间都待在萨蒂·汤普森的房间里。只有在吃饭的时候，他才和其他人聚在一起。麦克菲尔医生注意到他吃得极少。

"这样下去，他会把自己累垮的，"戴维森太太心疼地说道，"如果他再不注意的话，总有一天他的身心会彻底崩溃。他就是不愿爱惜自己的身体。"

她自己的脸色也苍白发青。她对麦克菲尔夫人说她彻夜难眠。传教士从汤普森小姐那儿回来后，还要一直进行祈祷，直到自己筋疲力尽才停止。可是即使那样，他也睡得很少。一两个小时后，他又翻身起床，穿上衣服，沿着海湾公路散步。他做了很多奇怪的梦。

"今天早晨，他告诉我，他梦到了内布拉斯加州的山脉。"戴维森太太说。

"确实很奇怪。"麦克菲尔医生说。

他记得自己漫游美国的时候，看见火车窗外的那些山脉。它们就像是巨大的鼹鼠窝，丰满而光滑。它们在平原地带突兀地矗立着。麦克菲尔医生记得自己当时的感觉：它们很像是女人的乳房。

戴维森坐卧不安，连他自己也忍无可忍。可是他因为亢奋狂喜而飘飘欲仙起来。他正在彻底清除最后一点残留的罪恶。那罪恶深深潜伏在这个可怜女人内心的隐秘角落里。他和她一道诵念祷告词，和她一起向上帝祈祷。

"这真是奇迹啊，"一天晚饭时他对大家说，"这是真正的复活！她的灵魂，曾经像夜晚一样黑暗，现在已经变得纯洁白皙，犹如初降的白雪。我真是自惭形秽，诚惶诚恐啊。她对自己全部罪恶的忏悔真是完美无缺。我根本没有资格去碰一碰她的裙边。"

"那么你还要狠心将她送回旧金山吗？"医生问，"她要在美国坐牢三年。我本以为你会让她免受牢狱之灾的。"

"哎，难道你还看不出来吗？那是必不可少的。你以为我的心不为她感到痛惜吗？我爱她，就像我爱我的妻子和姐妹。在她坐牢的所有时间里，我也将体验她所遭受到的一切痛苦。"

"一堆废话！"医生不胜其烦地大喊。

"你不理解我说的话，那是因为你对上帝之光视而不见。她犯下了罪过，所以必须要承受痛苦。我知道她要忍受什么样的苦难。她会遭受饥饿、折磨与羞辱。我希望她能坦然接受人类的惩罚，以此作为敬献上帝的祭品。我希望她能兴高采烈地接受。她获得了宝贵的良机，而我们当中很少有人能受此惠赐。上帝非常仁善，也非常宽容。"

戴维森的声音因为激动而颤抖。他的嘴唇强烈翻滚，说话吐字几近模糊不清。

"我整日里和她一起祈祷。从她那儿离开后，我继续祈祷。我竭尽所能、全力以赴地祈祷，祈祷上帝能把这最大的宽恕恩赐于她。我希望把激情输进她的内心，使她渴望接受惩罚。这样的话，即使最后我主动提出放过她，她也会断然拒绝的。我希望她能感受到，接受银铛入狱的痛苦惩罚，是她本人敬献在我们仁慈圣主脚下的感恩祭品。恩赐她第二次生命的正是我们的圣主啊。"

日子过得很慢。由于对楼下这个可怜的、深受折磨的女人感到关切，整座房子的人都生活在一反常态的某种兴奋中。这个女人就像是一个准备已久的祭品，即将用于血腥祭拜的野蛮仪式上。恐惧已经使她感到麻木，使她难以忍受的是戴维森不在她的视线之内。只有当传教士和她在一起时，她才获得勇气。她全然仰仗着他的帮助，而且达到了卑躬屈膝的地步。在他的面前，她痛哭流涕，她诵读《圣经》，她虔诚祈祷。有时候，她觉得精疲力竭，索然无味。于是她便真切地期盼无情考验的到来，因为考验可以让她从正在遭受的痛苦中直接而具体地解脱出来。眼下种种恐惧隐隐约约地袭上心头，让她觉得再也无法承受了。为了救赎罪孽，她已经将个人的一切荣辱置之度外。她身穿俗气的睡袍，披头散发，衣冠不整，在自己的房间内踅来踅去。她的睡衣已经穿了四天，从未脱下来过，她的长袜也弃之不穿了。她的房间垃圾满地，杂乱无章。这几天，雨依然无情冷漠、连绵不绝地下着。你感觉天上的雨水早就应该下完了，可是那雨仍然倾泻而下，劈头盖脸、猛烈地砸在铁皮屋顶上，那无休无止的样子令人抓狂。所有的东西都是湿漉漉、黏糊糊的。四周的墙壁，以及地板上摆放的靴子都开始发霉了。在这样难以入眠的夜晚，蚊子嗡嗡嗡地发出了愤怒的吟唱声。

"这雨哪怕能消停一天，事情也不会变得如此糟糕。"麦克菲尔医生说。

他们都期待着星期二的到来，从悉尼开往旧金山的轮船就要到达这儿。紧张的气氛让人难以忍受。就麦克菲尔医生而言，他的怜悯，还有他的憎恶，早已消失殆尽。他迫切希望这个不幸的女人能够尽快离去。她只得接受这个不可逆转的定数了。他觉得，当轮船起航之后，他的呼吸将更加自由畅快。总督府的一位职员将押送萨蒂·汤普森登船离开。这个人在星期一的傍晚来访，告诉汤普森小姐明早 11 点做好准备。当时戴维森正和她待在一起。

"我要负责把一切都准备好。我打算亲自陪她登船。"

汤普森小姐没有说话。

麦克菲尔医生吹灭了蜡烛，小心翼翼地钻进了蚊帐，随后大大地松了一口气。

"嗯，谢天谢地，一切都结束了。明天这个时候，她就已经走人了。"

"戴维森太太也会很高兴的，她说，戴维森把自己折腾得枯瘦如柴了。"麦克菲尔夫人说，"她可是一个与众不同的女人。"

"谁与众不同？"

"萨蒂。我从来都没有想到过会是这样。真让人感到自惭形秽。"

麦克菲尔医生没有吭声。过了一会儿，他就睡着了。他很累，所以比平时睡得更加香甜。

第二天早晨，有人拉住他的胳膊把他弄醒了。他爬起来，只见霍恩站在他的床边。店主用手指按住自己的嘴巴，防止麦克菲尔医生因为惊讶而叫出声来。他挥手示意让他出来一趟。店主通常穿着破旧的帆布衣裤，可是现在却赤着双脚，只在身上围了那土著人的围布，猛然一看，像个野蛮人似的。刚从床上坐起来的麦克菲尔医生发现他遍体文身。霍恩朝他打了个手势，让他到阳台上去。麦克菲尔医生下了床后，跟着店主走了出来。

"别弄出声音来，"他低声道，"找你有点事。你把衣服披上，穿上鞋。要快。"

麦克菲尔医生立马想到，肯定是汤普森小姐出事了。

"怎么回事？我要不要带上出诊箱？"

"快点，请你快点。"

麦克菲尔医生悄声返回卧室，拿上一件雨衣披在睡衣外面，穿上一双塑料鞋。他来到店主身边，一起蹑手蹑脚地下了楼。通向那条马路的门敞开着，路边站着五六个土著人。

"怎么回事？"医生又问了起来。

"你跟我来。"霍恩说。

他走了出去，医生跟在他的后面，几个土著人又跟在医生的身后。他们鱼贯而行，穿过马路，直接来到沙滩上。医生看见一群土著人正围着海水中的某个物体。他们匆忙朝那儿走去，中间也许隔着二三十码的距离。医生走近后，土著人自动让开了，店主把他推到了前面。这时，他看见半露出水面的是一件瘆人的物体——那是戴维森的尸体。麦克菲尔医生弯下腰，把尸体翻了过来——在紧急情况下，他一点也不惊慌。戴维森的喉咙被割断了，从左向右。他的右手仍然握着那把割喉的刀片。

"他的身体已经凉了，"医生说，"他死去很长一段时间了。"

"刚才是一个孩子去干活时看见的，他跑过来跟我说了。你认为他是自杀吗？"

"是的。应该派人去报警。"

霍恩用当地土语说了些什么，两个年轻人离开了。

"警察到来前，我们必须保护现场。"医生说。

"他们千万不要把尸体搬进我的房子。我不会让尸体进我的家门。"

"那你得听警察局的，"医生急促地回答道，"事实上，我倒希望他们把尸体送到太平间去。"

他们站在原地等待着。店主从围布的皱褶中掏出烟来，随手递给麦克菲尔医生。他们一边抽烟，一边盯着尸体。麦克菲尔医生弄不明白。

"你认为他为什么要自杀呢？"霍恩问。

医生耸了耸肩膀。过了一会儿，当地的警察带着担架赶来了，领头的是一位水兵。随后不久，又来了两位海军军官和一位海军医生。他们有条不紊地处理好了一切。

"他的妻子怎么办？"一个军官问。

"既然你们来了，那我就回屋穿些衣服。我想，她听到这个噩耗后一定会伤心欲绝的。你们最好把尸体处理好了后，再让她看一眼吧。"

"正该如此。"海军医生说。

麦克菲尔回去的时候，他的妻子快要穿好衣服了。

"戴维森太太对丈夫的去向忐忑不安，"他的妻子一见面就说，"戴维森昨晚彻夜未归。她听见丈夫在深夜两点离开汤普森小姐的房间，但是却走到外面去了。要是他就这样一直待在外面，那他肯定没命了。"

麦克菲尔医生把发生的事告诉她，让她去向戴维森太太报个信。

"可是他为什么要自杀呀？"她带着恐惧问道。

"我不知道。"

"可是我不能去。我做不到。"

"你必须去。"

她用恐惧的目光看了他一眼，随后出了门。他听见妻子走进戴维森太太的房间。他过了片刻后才缓过神来，随后开始刮胡子洗脸。他穿好衣服后，坐在床上，等候妻子。后来她终于回来了。

"她想要看看他。"她说。

"他的遗体被送进太平间了。我们最好和她一起去。她能受得了吗？"

"我想她吓呆了。她没有哭。不过，浑身颤抖得像一片树叶。"

"我们最好马上过去。"

他们敲门，戴维森太太走了出来。她脸色煞白，但双眼无泪。面对医生，她似乎镇静自若。他们没有言语交流。他们在沉默中起身朝马路走去。他们到达太平间的时候，戴维森太太开口说：

"让我进去单独和他待一会儿。"

他们站到一旁。一个土著人为她开门，在她进去后随手关上。他们坐下来等着。有一两个白人走过来，低声跟他们交谈。麦克菲尔医生把所知道的悲剧又说了一遍。门终于悄悄地打开了，戴维森太太从里面走了出来。大家都默不作声。

"我现在可以回去了。"她说。

她的声音生硬而坚定。麦克菲尔医生看不懂她的眼神，只见她的脸色惨白却十分严肃。他们慢慢地往回走，一言不发，最后拐过一道弯，马路对面就是他们住的地方了。戴维森太太喘了口气。有一会儿，他们静静地站在那儿，一个难以置信的声音冲击着他们的耳膜。那台沉默了很久的留声机正在播放着拉格泰姆乐曲，声音响亮而刺耳。

"怎么回事呀？"麦克菲尔夫人惊恐地叫道。

"我们继续走吧。"戴维森太太说。

他们爬过楼梯，走进客厅，只见汤普森小姐正站在门口与一位水手聊天。她一夜之隔竟判若两人！她已经不再像前几日那样唯唯诺诺、失魂落魄了。她将所有艳俗的衣服穿上，那套白色衣裙，那双晃眼的高跟靴，一双胖腿裹在棉袜子中鼓鼓囊囊的。她的头发精心梳理过，头上戴着那顶绣满了艳丽花饰的大帽子。她的脸化了妆，眉毛描得又粗又黑，嘴唇涂上了浓重的口红。她把腰板挺得很直，又变成他们最初认识时的花枝招展的女王了。他们正要进屋时，听见她发出了响亮而夹杂着嘲弄的大笑声。这时，戴维森太太不由自主地停下脚步，汤普森小姐攒足了口水吐了出来。戴维森太太赶紧朝后避让，脸颊上突然现出了两个小红点。她随后双手掩面，突然冲了过去，飞快地上了楼。麦克菲尔医生勃然大怒。他推开汤普森小姐进了她的房间。

"你究竟在搞什么名堂呀？"他大喊道，"关掉那该死的机器。"

他走到留声机旁，将唱片一把扯了下来。她转过身来看他。

"嗨，医生，你也这样来折腾我。见鬼的，你到我房间里来搞什么搞？"

"你说这话什么意思？"他大叫道，"你到底什么意思？"

"你们这帮臭男人！你们这些肮脏龌龊的猪猡！你们都是一路货色，所有的男人都是一路货色！你们这帮猪猡！猪猡！"

麦克菲尔医生心中猛然一惊，顿时明白过来。

情非得已

　　她坐在阳台上，正等着丈夫回家吃午饭。上午的清凉消退后，马来男仆已经拉上了百叶窗。不过，她却掀开了一片窗叶，让自己能看得清那条大河。在令人窒息的正午阳光下，大河披上了一层死亡般的惨白。一个土著人正划着一叶独木舟，独木舟太小，没在水中几乎看不出来。天色白茫茫的，酷热给天空染上了各种不同的色调。（就像是用低音弹出来的东方乐曲，模糊而单调的韵律刺激着神经，耳朵在焦躁不安地等待着乐曲的终结，却徒劳无益。）夏蝉精力充沛，疯狂地发出刺耳的鼓噪声，连绵不断，单调乏味，犹如小溪从乱石丛中哗哗地流过。不过，就在突然之间，蝉鸣声被一只小鸟甜美丰润的高歌声所淹没。刹那间，她的心为之一动，不禁想起英国的画眉鸟来。

　　这时，她听见府邸背后的砾石小径上传来丈夫的脚步声。这条小径通往丈夫工作的法庭。她从椅子上站了起来，准备去迎接他回家。他从门前的一小段台阶走上来，因为府邸是建在土坡上的。男仆等在门边接过他的遮阳帽。正门的第一间屋是他们的餐厅与客厅。丈夫一看见她，双眼就闪过愉悦的火花。

"你好，多丽丝。饿了吗？"

"肚子都要饿瘪了。"

"我花几分钟冲个澡，然后一道吃饭。"

"那就快点。"她笑了笑。

他走进更衣室。她听见他一边快乐地吹着口哨，一边随意扯下衣服扔在地上。她对他粗心马虎的毛病总是提出批评。他今天二十九岁了，可仍然只是个大男孩。他永远都长不大。也许，这正是她爱上他的原因。她对他一往情深，但自己并不觉得他很英俊。他长得又矮又胖，圆圆的红脸就像是满月一样，眼窝里是一双蓝眼睛。他的脸上还长满了疙瘩。她曾经对他仔细端详过，但是却不得不向他坦言，他的五官没有一处值得恭维。她还不止一次地对他说过，他根本就不是她喜欢的男人类型。

"我可从没说过自己是美男噢。"他哈哈大笑道。

"我想象不出我到底看中你什么了。"

当然，她心里完全清楚自己看中他什么了。他是一个达观快乐、无忧无虑的人，对任何事情都不会看得很重。他时不时发出爽朗的大笑，也能让她开心大笑。在他的眼里，生活就应该过得妙趣横生，而不是过得严肃死板。他的笑容充满了魅力，和他在一起时，她感到幸福快乐，称心如意。她从这双快乐的蓝眼睛中看到了浓浓爱意，内心不无感动。被丈夫如此深爱着，真是太令人感到惬意了。曾有一次，还是在他们度蜜月期间，她偎依在他的怀中，双手捧着他的脸说：

"嗨，盖伊，你虽然是个又矮又胖的丑男，但是你太有魅力了。我对你真是爱不够啊。"

一股激动的暖流涌上她的心头，她眼睛里含着热泪。他的脸因为动情而扭动了一会儿，说话的声音微微颤抖。

"我要是娶一个脑子有毛病的老婆，那真是糟糕透顶啦。"他说。

她咯咯一笑。她最喜欢听到的就是他这个颇具特色的回答了。

难以想象的是，还在九个月前，她甚至都不知道还有他这么个人。他们俩是在海边的一个小镇认识的。当时，她和母亲正在度长达一个月的假期。多丽丝是某个国会议员的秘书，盖伊正好从海外请假回国，他们住在同一家旅馆。见面不久，他就把自己的个人情况和盘托出了。他出生在赛布鲁，他的父亲在苏丹二世的领导下工作了三十年。他从学校毕业后也从事同样的工作。他热爱他的国家。

"对我来说，英国终究是异国他乡，"他对她说，"我的家在赛布鲁。"

现在，赛布鲁也是她的家了。一个月的假期临近尾声，他向她正式求婚。她就知道他会求婚的，但她还是决定要拒绝他。她是寡居母亲的独生女，她可不能远涉异域他乡离她而去。可是，当求婚的那一刻到来时，她也搞不清到底是怎么回事，自己竟出乎意料地激动起来，最后还是接受了他的求婚。他们已经在这个小小的前哨站安居了四个月。他是这个前哨站的主管。她感到非常幸福。

她曾有一次告诉他，自己原本打算拒绝他的求婚。

"没有拒绝我，你是不是后悔了？"他问道，一眨一眨的蓝眼睛里露出快乐的微笑。

"如果我拒绝了，那我就是一个十足的大傻瓜了。这也许是命运之神的惠顾吧，也许就是机缘巧合，我身不由己地放弃了拒婚的念头，这是多么幸运的事情啊！"

这时，他听见盖伊咚咚咚地从浴室外的台阶上走了下来。他是一个很吵闹的家伙。即使光着脚丫子走路，他也不会安静的。这时，他突然大叫了一声。他用当地方言叽里咕噜说了几句，她根本听不懂。随后她听见有人对他回话，声音不大，很像是窃窃私语。这些人在他洗澡时还要纠缠他，真是很糟糕的习惯。她又听到了他的说话声，尽管嗓门压得很低，但是能听得出他不胜恼怒。这时，对方的声音变大了，那是一个女人的声音。多丽丝觉得应该是有人向他投诉，好像是一位马来女人鬼鬼祟祟地跑进来了。可是，她几乎听不懂盖伊说了些什么，只听见他说了句：滚出去。不管怎么说，她只听懂了这句话，随后又听见他插上门闩的声音。他用水冲洗身体的声音传了过来——浴室的设计让她觉得有趣。浴室就在卧室下面的底层。你放好一大桶水，然后用一个锡瓢舀水浇身。一两分钟后，他回到餐厅。他的头发依然湿漉漉的。他们坐下来一起吃午饭。

"你真幸运，我可不是一个疑神疑鬼、争风吃醋的女人啊。"她大笑着说，"我搞不明白，你在洗澡的时候还与别的女人有说有笑，而我竟然能放任不管。"

他刚进餐厅时，平时乐不可支的面容蒙上了阴郁的神色，但此时此刻又眉开眼笑起来。

"遇见这个女人，绝不是什么高兴的事情。"

"我从你说话的语气中也听出来了。说实话，我觉得你对那位年轻女人的态度相当粗暴。"

"不要脸的贱货，竟然在洗澡的时候纠缠我！"

"她想要干什么呀？"

"嗯，我不知道。她是村子里的一个女人。她刚刚与丈夫或别人吵架了。"

"我在想，会不会是今天早上在附近转悠的那个女人？"

"早上有个女人在附近转悠吗？"

"是的。我去你的更衣室看过，所有的东西都在，也没有被翻动过。后来，我又去了洗澡间。我下楼的时候，看见有人溜了出去。我迅速朝门外一看，只见一个女人站在那儿。"

"你对她说了什么吗？"

"我问她想要干什么，她说了几句话，可是我听不懂。"

"我不会让这些闲杂人员再在这儿乱闯了，"他说，"他们没有权利到这儿来。"

他微微一笑，但是多丽丝用热恋中女人的敏感注意到了，丈夫微笑时只是嘴唇略微一动，而不是像平常那样，一双眼睛里也充满了笑意。她心想，究竟是什么事让他感到烦心呢？

"今天早上你在做什么？"他问。

"哦，没做什么。我出去走了走。"

"到村子里去了吗？"

"是的。我看见一个男的用链子拴住猴子，让它上树摘椰子，可把我给吓坏了。"

"不过却挺有意思的，是不是？"

"嗯，盖伊，有两个小男孩站在一边看着，他们的肤色比其他孩子更白一些。我在想，他们是不是混血孩子。我跟他们说话时，他们一句英文也不懂。"

"村子里有两三个混血孩子。"他回答道。

"他们都是谁的孩子呀？"

"他们的母亲就是村里人。"

"那他们的父亲是谁呢？"

"哎呀，我的天，在这个地方向人家打听这种问题，我想是相当危险的。"他停顿片刻，"很多白人找当地女人做老婆，后来回国结婚了，就给一笔钱打发她们，让她们回到自己原来的村子里。"

多丽丝没有说话。她觉得，丈夫满不在乎的语气似乎有点冷漠无情。一丝不悦的神情爬上她爽朗美丽的英国人的脸颊上。她又问道：

"那么这些孩子怎么办呢？"

"毫无疑问，他们会得到足够的抚养费。通常情况下，父亲会尽己所能，保证提供足够的费用，让孩子接受正规的教育。要知道，他们都是在政府部门里供职。他们在经济上应该没有问题。"

她朝盖伊勉强地笑了笑。

"你别指望我说这是一个十分不错的做法。"

"那你也不要太吹毛求疵了。"他也微笑着对她说。

"我可不是吹毛求疵。不过我要感谢你呢，你以前可没有娶过马来女人做老婆。否则的话，我会深恶痛绝的。想想看，幸亏这两个小家伙不是你的孩子。"

男仆把盘子收拾走了。他们吃的饭菜花样不多，午餐只有清淡乏味的河鱼，所以必须涂上大量的番茄酱，才能咽得下去。然后再吃一些炖菜，盖伊会加一些伍斯特沙司。

"从前，老苏丹认为，这个国家不适合白种女人来生活。"过了一会儿，他说，"他竭力鼓励大家让当地女孩来料理家务。当然，现在的情况变了。这个国家相当安宁和平。我想，我们比以前更知道该如何应对这里的气候了。"

"可是盖伊，这两个孩子中，最大的不超过七八岁，小的只有五岁左右。"

"在前哨站里工作是相当孤独的。唉，一个白人在半年中都见不到第二个白人。有的人还只是个孩子的时候，就被派到这儿来了。"他朝她投去迷人的微笑，不漂亮的圆脸变得好看起来，"说起来，这也是情有可原的。"

她总觉得他的微笑有着难以抗拒的魅力，这是他辩论时最好的武器。她的双眼又一次变得绵软温柔起来。

"当然情有可原。"她把手伸到桌子的另一边，放到他的手上，"我很幸运，这么年轻就找到了你。说实话，要是你跟我说，你也曾经那样生活过，我一定会心烦意乱的。"

他抓过她的手，紧紧握住。

"你在这儿过得快乐吗，亲爱的？"

"无比快乐！"

她穿着亚麻衣裙，看起来非常清新凉爽，酷热并未让她感到苦恼。她所拥有的不仅仅是青春与美貌。她有一双美丽迷人的棕色眼睛，黑色头发光滑整洁，为人坦诚开朗，讨人喜欢，给人的印象是一个充满活力的女孩。可以肯定，她为国会议员工作时，一定是个非常称职的秘书。

"我对这个地方一见倾心，"她说，"尽管我常常独自一人，但是我一点也不感到孤独。"

当然，她曾经读过关于马来半岛的小说。她原来的印象是，这是一片阴森可怕的地方，有波涛凶险的大河，有寂静无声、难以穿越的丛林。当时，蒸汽海船把他们送到大河口，那儿有一艘配备十二位马来人船夫的大船，准备把他们接到前哨站。那景色真是美不胜收，与其说是令人敬畏，倒不说是亲切友好。其情其景带有欢乐的气氛，犹如丛林中的鸟儿在快乐地吟唱着，这都是她始料不及的。大河的两岸长满了红树林和尼帕棕榈树，河岸的后面是浓密茂盛、郁郁葱葱的原始森林，更远处是蜿蜒起伏的绿色山峰，峰峦叠嶂，无边无垠。她既没有身陷囹圄的幽闭感，也没有郁郁寡欢的愁闷感，反而觉得心胸更加开阔，天地更加宽广，自己可以愉快而纵情地驰骋想象。翠绿的青山在阳光照耀下熠熠生辉，蔚蓝的天空清澈透亮，令人愉悦。这片亲切的土地似乎正面带微笑欢迎她的到来。

他们一路摇着桨，船贴着河岸向前行驶。两只鸽子从头顶上飞了过去。一团靓影，犹如翠绿的宝石，在他们的航道上一闪而过。啊，那是一只翠鸟！两只猴子齐头并肩地坐在枝头上，尾巴摇来荡去的。宽阔汹涌的大河对面，在丛林尽头的地平线上，飘浮着一排细碎的白云。那是天空中唯一的云彩，看起来就像是排成一列的芭蕾舞女，身穿白色衣裙，站在舞台后面，显得神情专注、兴高采烈，正等待着大幕徐徐拉开。此情此景真让她心花怒放。眼下，她回忆着这一切，用充满感激、含情脉脉的目光看着丈夫。

当时整理起居室是那么趣味盎然！起居室很大，她刚到的时候，地上散放着破烂而肮脏的席子。没有漆过的木墙上挂着（挂得太高）皇家画院的印版画、迪亚克盾牌和帕兰刀。桌子上铺的是颜色灰暗的迪亚克人桌布，上面摆着几件很需要清洗的文莱铜制物件，还有空空的锡箔香烟盒和几枚马来银币。一个粗糙的木制架子上放着一些廉价小说和很多皮革封面已经破损的老旧的旅游书籍。另一个架子上堆满了空酒瓶子。这是一间单身汉的房间，凌乱不堪，冷冷清清。她看到这番景象时，尽管觉得滑稽可笑，但是也心存无限怜悯。盖伊在这儿过的是一种枯燥乏味、难言舒适的生活。她用双臂搂住他的脖子，吻了他一下。

"你这个可怜的家伙。"她大笑道。

她有一双灵巧的手，很快就把屋子布置得像个宜居的新房。她东一下西一下收拾好各种物件，把不相干的东西全都清除出去。她的嫁妆发挥了重要作用。眼下，这间屋子变得温馨而舒适了。玻璃花瓶里插着可爱的兰花，大碗里长着开花的灌木丛。她内心感到无比骄傲，因为这里是她自己的家（她以前总是住在狭小的公寓里，从未有过自己的房子）。为了心爱的盖伊，她让这个家变得温馨而充满魅力。

"你对我感到满意吗？"她布置好了后问他。

"还行吧。"他微笑着说。

故意轻描淡写的回答很合她的心意。他们如此心有灵犀，真是令她喜不自禁！可是他们俩都羞于直接展露感情。偶尔有那么几次，他们都以揶揄打趣的方式表达情感。

吃完午饭后，他在一把长椅上躺下午睡，而她回到了自己的卧室。她略感惊讶的是，她从他身旁经过时，被他一把拉了过去。她俯下身子，让他在嘴唇上吻了一下。他们在白天的闲暇时间里，还没有互相搂抱的习惯。

"吃饱了肚子，倒让你温柔多情起来，可怜的宝贝。"她打趣道。

"走吧，至少在两个时辰内，别让我再看见你。"

"你可别打呼噜噢。"

她从他身旁抽身离去。他们清晨天刚亮就起了床，所以不到五分钟都醄然入睡了。

多丽丝是被丈夫在浴室内冲澡的声音吵醒的。府邸的墙壁就像是一道不隔音的纸板，两个人的一举一动都逃不过对方的耳朵。她感到浑身慵懒而不愿起床,可是一听见男仆把茶点端进来的声音,她就从床上一跃而起,直奔自己的洗澡间。水不冷,但还算清凉,冲完澡后顿觉神清气爽。她走进起居室的时候,盖伊正从拍套中取出网球拍。在短暂而凉爽的傍晚时分,他们要打一会儿网球。六点钟的时候,夜幕就会不期而至了。

网球场离府邸大约两三百码的距离。由于担心时间很快过去,他们吃完茶点后就朝球场赶去。

"喂,你瞧,"多丽丝说,"我今天早上看见的那个女孩就在那儿。"

盖伊迅速转过身,双眼在一个当地女人身上停留了一会儿,但是他没有说话。

"她身上的纱笼裙真漂亮,"多丽丝说,"我想知道裙子是从哪儿买来的。"

他们从她身旁走了过去。她的身材小巧玲珑,长着她的民族特有的明亮黑色的大眼睛,一头乌黑乌黑的头发。他们走过去的时候,她并没有挪动身体,而是用异样的目光注视着他们。多丽丝这时才发现她不像第一眼看上去那么年轻。她的五官略显粗犷,皮肤黝黑,但长得十分漂亮。她的怀里抱着一个很小的孩子。多丽丝看到孩子的时候,微微笑了笑,但那个女人的嘴唇上却没有发出一丝微笑来回应她。她一直面无表情地站在那儿,眼睛根本没看盖伊,而只是看着多丽丝。盖伊继续往前走去,仿佛对她视而不见。多丽丝转身对他说:

"那个小宝宝挺乖的。"

"我没留意。"

丈夫脸上的表情让她感到困惑。他的脸色一片煞白,脸上那一颗颗粉刺与平时相比却更加发红了。她倒是根本不在意这些粉刺的。

"你注意过小宝宝的双手和双脚了吗？她很有一副富贵相。"

"所有土著女人都有一双俊俏的手脚。"他回应着，但不像平时那样轻松愉快了，那情形就好像他是在强迫自己答话。

不过，多丽丝的好奇心被激发了出来。

"那你知道她是谁吗？"

"她只不过是村子里的一个女孩而已。"

这时，他们到了网球场。盖伊走到球网旁边，看看球网是否绷紧了，并回头看了看。那个女孩仍然站在刚才他们经过的地方，他们俩的目光相遇了。

"我先发球吗？"多丽丝问。

"是的，球都在你那边。"

他今天的球打得相当糟糕。通常情况下，他让她十五分还能赢她，可是今天她轻轻松松就打败了他。他今天打球时沉默无言，平时打球他可是吵吵嚷嚷，自始至终都在大喊大叫。漏接了一个球，他就骂自己愚蠢。多丽丝接不到球时，他还要揶揄她几句。

"你今天打球心不在焉啊，小伙子。"她大叫。

"绝对没有。"他说。

他开始发力挥拍击球，想尽力打赢她，但打出去的球纷纷触网落地。多丽丝从未见过丈夫像今天这样铁板着一张脸。是不是因为球打得糟糕，他就有点恼羞成怒了？天色变得昏暗起来，他们停止了比赛，在回家的路上，那个女人仍然纹丝不动地站在原地。跟刚才一样，她仍然毫无表情地看着他们离开。

阳台上的百叶窗此时已经拉了起来。餐桌旁放着两把长椅，桌子上摆着酒瓶和苏打水。此刻正是他们喝当天第一顿酒的时候，盖伊配好了两杯杜松子酒。他们眼前的那条大河蜿蜒伸展着，大河的对岸，原始丛林被包裹在日渐浓重的神秘夜色中。一位土人正站在船头，手握着双桨默默地划着，船逆流而上。

"我刚才的球打得太臭了，"盖伊打破沉默说道，"我今天有点不舒服。"

"是吗，你不会是发烧吧？"

"哦，没有。明天我就没事了。"

夜幕笼罩着周围的一切。野外的青蛙大声鼓噪着。他们时不时能听见夜鸟几声婉转短促的啁啾声。萤火虫快速飞过阳台，它们发出了柔和的光芒，把周围的树林装扮得像点着短小蜡烛的圣诞树一般。多丽丝觉得自己听到了一声叹息，这让她隐约感到不安。盖伊平时总是那么兴高采烈的。

"怎么回事啊，老家伙，"她轻声问道，"跟老妈说说。"

"没什么，我们再喝一杯吧。"他故作轻松地答道。

第二天，他又一如既往地变得爽朗快乐起来。邮包到了，滨海航班每月两次经过大河口，每月一次直接开往煤田，每月一次原路返回。航班出行时都会带来邮包，盖伊安排小船过去领取。邮件的到来为波澜不惊的生活带来了很大乐趣。起初一两天内，他们会把整个邮包内的东西快速浏览一遍，什么信件啊，英国的报纸啊，新加坡的报纸啊，杂志，图书。然后在接下来的几周里，他会更加认真细致地阅读起来。他们相互争抢着带有图片的报纸。如果多丽丝不是那么全神贯注读报的话，她就有可能察觉到盖伊身上发生了某种变化，就会发现这个变化难以形容，更加难以言说。他的双眼里透出某种机警的神色，微微下垂的嘴角带着忧虑。

后来，也许是一周后的某天早晨，多丽丝坐在阴凉的房间里学习马来语法（她正在勤奋地学着马来语），突然听到院子里一阵骚动。她听见了男仆愤怒的嚷嚷声，和另一个男人的说话声，也许是送水人的声音，还有一个女人尖厉的咒骂声，接着又听见了扭打的声音。她来到窗口，打开百叶窗。送水人正抓住一个女人的手臂，用力拉扯着，而男仆用双手从后面推搡着。多丽丝立刻认出了这个女人，就是那天早晨在院子里转悠、傍晚又站在网球场外的那个女人。她的胸前抱着一个孩子。三个人都在愤怒地哇哇大叫。

　　"住手，"多丽丝大声喊道，"你们在干什么呀？"

　　听见她的声音后，送水人突然松开了手，而男仆仍然在后面推搡着，那个女人一下子跌倒在地。突然之间，大家都安静了下来。男仆阴沉着脸，眼神发愣。送水人犹豫片刻后，悄悄地溜走了。那个女人慢慢地站了起来，重新抱好了怀中的婴儿，然后面无表情地站在那儿，目不转睛地瞅着多丽丝。男仆跟那个女人说了什么，即使多丽丝能听得懂，也不可能听得清。那个女人的脸上没有任何表情，男仆的话对她毫无作用。随后，那个女人不紧不慢地离开了，男仆跟着她到院子的门口。在他回来的时候，多丽丝叫了他一声，但是他假装没听见。多丽丝大为光火，声色俱厉地叫住了他。

　　"你给我马上过来！"她大喊道。

　　他立刻转身朝正屋走来，避开了多丽丝愤怒的目光。他走进屋子，站在门口，悒悒不乐地看着她。

　　"你们对那女人都干了什么？"她突然发问。

　　"老爷说她不能到这儿来。"

　　"你不可以那样对待一个女人，我决不允许。我会把刚才看到的一切，一五一十地告诉老爷的。"

男仆没有答话，他的目光移开了，但是多丽丝能感觉到他正透过长长的眼睫毛在看自己。她打发他离开。

"你走吧。"

男仆什么话也没说，转身返回仆人的居住区。多丽丝感到怒气未消。她发现自己再也无法聚精会神地练习马来语了。过了一会儿，男仆走进来，铺上桌布，准备午餐。突然，他转身朝门口走去。

"怎么了？"她问。

"老爷回来了。"

男仆走出门，从盖伊手中接过帽子。他的耳朵非常灵敏，多丽丝还没有听见脚步声，他就先听见了。盖伊并没有像往日那样走上台阶，他停下脚步。多丽丝立刻明白了，男仆走下台阶去迎接他，就是为了告诉他今天早上发生的事情。她耸了耸肩膀。男仆显然想抢先为自己辩白。不过，当盖伊走进屋子时，她吃了一惊，只见他的脸色阴沉沉的。

"盖伊，究竟是怎么回事啊？"

他突然涨得满脸通红。

"嗯，没什么。"

她感到惊愕不已，本打算一见面就说的话，一句也没有说出来，眼睁睁地看着他走进自己的房间。这次他洗澡、更衣比平时用了更长的时间。他走进来的时候，午餐已经准备好了。

"盖伊，"他们坐下来后，她说，"我们那天看到的那个女人，今天早上又到这儿来了。"

"这件事我听说了。"他回应道。

"仆人们对她的态度相当粗暴，我只好出面阻止他们。你一定要跟他们说说。"

尽管那个马来男仆能听懂她说的每一个字，但他却不动声色地站立一旁。盖伊把吐司面包递给了她。

"已经警告她不要再来了。我已经吩咐过了，要是她敢再来，就把她轰出去。"

"为什么要那样粗暴地对待她呢？"

"因为她拒不听劝。我想，仆人们的态度是有点粗暴，可那也是迫不得已啊。"

"他们这样对待一个女人，看了真不忍心！何况她的怀里还抱着一个婴儿呢。"

"已经不是婴儿了，那孩子都三岁了。"

"你是怎么知道的？"

"她的事情我都知道。她没有任何权利跑到这儿来对我们纠缠不休。"

"她到这儿来究竟想干什么呢？"

"她就喜欢这样为所欲为，想干什么就干什么，就是想无端骚扰别人。"

有一会儿，多丽丝没有说话。她对丈夫说话的语气感到愕然。他说这话时短促急切，看那说话的神态，仿佛这一切都与多丽丝毫无瓜葛似的。多丽丝觉得盖伊有点不通情理，眼下只见他心慌意乱、烦躁不安。

"恐怕今天下午我们不能打网球了，"他说，"看看这天气，我觉得一场暴风雨就要来临了。"

多丽丝午睡醒来的时候，天正在下雨，今天出不了门了。喝下午茶时，盖伊沉默无语，一副神情恍惚的样子。她拿出针线包，做起了针线活。盖伊坐在那儿翻阅着那些英国报纸，这些报纸他还没有从头到尾认真地读过。不过，他却心神不定，如坐针毡，他在宽大的房间里踱来踱去，随后又走到阳台上，两眼呆望着连绵不断的雨水。他究竟在想什么呢？多丽丝隐隐约约感到一丝不安。

直到晚饭时，盖伊才开口说话。在简短的用餐过程中，他竭力想把平时轻松快乐的一面展露出来，但刻意而为的痕迹十分明显。这时雨已经停下了，天空中繁星闪烁，他们在阳台上坐了下来，为了防止蠓虫飞入，他们把起居室里的灯给关了。在他们的脚下，那条令人敬畏的大河正缓慢而无声地流淌着，显得神秘莫测，义无反顾，那势不可挡、冷酷无情的可怕样子犹如天命一般。

"多丽丝，我有话要跟你说。"他突然开口说道。

他的声音听起来十分陌生。他想竭力稳住自己的语调。难道是她产生了幻觉？他在经受着痛苦的煎熬，这让多丽丝感到心痛难受。她把手轻轻地搭在他的手上，可是他却把手给抽开了。

"我要说的事一言难尽啊。恐怕不是什么光彩的事情。我觉得真是难以启齿。在我没有说完前，请你不要打断我，也不要插话问我。"

黑暗中，她看不清他的脸色，但是知道他很憔悴。她没有应声。他用极低的声音讲述着，似乎很难打破这个夜晚的寂静。

"我来这儿的时候，刚从学校毕业，才十八岁。我在吉索罗 ① 实习了三个月，然后被派到赛布鲁河上游的一个前哨站。当然，那儿有地区长官与他的太太。我住在法庭的房子里，但是我常常与他们俩一起吃晚饭，饭后也和他们在一起。我当时过得非常开心。后来，这儿的

---

① 吉索罗（Kuala Solor），毛姆虚构的一个地名，位于婆罗洲岛。

地区长官生病了，不得不回国医治。因为战争，我们人手严重短缺，于是我被派到这儿来做主管。当然，我还非常年轻，可是我的马来语说得像当地人一样。他们委任我也还看在我父亲的份上，能让我独当一面，我当然是乐不可支了。"

他停顿了一下。他将烟斗里的烟灰磕了出去，重新装填了烟丝。他划着了一根火柴。多丽丝没有看他，就知道他的手在微微颤抖着。

"我以前从来没有独自生活过。在家的时候，当然有父母，通常还有仆人照料。上学的时候，周围自然有很多同学帮忙。乘船航行的时候，一直都有同行乘客给予关照。在吉索罗以及在第一任岗位上，情况也都一样。那儿的人几乎都像是自己人一样。我无论在哪儿，身边都有人关照。我喜欢他们。我这人天性喜欢热闹，我就想过轻松自在的生活。无论遇到什么事，我都能开怀大笑，而且还必须找到其他人同乐。但是到了这儿，情况却不同了。当然，白天倒没什么问题，我有工作要做，我可以找来迪亚克人谈话。尽管当时他们还保留着斩获敌人首级的野蛮习俗，也时不时地给我制造麻烦，但是这些家伙们的为人还是非常正派的，所以我与他们相处得很愉快。如果这儿有白人，我当然喜欢和他们谈天说地。不过，与土著人闲聊总比无人可聊强吧，况且和他们聊起来，我觉得更加轻松，因为他们从来都没有把我当外人，我也喜欢我的工作。可是到了晚上，真是寂寞难耐啊。我坐在阳台上，独自喝着杜松子酒或比特酒。不过，我还能读读书。此外，周围还有几个男仆。我的随从男仆名字叫阿卜杜尔，他认识我的父亲。我读书读累了，就把他叫过来，和他随便唠唠嗑。

"让我寂寞难耐的是无数个夜晚。晚饭后，男仆们闭口不言，纷纷离开，各自回村睡觉。只剩下我顾影自怜了。府邸周围一点声音也没有，只有时不时传来小鸟的一两声啁啾。鸟叫声会突然在一片寂静中破声而出，经常把我吓得心惊肉跳。在远处的村子里，我能听见锣声或鞭炮声，土著人正在尽兴地玩着。虽然我跟他们隔得不远，但是却不得不待在屋子里。我对读书早已厌倦了，我感觉自己像是被关进了监狱似的，过着比囚犯还要糟糕的生活。我就这样熬过了一个又一个夜晚。我尝试喝上三杯或四杯威士忌酒，但是独自啜饮却毫无乐趣可言，不仅不能让我心情愉快起来，而且会让我在第二天萎靡不振。我尝试过晚饭后立刻上床睡觉，但是却难以入眠。我躺在床上时，常常浑身燥热，辗转反侧中更无半点睡意。唉，面对漫漫长夜，我真不知道该如何是好！你知道吗，我当时情绪相当低落，内心感到十分难受——现在回想起这一幕时，倒让我忍俊不禁起来，可是我当时只有十九岁半——有时候，我只能独自伤心流泪啊。

　　"后来，某天晚上吃过晚饭后，阿卜杜尔收拾好屋子，正要离去，却突然轻轻地咳嗽了一下。他说，整晚一个人待在屋子里，是不是寂寞难耐啊？'哦，不，还行吧。'我说。我可不想让他知道我搞得像个倒霉的傻瓜一样。不过我想，他当时什么都知道的。他站在那儿，什么也没说。我知道他有话想要对我说。'有什么事吗？'我问，'有话就说吧。'这时他才说，如果我想找个女孩，让她和我一起生活，他正好知道有人愿意跟着我。这个女孩非常善良，他可以把她推荐给我。她是不会给我惹麻烦的，而且也会给这座房子增加人气。她还会帮我缝缝补补……我情绪十分消沉。一整天都在下雨，我一直都不能出门锻炼。我知道我不应该几个小时蒙头大睡。他说，找这个女孩子花不了多少钱，她家里很穷，送一点小礼物，他们就心满意足了，花个两百块钱就足够了。'话说回来，'他说，'如果你不喜欢了，还可以让她走。'我问，'她现在在哪儿。''她就在这儿，'他说，'我去叫她。'他朝门口走去。她和她的母亲一直等在台阶下。她们进了屋，坐在地板上。我递给她们一些糖果。当然，她很害羞，但很平静。我跟她说话时，她对我嫣然一笑。她年纪还很小，几乎还是个孩子，他们却说她十五岁了。她长得非常漂亮，穿上了她最好看的衣服。我们开始交谈起来，她的话不多，但我跟她打趣时，她却笑声不断。阿卜杜尔说，等她和我熟悉了，她的话会很多的。他让她坐到我的身边来，她咯咯一笑，拒绝了，可是她的母亲也让她过来。我在椅子上为她腾出了地方。她脸红地笑了笑，不过还是走过来了，随后便偎依在我的身旁。男仆也大笑了起来。'你瞧瞧，她已经喜欢上你了，'他说，'你愿意她留下来吗？'他问。'你愿意留下来吗？'我问她。她大笑着把脸埋在我的肩膀上。她非常温柔娇小。'很好，'我说，'那就让她留下来吧。'"

盖伊探过身子，自己倒了一杯威士忌和苏打水。

"我现在可以说话吗？"多丽丝问。

"再等一下，我还没有讲完。我并不爱她，甚至在一开始的时候也不爱。我接纳她，仅仅是让府邸里多个人。如果再这么冷清的话，我就会发疯抓狂的，要不然就会养成酗酒的恶习。我再也无法忍受下去了。我还太年轻，终究熬不过孤独寂寞的。除了你，我再也没有爱过别人。"他犹豫了片刻，"她住在我这儿，直到去年我请假回国。她就是那个在附近转悠的女人，你见过的。"

"是的，我想应该是她了。她怀里抱着个宝宝，那是你的孩子吗？"

"是的。是个小女孩。"

"就这一个孩子吗？"

"你在村子里看见的两个小男孩也是，你提到过他们。"

"那么她生了三个孩子？"

"是的。"

"你有一大家子的人啊。"

她说完后，觉得他突然做出了一个手势，但她没有说话。

"你结婚的时候，她是不是不知道，直到你突然带着妻子在这儿出现？"多丽丝问。

"她早知道我就要结婚了。"

"什么时候？"

"我离开这儿前，把她送回村子里。我跟她说，一切都结束了。我答应过的东西，全都兑现了。她心里清楚，这只是一个临时性的安排。我对此感到厌倦了。我告诉过她，我就要和一个白人女孩结婚了。"

"可当时你甚至还没有遇见我呢。"

"是的，我知道。但是当我回国的时候，我就已经下决心结婚了。"他又像以前一样轻松地笑了笑，"我真不想瞒你，我刚遇见你的时候，内心感到相当绝望。我对你一见钟情，我心里清楚我是非你莫娶了。"

"你此前为什么不告诉我呢？你难道不觉得，让我有机会作出独立判断，是不是很公平啊？你应该能够想到，要是一个女人发现丈夫和另外一个女人生活了十年，而且还生了三个孩子，那将是多么巨大的心理打击啊。"

"我当时觉得你是不会理解的，这儿的环境非常特殊，这样的事情司空见惯，六个男人中有五个都会这么做的。我知道这种事情会对你打击很大，我不想失去你。你知道，我当时深深地爱着你，现在也是，亲爱的，没有任何理由让你知道这件事。我自己也没想到会回到这儿来。

72

人们回国度假后，很少再被派回到原来的前哨站。我们回到这儿的时候，我提出过给她一笔钱，让她到别的村庄去。她起初是同意的，但后来又变卦了。"

"那你现在为什么要告诉我呀？"

"她一直在没完没了地惹事闹事。你对此本来是一无所知的，可我不知道她是怎么发现这一点的。她知道这个事实后，就开始讹诈我了。我不得不给了她一大笔钱。我吩咐过了，不允许她到院子里来。她今天早上闹事，就是为了引起你的注意，她想恐吓我。事情再也不能这样下去了。我想，唯一的办法就是把真相和盘托出。"

他说完后，两人长时间沉默无语。后来，他把手搁在她的手上。

"你现在明白了吧，多丽丝？我知道，这全都是我的错。"

多丽丝的手没有动弹，盖伊觉得她的手是冰凉的。

"她是在嫉妒我吗？"

"我敢说，她以前住在这儿的时候，各种各样的好处没少拿。我猜想，现在拿不到任何好处了，她就变得老大不乐意。可是她从来都没爱过我呀，我也从未爱过她。你要知道，土著女人从来都不会把白人男子放在心上的。"

"那些孩子呢？"

"嗯，孩子没问题，我给他们提供抚养费。两个男孩子长大后，我就送他们到新加坡上学。"

"他们对你根本就无所谓吧？"

他犹豫了一会儿。

"那我就对你实话实说吧。如果他们遭遇到了什么意外，我肯定会伤心难过的。第一个孩子快出生的时候，我想我对他的喜爱远远胜过他的母亲。只可惜他的肤色不是白色，否则，我肯定会对他偏爱有加的。当然，他还在襁褓中的时候，是相当有趣、令人动容的，但我的内心感到很别扭，觉得他并不是我的孩子。我想，这就是我内心的真实想法。要知道，我总觉得那孩子不是我亲生的。我有时候也谴责自己，因为这太违反人伦天理了，可实事求是地说，对我来说，这些孩子与别人家的孩子没有什么两样。当然，那些没有留下孩子的人，总喜欢在背后说三道四的。"

事到如今，多丽丝什么都明白了。盖伊等着她说话，但她什么也没说，只是一动不动地坐在那儿。

"还有什么别的事情你要问吗，多丽丝？"盖伊后来问道。

"没有。我的头疼得厉害，我想我应该睡觉去了。"她的声音依然像往日一样沉稳，"我真不知道该说什么。当然，这一切都是那么出人意料。你得让我有时间好好想想。"

"你对我非常生气吗？"

"不。一点也不。只是——只是我必须要单独待一会儿。你别动。我要睡觉去了。"

她从长椅子上起身，把手搁在他的肩膀上。

"今天晚上真是酷热难耐，我希望你睡到更衣室去。晚安。"

她走了。他听见她反锁房门的声音。

第二天，她脸色苍白。他能看得出来，她昨晚没有睡好。她的神态举止中见不到痛苦过的痕迹，她说话一如平常，但少了一些轻松自如。她一会儿说东，一会儿道西，仿佛是在与陌生人唠嗑闲聊似的。他们从来都没有吵过架，但盖伊觉得，他们俩真好像刚刚发生过争执，后来虽然言归于好了，但因为感情受到过伤害，多丽丝才会用这种方式和自己说话。她的眼神让盖伊感到困惑，他从中读出了某种异样的恐惧。吃过晚饭后，她开口说道：

"今天晚上，我感觉身体很不舒服。我想马上去睡觉。"

"唉，我可怜的宝贝，我感到很抱歉。"他大声说道。

"这没什么。只要一两天，身体就没事了。"

"我等会儿过去跟你道晚安。"

"不用了，不用过来了。我想让自己尽早进入梦乡。"

"那么好吧，离开前吻我一下吧。"

他看见她的脸红了。有一会儿，她似乎在犹豫。随后，她朝他倾过身体，眼睛却向别处看去。他用双臂抱住她，想吻她的嘴唇，她却把脸扭了。他在她的脸颊吻了一下，然后她迅速从他身边离开。他又一次听见卧室门被轻轻反锁的啪嗒声。他倒身坐到椅子上，他试图看点书，但却竖起了耳朵，分辨着卧室内妻子发出的最细微的声响。她说她要去睡觉，但是却没有听见任何动静。卧室内静悄悄的，这使他感到莫名的紧张。他用手遮住灯光后，发现卧室的门缝里透出微光，她还没有把卧室里的灯关掉，她究竟在干什么呢？他把书放下了。如果她愤怒地大吵大闹，或者号啕大哭的话，他是不会感到惊讶的，他完全能应付那样的局面。可是她却如此平静无事，这让他感到惶恐不安。她眼神里的恐惧是那么清晰明了，这究竟意味着什么呢？他把昨晚向她坦白过的所有内容从头到尾又想了一遍，他不知道自己还能用什么别的方式来讲述了。毕竟，问题的关键在于：他的所作所为与其他人并无二致，更何况这一切都是在遇见她之前发生的。当然，这最后的结果也说明自己是一个大笨蛋。可是，无论是谁，只要有过这番经历后，一定会吃一堑长一智的。他用手捂住了胸口。真有意思，心口那儿竟然隐隐作痛起来。

"人们常说心痛心碎什么的，看来是确有其事啊，"他自言自语道，"我倒想知道，这样的局面还要持续多久？"

要不要去敲门，告诉她自己有话要说？最好能把心里的话全都说出来。他必须请求她原谅自己。这种无声的状态真让他感到害怕，连一点儿声音也听不到！也许，最好还是不要去打扰她。对她来说，这样的事肯定是一次心理打击。他必须尽量满足她的任何心愿。毕竟她很清楚，自己是一心一意地爱着她的。现在唯一能做的就是耐心等待了。也许，她此刻的内心正在波澜起伏。必须给她足够的时间，自己必须有足够的耐心。

第二天，他问她昨晚睡得怎么样。

"很好，好多了。"她回答道。

"你对我非常生气吗？"他可怜兮兮地问道。

她用坦率、开朗的眼神看着他。

"一点也不生气。"

"哦，亲爱的，我真的非常高兴。我以前是个混蛋，是个畜生。我知道，你对此深恶痛绝，但是我请求你原谅我吧。这件事也让我痛苦不堪啊。"

"我原谅你，我甚至都没有责备过你。"

他朝她发出一抹带着悔意的微笑，眼睛里露出了摇尾乞怜般的神色。

"这两个晚上，我一个人睡觉很不自在。"

她把目光移开了，脸色比以前更显苍白。

"我已经把卧室里的床搬走了，它太占地方，我在原来的地方放了一张单人床。"

"亲爱的，你在说什么呀？"

这时，她用平稳的目光看着他。

"我今后再也不与你过夫妻生活了。"

"永远吗？"

她点了点头。他困惑不解地看着她，他简直不敢相信自己的耳朵，觉得自己是不是听错了。他的心在痛苦地跳动着。

"可是这对我太不公平了，多丽丝。"

"难道你不觉得，把我带入这样的处境中，对我来说是不是也有点不公平啊？"

"可是你刚刚说了，你并没有责怪过我。"

"确实如此。但是一码归一码。我也是迫不得已。"

"可是我们怎么能以那样的方式生活在一起呢？"

她的眼睛死死地盯着地板，她似乎陷入沉思之中。

"昨天晚上，你想吻我嘴唇的时候，我——我感到有点恶心。"

"多丽丝。"

她突然朝他看去，眼睛里带着寒意，还有敌意。

"我睡过的那张床，是不是她曾经生过孩子的那同一张床啊？"她满脸通红地看着他，"噢，真是太可怕了！你怎么能这样啊？"她绞动着双手，扭曲缠绕的手指看上去很像是细小的蛇在蠕动着。不过，她竭尽全力在控制自己的情绪。"我的心意已决。我不想对你翻脸无情，可是有些事你无法让我做到。我已经翻来覆去想过了。你把真相告诉我，我的脑海里一直在想这件事，日日夜夜地在想，想得我精疲力竭。当时，我的本能做出的第一反应就是马上离开，立刻离开。再过一两天，轮船就要开过来了。"

"我是那么爱着你，难道你就一点也不在乎了吗？"

"嗯，我知道你很爱我，我暂时还不会离开的。我想给我们俩留下缓冲的机会。我也深爱过你，盖伊。"她的声音几近哽噎，但她并没有哭泣，"我不会无理取闹的。老天知道，我也不想翻脸无情。盖伊，你能给我时间吗？"

"我不明白你是什么意思。"

"我只是希望你不要打搅我。我的心里五味杂陈，我自己也感到惊恐不安。"

看来他的判断是正确的，她感到害怕。"五味杂陈？"

"请不要追问我。我不想说出什么话来伤害你。也许，我很快就能熬过去。老天做证，我自己很想做到。我会努力的，我答应你，我会努力的。给我六个月的时间。我可以为你做任何事情，但只有那件事我做不到。"她做了一个恳求的手势，"如果我们俩都不能幸福快乐地生活在一起，那是毫无道理可言的。如果你真的爱我，那么——那么你就应该有耐心。"

他深深地叹了一口气。

"好吧，"他说，"你不喜欢的事情，我决不会强迫你去做的，这是理所当然的。那么就按照你说的去做吧。"

有那么一会儿，他瘫坐在椅子上，仿佛突然间苍老了许多，连起身也感到困难。后来，他还是站了起来。

"我要去一趟办公室。"

他拿起遮阳帽走了出去。

一个月过去了。女人比男人更善于掩饰自己的情感。要是有个陌生人来他们家做客，可能永远也猜想不到多丽丝内心的情感波澜。可是在盖伊那儿，内心的焦虑却已溢于言表。他原本和善的圆脸眼下却紧紧地绷着，双眼透露出渴望而疲惫的神色。他朝多丽丝看去，只见她眉开眼笑的。她还像过去一样跟他打趣逗乐。他们结伴去打网球，他们凑在一起神侃闲聊。然而不难看出，她只不过是在逢场作戏而已。后来，他再也抑制不住自己，想要再找她谈谈自己与那个马来女人的关系。

"噢，盖伊，回头再谈论这个话题吧，现在已经没有必要了，"她颇为轻松地说道，"该说的话，我们全都说了。我从来都没有责备过你呀。"

"那你为什么要惩罚我呢？"

"我可怜的宝贝，我并不想惩罚你。这不是我的错，如果——"她耸了耸肩膀，"人的本性是非常奇怪的。"

"我不明白。"

"你无须明白。"

这番言辞本来是刺耳难听的，但是她用愉快友好的笑声把它们软化了。每晚睡觉前，她都会俯下身体，在他的脸颊上轻轻地吻一下。她的嘴唇只是稍微碰了碰，仿佛是一只飞蛾在他的脸上飞快地蹭了一下。

第二个月结束了。第三个月结束了。漫长难熬的六个月也在一眨眼间过去了。盖伊暗自思忖着，多丽丝会不会忘了自己的承诺？眼下，她说的每一句话，她露出的每一个表情，她做的每一个手势，他都紧张不安地留意着。她的内心仍然让他揣摩不透。她曾经说过，要给她六个月的时间。那么好了，六个月期限已经到了。

滨海航船经过大河口，卸下了邮件，又开走了。盖伊忙着写信，好让航船在返程的时候带走。两三天过去了，那天是星期二。快速帆船要在星期四黎明出发，去对接滨海航船。除了在吃饭的时候，多丽丝还勉强说说话，其他时间里他们很少交谈。晚饭后，他们像往常一样，各自拿起书读了起来。男仆收拾好餐桌离开后，多丽丝把书放了下来。

"盖伊，我有话要和你说。"她低声说。

他的心猛然一跳，咚咚咚地撞在了肋骨上。他觉得自己脸色倏变。

"哦，亲爱的，不要这样，没有什么好害怕的。"她大笑道。

可是他发觉她的声音在微微颤抖。

"嗯？"

"我想请你帮我做点事。"

"我亲爱的，我可以为你做任何事情。"

他伸出手，想去握她的手，但是她把手抽开了。

"我想请求你让我回国。"

"你要回国？"他大叫道，心中感到骇然，"什么时候？为什么？"

"我的承受力已经到了最大限度。我再也无法承受下去了。"

"你回国要待多长时间呢？永远不回来了吗？"

"我不知道。我想是的。"她果断地回答道，"是的，永远不回来了。"

"啊，我的上帝！"

他的声音哽塞了，多丽丝觉得他就要哭出声来。

"哎，盖伊，你别怪我。这可不是我的错。我是身不由己啊。"

"你让我给你六个月的时间，我欣然接受了。话说回来，我并没有让你不胜腻烦吧？"

"哦，没有。"

"我一直在努力，尽量不想让你知道我这段时间是多么萎靡不振。"

"我知道，我内心非常感激你，你对我真的很好。听我说，盖伊，我还要再重复一遍，你所做的任何一件事，我都不会责怪你的。毕竟，你当时还是个毛头小子，而且所做的事情与其他人并无什么不同。我很清楚孤独在这儿是什么滋味。唉，我亲爱的，我真的对你深表同情。从一开始我就已经了解到了内情，所以我让你给我六个月的时间。理性告诉我，我是在小土丘上堆大山啊。我太不切实际了。这样对你确实不公平。可是，你看看，这件事与理性没有关系。我的整个灵魂都在叛逆。我在村子里看见那个女人和她的孩子时，只觉得双腿在簌簌发抖。这座房子里的所有东西，还有我睡过的那张床，只要一想起来，我就恶心不已……你真不知道我的内心承受了多么大的痛苦。"

"我已经说服她别来了。我还向上面打了调动的申请。"

"那也无济于事了。她的影子永远挥之不去。你属于他们，你不属于我。我想，如果只有一个孩子，也许我还能忍受，可是你们有三个孩子，况且那两个男孩已经老大不小了，你和她整整生活了十年啊。"此时此刻，她终于从内心的长期挣扎中爆发了出来，她感到绝望，"这件事是实实在在的，我找不到补救的办法，我的内心没有那么坚强。一想到她用细瘦黝黑的手臂搂着你，强烈的恶心感就涌上我的心头。我老是想着你用双臂抱着这几个黑肤婴儿的情景。噢，真是令人作呕。只要碰一下你，我就感到厌恶。每天晚上我吻你的时候，我不得不强打起精神来。我不得不攥紧拳头，逼迫自己去蹭一下你的脸颊。"这时，她因为焦灼和痛苦，拳头不断地攥起来，然后又松开。她的声音已经控制不住了："我觉得应该受谴责的人是我。我是一个愚蠢、歇斯底里的女人。我原以为我会熬过去的，可是我没有做到。事到如今，我永远也做不到了。我完全是咎由自取啊。我自己愿意承受这一切后果。如果你说我必须待在这儿，我就待下去。可是真要待在这儿，我就活

81

不下去了。算是我哀求你放我走吧。"

这时，她克制已久的眼泪奔涌而出，伤心欲绝地大哭起来，他以前从未见她哭过。

"当然，我不会违背你的意愿，强迫你留在这儿的。"他声音嘶哑地说道。

多丽丝疲惫不堪，仰身靠向了椅背。她的五官全都扭曲变形了。一向十分平静安详的脸，眼下却让悲伤过度泛滥，真是惨不忍睹。

"我万分抱歉，盖伊。我毁了你的生活，可是我也毁了我自己的生活。我们本来可以过得很幸福的。"

"你想什么时候走呢？星期三吗？"

"是的。"

多丽丝可怜巴巴地看着他，只见他用双手捂住了脸。后来他把头抬了起来。

"我累了。"他喃喃低语。

"我可以离开这儿吗？"

"可以。"

他们坐在那儿，一言不发。约莫两分钟后，多丽丝起身站了起来。外面的野鸟发出了刺耳、嘶哑的叫声，像是人发出来的怪异的哭声。盖伊也站了起来，走到外面的阳台上。他斜靠在栏杆上，朝缓慢流淌的河水看去。他听见多丽丝走进了卧室。

第二天清晨，他比平时起得还早，并走到卧室门口敲了敲。

"什么事？"

"我今天要到上游去办事，很晚才能回来。"

"好的。"

她明白这是怎么回事。他整日里都在做着安排，就是希望她在收拾行装的时候，自己不眼睁睁地看着，这可是个令人伤心欲绝的情景。她收拾好了衣物后，朝起居室内自己的个人物品扫了一眼。要是全都带上，那真是太麻烦了。除了母亲的照片外，她什么都没带。直到晚上十点钟，盖伊才回来。

"很抱歉我没能赶回来吃晚饭，"他说，"我去的那个村子，村长整出了很多事情让我来处理。"

他的双眼在屋子里四下扫视着，注意到了她母亲的照片已经不在原来的地方了。

"一切都准备好了吗？"他问，"我已经吩咐船工天亮后等在外面。"

"我让男仆五点钟叫醒我。"

"我最好再给你一些钱。"他走到桌子旁，开了一张支票，并从抽屉里取出了一些纸币，"这里有一些现金，船到新加坡前绰绰有余。到了新加坡，你就可以兑换这张支票了。"

"谢谢你。"

"要不要我送你到大河口那儿？"

"噢，我想我们就在这儿告别的话，也许会更好。"

"好吧，我想我要去休息了。我忙活了一整天，早已精疲力竭了。"

他连她的手也没碰一下就走进自己的房间。几分钟后，她听见他倒在床上的声音。有一小会儿，她坐在那儿，最后一次环顾这个屋子，这个她既获得幸福又遭遇痛苦的屋子。她深深地叹了口气，起身走进自己的卧室。所有的东西都收拾好了，只留下一两件今天晚上要用的物品。

男仆叫醒他们的时候，天还没亮。他们匆忙穿好衣服。早餐已准备就绪。不一会儿，他们听见帆船划到了府邸下面的码头旁。随后，仆人们把她的行李搬了过去。他们吃饭时都故作镇静。夜色越来越淡，那条大河看上去如同幽灵。白天还没有到来，但此时此刻已经不再是黑夜了。码头的平台上，土著人说话的声音清晰地传了过来。盖伊朝妻子瞥了一眼，只见她什么东西也没吃。

"如果你吃好了，那我们就过去吧。我想你应该动身了。"

她没有吱声，从餐桌旁站了起来，走进卧室，看看有没有东西被落下了，然后与他肩并肩下了台阶。他们顺着一条蜿蜒的小径朝河边走去。码头上，土著卫兵穿着潇洒的制服列队欢送。盖伊和多丽丝经过时，他们举枪致敬。领头船工伸出手，搀扶着她上了船。她转身朝盖伊看去，很想说一句安慰性的临别赠言，并再次请他原谅自己，但是她有点张口结舌，开不了口。

他伸出手。

"好了，再见。希望你旅途愉快！"

他们握了一下手。

盖伊朝领头船工点了头，船起程了。这时，黎明正悄悄地潜入雾气迷蒙的大河两岸，但是夜色仍然蛰伏在黑暗的原始丛林中。他站在码头那儿，直到帆船消逝在清晨的重重阴影中。他发出一声叹息后转身离开，卫兵再次举枪敬礼，他心不在焉地点头示意。他回到府邸后，把男仆叫了过来。他走遍整个屋子，把属于多丽丝的物品全都找了出来。

"把这些东西都封起来吧，"他说，"让它们到处散放着很不好。"

随后，他坐到阳台上，注视着白昼渐渐降临，慢慢感受着某种苦涩的、无与伦比的、压倒一切的悲伤。后来，他看了看手表。应该是他去办公室工作的时间了。

午休时分，他难以入睡，头疼欲裂。他只好拿起猎枪，到丛林中去散散心。他不想开枪猎杀，只是想随便走走，把自己累倒。日落时分，他回到家里，喝了两三杯酒，然后更衣吃饭。现在更衣换装已经没有多大意义了，还是让自己舒服一点吧。他穿上了宽松的土著人夹克和纱笼裙。多丽丝来之前，这样的衣着他早习以为常了。他光着脚丫，无精打采地吃完晚餐，男仆收拾好饭碗就走了。他坐下来，拿起《闲谈者》读了起来。整座房子出奇地安静，他精疲力竭，思绪不定，实在读不下去，只好把杂志放到膝盖上。不可思议的是，他的脑子里竟然一片空白。晚上，野鸟特别吵闹，那突如其来的嘶哑叫声似乎在嘲讽他。而这萦绕回环的叫声竟然出自如此细小的嗓子，真是令人难以置信。不一会儿，他听见了轻轻的咳嗽声。

"谁呀？"他大喊。

他喊完后朝门口看去，野鸟的嘲笑声更大了。一个小男孩悄悄走过来，站在门槛上。他是个混血儿，身上穿着破烂的汗衫和纱笼裙。那是他的大儿子。

"你来干什么呀？"盖伊问。

男孩迈步走进屋子，盘起双腿在盖伊的脚边坐了下来。

"谁让你到这儿来的？"

"是妈妈让我来的。她问，你有什么需要吗？"

盖伊凝神看着男孩，男孩再也没有说话了。他坐在那儿等着，并害羞地低下头。这时，盖伊把脸埋在双手中，陷入痛苦不堪的沉思中。现在能顶什么用呢？一切都结束了，全都结束了！他只能缴械投降了。他用力靠在椅背上，深深地叹了口气。

"跟你妈妈说，收拾一下她的东西，还有你们的东西，她可以回来了。"

"什么时候？"男孩问，脸上毫无表情。

两行热泪涌出盖伊的眼睛，顺着那张斑斑点点、滑稽有趣的圆脸流淌了下来。

"今天晚上。"

赴宴之前

　　斯金纳夫人喜欢恪守时间。她早已换好了正装，这身黑色真丝衣裙与她的年龄十分般配，也符合她对女婿亡故的悼念之情。眼下她就要戴上那顶丝绒女帽了。一想到帽子，她倒有点拿捏不准，因为帽子上用来装饰的白鹭羽毛会在赴宴的朋友中引起刻薄的非议。当然，为了获取羽毛，在交配季节里将这些白鹭杀死，确实令人感到震惊。不过，帽子上的这些羽毛，那么美丽，那么时尚，拒斥不用是多么愚不可及，再说还会伤害女婿的感情。他可是千里迢迢从婆罗洲岛①把帽子带回来的，委实希望她能舒心满意。当年，凯瑟琳刚见到这些羽毛时还十分不悦呢，自从那桩事情发生后，她倒有点悔不当初。不过，凯瑟琳对哈罗德从来都没有喜欢过。斯金纳夫人站在梳妆台前，把羽毛装饰的帽子戴在头上，不管怎么说吧，这毕竟是她唯一的一顶漂亮绒帽了。她随手在帽子上别上一枚黑色的大头别针。要是真有人问起那几根羽

---

① 婆罗洲，即加里曼丹岛（Kalimantan Island），世界第三大岛，位于东南亚马来群岛中部。

毛来，她早就想好了应对之道。

"哦，我知道这确实很糟糕，"她会说，"我本来做梦也不会去买它们的，可这是我那可怜的女婿最后一次出差回来孝敬我的。"

这样也算是解答拥有和佩戴羽毛帽子的疑问了，其实，大伙儿都是善解人意的。斯金纳夫人从抽屉里取出一块干净的手帕，朝上面喷洒了一些古龙香水①，她从来都不用香水，总以为使用香水是相当轻浮的表现，但古龙香水却是那么沁人心脾。她现在几乎做好了赴宴的准备，于是双眼就从身后的镜子上移到了窗外。卡农·海伍德家的花园宴会可真是赶上了好日子。这天气温暖和煦，天空湛蓝湛蓝的，树木还没有褪尽春天的嫩绿色。看见小外孙女在房子后的小花园中为花床铲土，她微微一笑。斯金纳夫人多么希望琼的面色不要那么苍白——当年把她搁在热带地区那么长时间，这本身就是一个错误，孩子小小年纪，神情就那么凝重严肃，你压根儿就看不到她四下奔跑。她安静地做着自个儿发明的游戏，正给自己的小花园种花浇水。斯金纳夫人朝裙子的前摆轻轻地拍了拍，拿起手套，下楼去了。

凯瑟琳正坐在窗前的写字台旁，忙着整理清单。她是女子高尔夫俱乐部的荣誉秘书。每逢高尔夫球比赛，她就忙得不可开交。不过，她对赴宴也做好了应有的准备。

"我看到了，你最后还是把罩衫给穿上了。"斯金纳夫人说。

究竟是穿罩衫好，还是穿黑色套衣好，她和凯瑟琳在午饭的时候讨论过。凯瑟琳觉得，黑白相间的罩衫过于挑眼，穿上它就不像是在守丧了。然而，米莉森特却不以为然。

"我们没有理由搞得像刚从外面吊丧回来似的，"她说，"哈罗

---

① 原产于德国科隆的一种知名香水。

德已经死了八个月了。"

斯金纳夫人觉得，这样说哈罗德太冷漠无情了。打从婆罗洲岛回来后，米莉森特就有点判若两人。

"你不会现在就要把丧服脱掉吧，亲爱的？"她问。

米莉森特没有直接回答。

"人们不再像以前那样守丧了。"她停顿片刻后说道。斯金纳夫人觉得她的语调透着怪异，凯瑟琳显然也注意到了，因为她朝姐姐投去狐疑的目光。"可以肯定，哈罗德也不希望我无休无止为他守丧下去的。"

"我早就穿好衣服了，就是想跟米莉森特说点事。"凯瑟琳说，也是回应母亲的关切。

"是吗？"

凯瑟琳没有做出解释。不过她把单子放到一边，蹙眉凝神，又把一位女士的来信读了一遍。这封来信投诉竞赛委员会很不公正地将她的杆数等级从二十四降到了十八。担任女子高尔夫俱乐部的荣誉秘书，看来也是需要有真本事的。斯金纳夫人边想边戴上了新买的手套。遮阳窗使室内凉爽而昏暗。她看了看那只颜色亮丽、令人愉悦的木制大犀鸟，这是哈罗德留下来让她保管的。这件物品对她来说有点奇怪，也有点野蛮，可哈罗德却对它十分珍惜。它带有某种宗教的意味，卡农·海伍德曾对它啧啧称赞。沙发上方的墙壁上，挂着马来人的武器，她忘了这些武器的名称了。几张桌子上零零散散地摆满了银器和铜器。这些都是哈罗德在不同时期寄给她们的。她曾经喜欢过哈罗德，她的眼睛不由自主地搜索起哈罗德的照片来，他的照片曾经与两个女儿、外孙女、妹妹，以及外甥的照片一起摆放在钢琴上。

"凯瑟琳，哈罗德的照片哪儿去了？"她问。

凯瑟琳回头看了看，照片已不在那儿了。

"一定是有人把它拿走了。"凯瑟琳说。

她在惊讶与困惑中站了起来，朝钢琴走去。那些照片的位置重新调整过，空出的地方就看不出来了。

"也许是米莉森特想把它放在卧室里。"斯金纳夫人说。

"我本应该注意到的，米莉森特那儿有好几张哈罗德的照片，她把照片都锁起来了。"

斯金纳夫人对女儿为什么不在卧室内摆几张哈罗德的照片备感纳闷。曾有一次，她还专门提到过这事，可米莉森特根本就没接她的话头。米莉森特自打从婆罗洲岛回来后，就一直沉默寡言，神情大异。斯金纳夫人本来倒是很想给她以应有的安慰，可她却并没有接受别人同情的意思。她根本不愿意谈自己遭遇到的巨大不幸。说起来，每个人承受悲痛的方式并不相同。她的丈夫早就说过，最好不要对她横加干预。一想到丈夫，她就立刻把思绪转到即将参加的宴会上去了。

"你父亲问我他要不要戴上一顶大礼帽呢，"她说，"我说，为了保险起见，还是戴上它为好。"

宴会可是他们生活中的一件大事。他们会尝到博迪糖果店的香草冰草莓，还有海伍德家自制的冰咖啡。很多大人物都要来参加宴会。他们即将见到香港主教，主教和卡农曾是大学时代的好友，眼下正住在卡农家里呢。他会跟大家讲讲他在中国传教时的见闻。由于女儿曾在东方生活了八年，女婿原本就是婆罗洲岛的地方长官，所以斯金纳夫人对此次宴会兴趣盎然。自然，同那些与海外殖民地毫无关联的人相比，这样的事对她来说就更加有意义了。

正如斯金纳先生所说："眼里只有英国的人，对英国又有多少真正的了解呢？"

这时，丈夫走进了房间。他子承父业，也是一位律师，在林肯律师协会的大楼里就业。他每天早上去伦敦工作，晚上下班回家，周末正好有空可以陪一陪妻子和两个女儿，去参加卡农家的花园宴会。卡农非常明智地选择了周六举办宴会。斯金纳先生穿上了燕尾服和黑白相间的裤子，显得很神气。他平时穿戴一点也不讲究，不过衣着倒是十分干净整洁，看起来就像是德高望重的家庭律师，而他也的确如此。他的事务所经手的业务可都是正儿八经的要案，要是登门求助的客户拿一些不大体面的事来滋扰，斯金纳先生就会神色凝重起来。

"我想，这样的案子我们是不会接的，"他说，"我觉得你还是去别的地方吧。"

他会拿出写字本，在上面写上姓名和地址，然后把那页纸撕下来，随手递给顾客。

"如果我是你的话，就会去找一找这些人。你只要提一提我的名字，我相信他们一定会尽全力来帮助你的。"

斯金纳先生的胡子刮得很干净，头发也几乎掉光了。他紧闭的薄嘴唇显得苍白，蓝色的眼睛里透出羞涩的神色。他的双颊不见血色，脸上满是一道道的皱纹。

"我看见你把新裤子穿上了。"斯金纳夫人说。

"我以为这次宴会是个很好的机会，"他回应道，"我在想还要不要戴上胸针。"

"我想不用，父亲，"凯瑟琳说，"我觉得戴胸针样子很不好看。"

"可能会有很多人戴呢。"斯金纳夫人说。

"只有小职员这类人才会戴的，"凯瑟琳说，"海伍德家的宴会邀请了很多人。再说，我们还在守丧呢。"

"我想知道，香港主教演讲过后，会不会让人捐款。"斯金纳先生说。

"我想应该不会。"斯金纳夫人说。

"我觉得，那样做会令人感到十分厌恶。"凯瑟琳附和道。

"我们还是以防万一为好，"斯金纳先生说，"我会替大家捐款。我在想，捐十个先令够不够，或者干脆捐一镑得了。"

"如果你真的要捐的话，我想应该捐一镑吧，父亲。"凯瑟琳说。

"捐钱的时候，我再看情况吧。我不想捐得比别人少，但话又说回来了，我也没有理由不切实际地多捐。"

凯瑟琳把文件放进写字台的抽屉里，随后站了起来，她看了看手腕上的手表。

"米莉森特准备好了吗？"斯金纳夫人问。

"时间还早得很。请柬上只要求我们四点钟到。我觉得我们没有必要在四点半之前到场。我让戴维斯四点一刻左右把车子开过来。"

通常情况下，都是由凯瑟琳来开车的，但是像今天这样的大场面，就由花匠戴维斯穿上制服，做一回家庭司机了。开着车子去赴宴，看起来是很气派的。凯瑟琳穿上了新罩衫，自然很不愿意亲自驾车。看见母亲将手指头一个个硬塞进新手套中，她想到自己也必须戴上手套。她闻了闻手套，看看上面是否还残留着洗涤剂的气息。还好，只有非常淡薄的余味。她相信不会有人察觉到的。

米莉森特的门终于打开了，她走出了房间。她穿着寡妇的丧服。斯金纳夫人到现在还不习惯她这身打扮，可是她当然清楚，米莉森特的丧服必须要穿满一年。不无遗憾的是，她穿的这套丧服并不合身。

有些人穿上它倒挺合适的。曾有一次，她试戴过米莉森特的软帽，上面有白色的带子和长长的面纱，她觉得自己看起来非常精神。当然，她真心希望阿尔弗莱德能比自己长寿，要是他先自己而逝，那她就永远摆脱不了丧服了。维多利亚女王的丧服就一直穿在身上。可是对米莉森特来说，情况就不一样了。她还很年轻，只有三十六岁。三十六岁就做了寡妇，真是一件十分悲痛的事情，她想要再嫁的话，机会也不多。凯瑟琳眼下也不大可能嫁出去，她已经三十五岁了。上次米莉森特和哈罗德回国时，她还建议让他们把凯瑟琳带出国，跟他们生活在一起。哈罗德似乎非常愿意，而米莉森特说不行，斯金纳夫人不知道为什么不行。走出国门会给她带来难得的良机。当然，他们并不是要把她打发走，但女孩子家总是要嫁人的。说起来，他们在国内认识的所有男人都已经结婚了。米莉森特说，那里的气候很能考验人。确实如此。她的肤色很糟，眼下再也没有人说米莉森特比凯瑟琳长得漂亮了。凯瑟琳随着年龄的增长，身材也越来越苗条，当然也有人说她太瘦了。可是现在她把头发剪短了，加上风雨无阻地打高尔夫，她的脸颊白里透红，斯金纳夫人觉得她倒更漂亮了。可是再也无人说可怜的米莉森特漂亮了，她的姣好身材彻底没了，她的个头本来就不高，眼下却开始发福，看起来又矮又胖。她的身上积聚了太多的脂肪。斯金纳夫人认为，那是因为热带地区气候炎热，使她无法锻炼造成的。她的皮肤发黄变粗，她的一双蓝眼睛，本来是她脸上最美丽的部位，现在也变得黯淡无神。

"她应该对脖子想些办法，"斯金纳夫人思忖着，"她就要出现可怕的双下巴了。"

她曾向丈夫提到过一两次。他说，米莉森特已经不再年轻了。就算是这样，但她也不能听之任之吧。斯金纳夫人决定找女儿认真地谈一次，当然，她必须对女儿的悲伤表示尊重，等女儿一年守丧期满后再说。她很高兴找到了这个理由，可以把她们的谈话往后推推。一想到这样的谈话，她就有点紧张不安起来，因为米莉森特变化很大。她的脸上现出了阴郁的神色，这使她的母亲浑身很不自在。斯金纳夫人的脑子里一旦有了想法，就喜欢毫无保留地大声说出来。但是米莉森特却有一个令人尴尬的习惯，她对别人的评论（只是随便说一说）不做任何回应，所以你总不免在想，自己说的话她是否都听见了。有时候，斯金纳夫人对此大为光火，但是却不想对米莉森特严词相加。她不得不时时提醒自己：可怜的哈罗德死了才刚刚八个月。

窗外照进来的阳光落在未亡人阴沉沉的脸上。她默默无语地朝前走着，而凯瑟琳正背对着窗户站着。她打量了姐姐好一会儿。

"米莉森特，有件事我想跟你说一说，"她说，"今天早上，我和格莱蒂斯·海伍德在打高尔夫球。"

"是你赢了吗？"米莉森特问。

格莱蒂斯是卡农家唯一没出嫁的女儿。

"她跟我说了你的事情，我想你应该知道一下。"

米莉森特的目光越过妹妹，朝花园里浇花的小女孩看去。

"你有没有叫安妮带琼去厨房喝茶，母亲？"她问。

"叫了。仆人们茶歇的时候，会让她去喝茶的。"

凯瑟琳冷静地看着姐姐。

"香港主教回国途中在新加坡住了两三天，"她继续说着，"他非常喜欢旅行。他去过婆罗洲岛。你认识的人当中，有很多人他也认识呢。"

"他一定很愿意接见你的，亲爱的，"斯金纳夫人说，"他认识可怜的哈罗德吗？"

"认识。他们在吉索罗认识的。他对哈罗德念念不忘。他说，他听到他的死讯后感到震惊。"

米莉森特坐了下来，开始戴自己黑色的手套。斯金纳夫人感到奇怪，女儿听了这一番对话后，竟然默默无语。

"嗨，米莉森特，"她说，"哈罗德的照片不见了，是你拿走的吗？"

"是的，我把它放起来了。"

"我本以为你是愿意把照片摆出来的。"

米莉森特这次又没有说话。这真是一个让人恼火的坏毛病。

凯瑟琳微微转过身，正好与姐姐面对着面。

"米莉森特，你为什么跟我们说哈罗德死于热病呢？"

未亡人没有动弹。她用沉稳的目光看了看凯瑟琳，但是土灰的脸上却泛起了一丝红晕。她还是没有回答。

"你究竟想说什么，凯瑟琳？"斯金纳先生惊讶地问道。

"香港主教说，哈罗德是自杀身亡的。"

斯金纳夫人发出惊骇的叫声，她的丈夫摆了摆手，让她安静下来。

"这是真的吗，米莉森特？"

"是真的。"

"那你为什么不告诉我们呢？"

米莉森特没有立刻答话。她用手指抚摸着身旁桌子上的一件文莱铜管乐器。这也是哈罗德送给他们的礼物。

"我想，让琼以为父亲死于热病，对她会更好。我可不想让她知道具体是怎么回事儿。"

"你这样做却让我们感到相当尴尬,"凯瑟琳说,眉头微微皱起,"格莱蒂斯觉得我太不够朋友了,竟然没把真相告诉她。我费了老大的力气才让她相信,我对事情的真相也一无所知。她说她的父亲也相当不满。他父亲说,毕竟我们两家交往了这么多年,他还做过你们俩的证婚人,大家相处得都很好,他觉得我们应该信任他。不管怎么说,如果我们不想告诉他真相,那也没有必要对他撒谎啊。"

"我得说,我对他的看法深表赞同。"斯金纳先生说道,语气尖刻。

"当然,我对格莱蒂斯说,不要责备我们。我们只是把你说的话告诉了他们而已。"

"希望这件事没有扰乱你们的高尔夫球赛吧。"米莉森特说。

"真有你的,我的宝贝,我觉得你这样说话就很不得体了。"她的父亲大叫起来。

他从椅子上站了起来,走到空空的壁炉旁。出于习惯,他分开燕尾服,站在壁炉前。

"这是我的私事,"米莉森特说,"如果我选择保守秘密,我看不出有什么不妥的。"

"如果你连你亲爱的妈妈也不肯说,那么说,你对她一点感情也没有了。"斯金纳夫人说。

米莉森特耸了耸肩。

"你心里也许清楚,真相迟早会让人知道的。"凯瑟琳说。

"是吗?我没有想到,这两位饶舌的老牧师除了唠叨我的事情外,对别的事情都不感兴趣了吗?"

"香港主教说他去过婆罗洲岛,海伍德家人自然就要问他认不认识你和哈罗德了。"

"你们说的这些都是无关紧要的，"斯金纳先生说，"我觉得，你当然应该把真相告诉我们。这样我们就能确定最好的应对办法。作为律师，我可以告诉你，从长远来看，你越是隐瞒真相，就只能让事情变得更糟。"

"可怜的哈罗德，"斯金纳夫人说着，眼泪就从化过妆的脸颊上滴落了下来，"真是太可怕了。他可是我的好女婿啊。究竟是什么原因让他做出这么可怕的事情来？"

"是气候。"

"我认为你最好把所有真相都告诉我们，米莉森特。"他的父亲说。

"凯瑟琳会告诉你们的。"

凯瑟琳犹豫不决。她要说的真相是相当可怕的。更为可怕的是，这样的事情竟然发生在他们这样的家庭。

"香港主教说，哈罗德割断了自己的脖子。"

斯金纳夫人倒抽了一口冷气，她冲动地走到丧夫的女儿身边，想用双手搂住她。

"我可怜的孩子。"她抽泣着。

但是米莉森特往后退了一步。

"请不要来烦我，母亲。搂搂抱抱的，真让我受不了。"

"你怎么能这样，米莉森特。"斯金纳先生皱着眉头说道。

他觉得女儿的举止很不得体。

斯金纳夫人用手绢小心地拭去眼泪。她叹了口气，微微摇了摇头，回到自己的椅子上。凯瑟琳摆弄着挂在脖子上的长链子。

"我姐夫的事情竟然要由我的朋友来告诉我，这似乎太荒唐了。在外人看来，我们都像是大傻瓜一样。香港主教很想见到你，米莉森特。

他想告诉你，他替你感到十分难过。"她停了一下，但是米莉森特没有说话，"他说，米莉森特与琼出门了，回来时，就发现可怜的哈罗德躺在床上死了。"

"这真是令人震惊的事情。"斯金纳先生说。

斯金纳夫人又开始哭了起来。凯瑟琳把手轻轻地放在她的肩膀上。

"别哭了，母亲，"她说，"你的眼睛会发红的，别人看到了会笑话的。"

所有的人都沉默无语。斯金纳夫人擦干了眼泪，设法控制住了自己的情绪。她的心中产生了十分怪异的感觉，因为此时此刻，她的头上正戴着哈罗德送给她的羽毛绒帽。

"我还有别的事情要跟你们说。"凯瑟琳说。

米莉森特又看了妹妹一眼，显得不慌不忙。她的神态沉稳，但是很机警，那表情就像是等待一个回声似的，唯恐自己不慎错过。

"我不管说什么，都不想伤害你，亲爱的，"凯瑟琳继续说着，"可是还有别的事情，我想你们应该知道。香港主教说，哈罗德酗酒无度。"

"啊，天啊，太可怕了！"斯金纳夫人大叫，"你说的话太令人震惊了。是格莱蒂斯告诉你的吗？她究竟说了些什么？"

"要我说，这完全是胡扯。"

"这就是隐瞒实情带来的后果，"斯金纳先生不无恼怒地说道，"实际上就是这么回事。你越是掩盖事情的真相，各种谣言就会满天飞舞，情况比说出真相还要糟糕十倍。"

"香港主教在新加坡听人说，哈罗德是酗酒发疯后自杀的。我想，为了我们大家，你应该出面否认，米莉森特。"

"对死去的人这样说三道四，真是太不厚道了，"斯金纳夫人说，

"等琼长大了后，对她也太不好了。"

"他们这么说有什么依据吗，米莉森特？"她的父亲问，"哈罗德的生活自始至终都是很节制的。"

"有依据。"未亡人说。

"他喝酒吗？"

"像鱼儿喝水一样。"

这样的回答太出乎意料了。那说话的语调充满讥讽，另外三个人感到十分震惊。

"米莉森特，你对死去的丈夫怎么那样说话呢？"她的母亲大叫，戴着手套的双手扣在了一起，"我真是搞不懂你。自打你回国后，你的行为也太古怪了。我永远也不会相信，我的女儿会这么对待自己丈夫的死。"

"这件事就不说了，"斯金纳先生说，"我们后面找机会再谈吧。"

他走到窗户前，朝阳光明媚的小花园看了看，随后又走回房间。他从口袋里掏出夹鼻眼镜，尽管无意戴上它，但还是用手绢擦了擦。米莉森特看着他，眼神里明白无误地带着一丝愤世嫉俗的讽刺意味。斯金纳先生心生懊恼。他完成本周的工作，在周一早上之前，他可是个自由自在的人。尽管他告诉妻子，这个花园宴会相当讨厌，他宁可坐在自家的小花园中静静喝茶，但是他对这场宴会还是翘首以待。他对关于在中国传教的事情毫不在意，但是能见到香港主教倒是引发了他的兴趣。可是现在，竟然有了这么一出！他这个人最不愿意卷进这样的事情中，尤其令他不悦的是，突然听说他的女婿是在酗酒后自杀而死的。米莉森特正用手抚平白色袖口，心中若有所思。她的平静激怒了他。不过，他并没有向她发问，而是对她的小女儿说开了。

"你为什么不坐下来呢，凯瑟琳？房间里还有很多椅子。"

凯瑟琳拖过一把椅子，一声不吭地坐下。斯金纳先生在米莉森特面前停下脚步，面对着她。

"我当然知道你为什么跟我们说哈罗德死于热病。我认为这样做是错误的，因为这种事情迟早会水落石出。我不知道，香港主教对海伍德一家讲的事情与事实到底有多大差距，但是你如果愿意听听我的建议，那你就尽可能如实地把所有真相告诉我们，我们再看看怎么办。既然卡农·海伍德和格莱蒂斯都知道了，我不希望这件事再这样下去。如果我们都知道了确切的真相，我们应对起来就会更加轻松。"斯金纳夫人和凯瑟琳觉得他把事情讲得非常清楚。他们等待着米莉森特的回答。她无动于衷地听着，脸颊上突然泛起的绯红消失了，又一次恢复到通常的黏糊糊的土灰色。

"我觉得我把真相告诉你们，你们肯定是不喜欢的。"她说。

"你一定要知道，你必须信赖我们的同情心和理解力。"凯瑟琳严肃地说道。

米莉森特瞥了她一眼，一丝微笑掠过她紧闭的嘴唇。她缓慢地扫视了三位家人。斯金纳夫人浑身很不自在，觉得她看过来的目光就像是在看裁缝铺里的人体模型一样。她似乎生活在一个与他们完全不同的世界里，而且与他们毫无关联。

"你们都知道，我和哈罗德结婚的时候，我并不爱他。"她机械地说着。

斯金纳夫人差一点就惊呼了起来，而丈夫飞快地摆了摆手，什么话也没说，就止住了她。结婚这么多年了，两个人早已心意相通。米莉森特继续说着，语气平静缓慢，语调中几乎没有任何变化。

"我当时二十七岁，似乎没人愿意娶我。而他当时四十四岁了，年纪已经相当大了，但是他谋到了一个很好的职位，对不对？我不可能再找到更好的机会了。"

斯金纳夫人几乎又要惊呼起来，但是她记得还要参加宴会的事。

"我现在总算明白，你为什么要把他的照片拿走了。"她伤感地说道。

"别这样，母亲。"凯瑟琳叫嚷着。

照片是哈罗德与米莉森特订婚时照的，哈罗德照得非常不错。斯金纳夫人始终觉得他长相英俊。他体形优美，身材高大，也许略有发福，但举止得体，显得仪表堂堂。甚至在当时，他就有谢顶的迹象，如今的男人们很早就开始脱发了。他说过，太阳帽和遮阳头盔对头发伤害很大。他蓄着一抹黑色的髭须，脸被太阳晒得黝黑。当然，他五官最美的地方是眼睛，那是一双棕色的大眼睛，和琼一模一样的眼睛。他谈吐风趣，凯瑟琳说他是个夸夸其谈的人，可斯金纳夫人不以为然，男人们高谈阔论，她倒并不介意。当她发现（而且很快就发现）哈罗德迷恋上米莉森特的时候，就开始十分喜欢他了。他总是对斯金纳夫人殷勤备至。当他一说起他管辖的地区，或者自己如何捕杀大猎物时，她都认真听着，仿佛自己真的兴趣盎然。凯瑟琳说他太自命不凡了，而斯金纳夫人那一代人对自命不凡的男人却盲目接受。米莉森特很快就发现风向已定，尽管她对母亲什么都没说。而她的母亲心里清楚，只要哈罗德向她求婚，她一定会答应的。

哈罗德的几个朋友曾在婆罗洲待过三十年，他们都对这个地方评价甚高。一个女人完全有理由可以在那儿生活得很舒适。当然，孩子七岁的时候，必须让他们回国。可斯金纳夫人认为现在还不用操这个心。

她邀请哈罗德共进晚餐,对他说,喝下午茶的时候,全家人都在。他似乎处于闲散无事的状态中,等他访朋拜友即将结束的时候,她告诉他,如果他能来他们家住上两个星期,他们会感到十分高兴。正是在这次交往的尾声,哈罗德和米莉森特订婚了。他们举办了非常隆重的婚礼,随后去威尼斯欢度蜜月。后来,他们启程前往东方。轮船在不同的港口靠岸时,米莉森特就给家里发信。她似乎非常幸福。

"吉索罗的人对我非常友好,"她说,吉索罗是婆罗洲的重镇,"我们要和行政长官待在一起,每个人都要请我们去吃饭。有那么一两次,我听说男人们请哈罗德喝酒,但是他拒绝了。他说他现在要重新做人,因为他已经娶了老婆了。我不知道他们听了后为什么都哈哈大笑起来。格莱夫人,也就是行政长官的夫人,对我说,他们很高兴哈罗德也结婚了。她说,在这样的前哨站里,一个光棍男人是极其孤独寂寞的。我们离开吉索罗时,格莱夫人非常风趣地向我们道别,我感到十分意外。她好像是郑重其事地把哈罗德托付给了我。"

他们静静地听她说着。凯瑟琳的目光片刻也没有离开过姐姐毫无表情的脸,斯金纳先生则用眼睛死死盯着对面墙壁上挂着的马来人武器——格里斯剑和帕兰刀,斯金纳夫人此刻就坐在墙壁下方的沙发上。

"直到一年半后我重回吉索罗的时候,我才终于发现他们的言行举止为什么那么古怪。"米莉森特发出了怪异的声调,仿佛是讥笑的回音,"到那时,我才知道了很多以前我不知道的事情。哈罗德那次回英格兰就是为了结婚。至于跟谁结婚,他并不在乎。你还记得我们是如何大显身手把他搞定的吗,母亲?我们本来是用不着劳心费神的。"

"我不明白你在说什么,米莉森特,"斯金纳夫人说,她的心里不无苦涩的滋味,因为如此暗示她费尽心机,让她不悦,"我看得出来,他对你很着迷。"

米莉森特耸了耸沉重的肩膀。

"他是一个彻头彻尾的酒鬼。他每天晚上睡觉时，习惯带上一瓶威士忌，次日天未亮就喝得一干二净。布政司警告他说，如果他不戒酒的话，他就只能引咎辞职了。他哀求布政司再给自己最后一次机会。他想请假回国。布政司建议他赶紧结婚成家，等下次回来时就有人照顾他了。哈罗德娶了我，因为他想找个人来管着自己。吉索罗的人打起赌来，赌我多长时间让他把酒戒掉。"

"可是他爱你呀，"斯金纳夫人打断她，"你不知道他在我面前是如何夸你的。就在你刚刚提到的那段日子里，你去吉索罗生下了琼，他给我写过一封感人至深的信，专门夸你呢。"

米莉森特又看了母亲一眼，土灰的肤色染上了更深的颜色。她的双手放在腿上，开始微微颤抖。她想到了婚姻生活的头几个月光景。政府派出汽艇把他们送到了大河口，他们在当地小屋内过夜。哈罗德开玩笑说，这就是他们的海滨别墅。第二天，他们乘上了快速帆船逆流而上。她读过小说，原以为婆罗洲的大河黑水滚滚，凶险无常，却没有料到天空是那么湛蓝，细碎的白云点缀其间，海榄雌类绿色灌木和棕榈树被流水冲刷，在阳光下闪烁着。大河的两岸是绵延起伏、人迹罕至的丛林。在远方，在天水交界处，山峦呈现出了曲折优美的轮廓线。清晨时分，空气新鲜而清爽。她似乎踏上了一片友好而富饶的土地，产生了一种无边无际的自由感。他们朝大河的两岸看去，只见猴子停歇在盘根错节的树枝上。一次，哈罗德指着一根很像圆木的东西，说这就是鳄鱼。助理长官穿着帆布裤子，带着遮阳帽，正在码头迎接他们，还有十几个士兵排着整齐的队列欢迎他们的到来。经过介绍，她认识了助理长官，他的名字叫辛普森。

"哎呀，先生，"他对哈罗德说，"我很高兴看见你回来了。你不在的时候，真的很孤独啊。"

地区长官的府邸矗立在一个低矮的小山丘上。花园里长满了各种各样鲜艳夺目的野花。府邸有点寒碜，里面的家具稀稀拉拉，但是室内凉爽，十分宽敞。

"马来人的村庄就在那儿。"哈罗德用手指着说。

她随着他手指的方向看去，椰子树丛中传来了一阵敲锣声。锣声在她的内心深处产生了些微的异样感觉。

她没有多少事情可做，日子过得轻松自在。黎明时分，男仆端来早茶，他们悠闲地坐在阳台上，享受着清晨的芬芳（哈罗德穿的是汗衫和马来围裙，而她身着睡袍），随后更衣换装，共进早餐。早餐后，哈罗德赶去上班，而她用一两个小时去学习马来语。午饭后他又去办公室工作，而她就小睡片刻。一杯下午茶让两人神清气爽，他们或出去散步，或是在九洞球场上打一打高尔夫，这个球场是哈罗德在府邸下坡处的空地上平整出来的。六点钟的时候，夜幕开始降临。辛普森先生会过来喝上一杯，他们在晚餐前会一直谈天说地，有时候，哈罗德还会和辛普森先生对弈一盘。温暖芬芳的夜晚是迷人的，无数萤火虫把阳台下的灌木丛变成了闪闪发光、颤颤巍巍的信号灯，空气里弥漫着各种花树散发出的甜蜜香气。晚餐后，他们读读六个星期前从伦敦发送来的报纸，随后上床休息。米莉森特住在自己的房子里，享受着婚后的幸福生活。她对穿着轻快纱笼裙的土著仆人感到满意。他们赤着双脚在府邸内忙碌地走动着，默默无声，但十分友好。作为驻地长官的夫人，她觉得自己很受尊重。哈罗德可以说流利的马来语，他

104

那发号施令时的气派与威严，让她深深折服。她时不时走进法庭，去看他如何查案问案。他处理的政务繁杂多样，而且精明能干，她不由得心生敬意。辛普森先生告诉她，哈罗德对当地人了解深刻，不比任何人差。他意志坚韧，处事干练，为人幽默。和这些胆小、多疑、报复心重的马来人打交道，幽默是必不可少的。米莉森特对丈夫真是钦佩有加。

他们结婚差不多一年的时候，有两个英国自然学家回国途中在他们家小住了几天。他们带来了一份言辞恳切的总督来信，哈罗德说，他要盛情款待这两位专家。他们的到来让生活出现了令人喜悦的变化。米莉森特邀请辛普森先生共进晚餐（他住在城堡中，一般只在周日晚上与他们共同用餐）。晚饭后，男人们聚在一起打打桥牌。米莉森特时间不长就会离开，回屋睡觉。但是他们打牌的声音太吵，有一段时间让她很难入睡。她都不知道是凌晨几点了，哈罗德蹒跚着走进卧室时将她吵醒了。她默不作声。他决定在睡觉前洗个澡。浴室就在卧室的下面。他下了楼梯，朝浴室走去。显然，他滑了一跤，因为传来了稀里哗啦的声音，他的嘴里还骂骂咧咧的。接着，他剧烈呕吐起来。她听见他用一桶桶的凉水冲洗着身子。过了片刻，他走出浴室，这次非常小心，爬着楼梯，悄声上床。米莉森特假装睡着了，她感到恶心极了。哈罗德酩酊大醉，她拿定主意要在早上说一说这事。自然学家们会怎么看他呢？可是到了早上，哈罗德又变得堂堂正正起来，她对要不要提酗酒一事变得犹豫不决了。八点钟的时候，哈罗德和她，还有两位客人，坐下来吃早餐。哈罗德朝餐桌环视了一下。

"把麦片粥拿来，"他说，"米莉森特，客人吃早饭时，可能还需要伍斯特沙司酱，我想不出他们还想吃点别的什么。我自己就将就着喝点威士忌和苏打水了。"

两位自然学家哈哈大笑，但又有点不好意思。

"你丈夫的酒量太吓人了。"一位客人说。

"你们初来乍到此地，要是不让你们大醉而归，我就觉得没有很好地尽地主之谊了。"哈罗德的说话中透出行事应酬中那一贯周到体面的做派。

米莉森特苦涩地笑了笑，一想到昨晚两位客人与丈夫一样喝得烂醉如泥，心中略感宽慰。第二天晚上，她陪他们一起把盏言欢，并适可而止，到了钟点便各自散去。两位客人踏上行程后，她心里喜不自禁。他们的生活又恢复到往日宁静的轨道上。几个月后，哈罗德去视察他管辖的地区，回来后就患上了严重的疟疾。这还是她第一次见到疟疾病人，虽然之前对它的症状常有耳闻。哈罗德病愈后身体虚弱不堪，这没什么奇怪的。奇怪的是他的举止一反常态，他从办公室回来后，总是用呆滞无神的眼光死盯着她看。他站在阳台上的时候，身体虽然摇晃不定，但威仪照例不减。他滔滔不绝地大谈英国的政治局势，一遇到思路紊乱、言语不畅的时候，他就用狡黠的目光看着她。由于他一贯庄严肃穆，这样的神情就令人感到不适。他说：

"这个可怕的混账疟疾，把人的身体全给搞垮了。哎，小妇人，你可不知道啊，做帝国的建设者，对一个男人的压力是多么巨大啊！"

她觉得辛普森先生看起来也很忧虑不安。曾有一两次，他们单独在一起的时候，他似乎欲言又止，最终因为羞怯而没有开口。她内心的感觉越来越强烈，这使她紧张不安起来。有一天晚上，哈罗德从办公室回来的时间比任何时候都晚。她不知道为什么，就开始查问起来。

"你有什么要对我说吗，辛普森先生？"她突然发问。

106

他满脸绯红，吞吞吐吐起来。

"没有什么要说。你为什么觉得我有特别的话要对你说呢？"辛普森先生是一个体形瘦小的年轻人，二十四岁，长着一头飘逸的卷发，他煞费苦心地用发油梳理得非常平整。他的手臂上因为蚊虫的叮咬满是红肿和伤疤。米莉森特认真地看着他。

"如果事情与哈罗德有关，你不觉得坦率地告诉我会更好吗？"

他的脸色更加绯红了，他坐在藤椅上忸怩不安起来。米莉森特坚持问他。

"恐怕我说了后，你会觉得我是个胆大无礼之徒，"他终于开口，"如果背地里对我的上司乱嚼舌根，那我可真是个小人了。疟疾这种病坏透了。谁要是得了这种糟糕的疾病，就可能从此一蹶不振。"

他又吞吞吐吐起来，嘴角耷拉着，仿佛就要哭出来似的。在米莉森特看来，他就像是个小男孩。

"我对你说的话会守口如瓶的，"她微笑地说着，企图掩盖她的忧虑，"你就跟我说说吧！"

"我想很遗憾的是，你的丈夫喜欢在办公室里藏一瓶威士忌。他总是随意喝上一口，喝得比平时还多。"

辛普森先生的声音由于激动而变得嘶哑。米莉森特突然感到一阵寒意袭身并哆嗦了起来。她极力控制自己，因为她心里清楚，不要吓着这孩子，自己还要从他嘴里问出所有真相来。他还是不愿意一吐为快。她对他步步紧逼，或软语相劝，或激发他的责任心，最后她抽抽搭搭地哭了起来。这时，他才告诉他，过去两个星期以来，哈罗德饮酒多少有点过度，惹得土著人议论纷纷。他们说，再这样下去，他迟早会变得像单身时那么糟糕。当时他就染上了酗酒无度的恶习，但是其中的具体细节，她并不想了解，而辛普森先生也坚决不肯透露。

"你觉得他这个时候正在喝酒吗？"她问。

"我不知道。"

米莉森特突然因为羞耻和愤怒脸上火辣辣的。"炮台"之所以叫炮台，是因为那里存放着枪支和弹药，地区的法庭也设在那儿。他与地区长官的府邸相对而立，并带有自己独立的花园。太阳就要落山了，她无须戴上帽子就站起身，径直走进炮台。她发现哈罗德正坐在自己位于审案大厅后面的办公室内。他的身前放着一瓶威士忌。他正一边抽着香烟，一边对站在面前的三四个马来人训话。他们毕恭毕敬地听着，脸上同时也带着轻蔑的微笑。哈罗德满脸通红。

土著人都走了。

"我来看看你到底在做什么。"她说。

他站起身来，他对她一向彬彬有礼。可他身体踉跄着。他觉得自己站立不稳了，就故意装出庄重威严的样子来。

"你请坐，我亲爱的，你请坐。我公务在身被耽搁了一会儿。"

她用愤怒的目光看着。

"你喝醉了。"她说。

他盯着她看，两个眼珠子快要鼓出来了，一张肥大的脸上渐渐现出了傲慢的表情。

"我一点也不懂你在说什么。"他说。

她本来准备好了在愤怒的痛斥中对他严词相劝，但是却突然放声大哭起来。她瘫倒在椅子上，掩面哭泣。哈罗德看了她一会儿，随后眼泪也从自己的脸颊上滴落下来。他伸开双臂朝她走去，重重地跪在她的面前。他抽噎着，用双手搂住了她。

"原谅我吧，原谅我吧，"他说，"我答应你，我再也不会这样了。这都是该死的疟疾给闹的。"

"真是太丢脸了。"她呻吟着。

他却像孩子一样哭着。原本一个威风八面的大男人，此刻却如此纡尊降贵起来，那情形真是令人感动。过了一会儿，米莉森特把头抬起来。哈罗德用哀求与悔恨的目光，迎着她的目光看去。

"你向我保证，从此以后滴酒不沾，行吗？"

"行，行。我也痛恨这个坏毛病。"

直到这时，她才告诉他，自己已经有孕在身了。他听后喜出望外。

"这可是我朝思暮想的大好事啊。它会让我改邪归正的。"

他们一起走回府邸。哈罗德沐浴更衣，睡了个午觉。晚饭后，他们促膝长谈，语调平静。他坦然承认，他在结婚前偶尔小酌，但也经常量大伤身。在这样的前哨站里，很容易染上各种坏毛病。以后只要她说什么，他都会言听计从的。在接下来的几个月中，在她还没有去吉索罗分娩前，哈罗德是一位出色的丈夫，温存体贴，考虑周到，踌躇满志，对她深情关爱。他的所作所为真是无可挑剔。后来，接她的汽艇开来了。她就要离开他六个星期，而他则信誓旦旦地答应，在她外出期间，他绝不喝一滴酒。他将双手搭在了她的肩膀上。

"我是从不食言的，"他郑重地承诺道，"即使没有这样的承诺，我怎么能在你经受分娩痛苦期间，随意胡作非为来徒增你的烦恼呢？"

琼降临人世。米莉森特住到了地区长官家里。他的妻子格莱夫人，人到中年，和蔼可亲，对她的照顾无微不至。两位女人在漫长的闲暇时间里除了交谈，没有多少事情可做。这段时间，米莉森特把丈夫过去酗酒的旧事掌握得一清二楚。她觉得最让自己难以释怀的是：人们不断告诫哈罗德，允许他保留职位的唯一条件就是回国娶个老婆回来。这使她心生怨恨。当她终于发现丈夫是一个屡教不改的老酒鬼后，感到恍恍惚惚，心神不定。她最担心的事情莫过于自己离家期间，丈夫再也难以抵御酒瘾的袭击。她赶紧带着孩子和保姆回家了。她在大河口住了一个晚上，专门派人送信说自己回来了。汽艇快到码头的时候，她焦虑不安地朝岸上看去。哈罗德和辛普森先生正站在那儿。士兵们排着整齐的队列。她的心猛地往下一沉。因为，哈罗德微微晃动着身体，就像一个人站在摇晃的小船上，正竭力保持着平衡。她心里清楚，他喝醉了。

这次回来并不十分愉快。她几乎忘记了母亲、父亲、妹妹正坐在那儿，静静地听她讲述着。这时，她站起身来，才又一次意识到他们就在自己身旁。她所讲述的一切似乎发生在遥远的过去。

"我知道我从那个时候起就开始恨他了，"她说，"我本来可以杀了他的。"

"啊，米莉森特，别这么说，"母亲大叫，"别忘了，他已经死了，可怜的人啊。"

米莉森特看了看母亲。有一会儿，一丝愁容掠过她那冷漠的黝黑色的面孔。斯金纳先生坐立不安地挪了挪身体。

"讲下去。"凯瑟琳说。

"他发现我知道他的过去后，索性一点也不在乎了。三个月后，他因为酗酒又突发了一场癔症。"

"那你为什么不离开他呢？"凯瑟琳问。

"离开他又有什么好处呢？他可能在两个星期内被开除公职。以后谁来养活我和女儿？我不得不待在那儿。他不喝酒的时候，我没什么可抱怨的。我对他一点也不爱，可是他十分喜欢我。我和他结婚，并不是因为我爱他，而是因为我就想找个人把自己给嫁了。我竭尽全力让他戒酒。我设法让格莱先生采取措施，不让威士忌从吉索罗运出去，但他却从中国人那儿搞到了酒。我盯着他，就像猫盯着老鼠一样。他这人滑头得很，我根本盯不住。没过多久，他的癌病又发作了一次，因而玩忽职守了。我担心他会受到投诉。我们离吉索罗有两天的路程，对我们来说这反而是一种保护。但是我想事情还是被说出去了，因为格莱先生写了一份私人信件，对我发出了预警。我把信拿给哈罗德看，他大呼小叫，勃然大怒，但是我看得出他内心十分害怕。接下来的两三个月内，他几乎滴酒不沾。随后，他又旧病复发，酗酒不断，直到上次我们回国休假。

"在我们回国之前，我恳求他，哀求他，要小心谨慎。我不想让你们知道，我的丈夫是个什么样的人。他在英格兰的那段时间，表现一直很好。我们上船前，我还在提示他。他对琼非常喜欢，为琼感到自豪，琼跟他也更亲。琼喜欢他超过喜欢我。我问他是否希望孩子长大后知道他是一位酒鬼，我发现我终于找到制服他的办法了。这个想法颇使他感到骇然。我告诉他，我不会告诉女儿的。如果下次让琼看见他酗酒，我就立刻把琼从他身边带走。你们知道吗，我说完话，他的脸色一片煞白。那天晚上，我跪了下来，向上帝感恩，因为我找到拯救我丈夫的妙招了。

"他对我说，如果我全力支持他的话，他愿意再次戒酒。我们决心共同努力，帮助他把酒瘾戒掉。戒酒的过程相当艰难。当他酒瘾发作的时候，他就来找我。你们知道的，他本来是一个相当自负的人，但是在我面前，他却表现得非常谦恭，很像是个孩子。他离不开我了。

也许他和我结婚的时候并不爱我，但是他打那时起，他爱我了，爱我和女儿。我曾经恨他，因为酗酒所带来的耻辱。他醉酒的时候还要竭力保持威仪和举止，那样子真是令人厌恶。不过现在，我内心出现了奇怪的感觉。那不是爱，而是莫名的羞涩与温情。他不仅仅是我的丈夫。他也像是一个长期以来我操心费神带大的孩子。他因我而感到非常自豪。说起来，我也为自己感到自豪。他的长篇大论不再让我感到恼怒了。我只是在想，他的一本正经倒显得相当可笑而迷人。我们最终获得了成功。有两年的时间，他从未碰过酒杯。他完全戒掉了酒瘾。他甚至还能拿酗酒一事打趣说笑。

"辛普森先生那时候走了，又来了一个叫弗朗西斯的年轻人。

"'我以前可是个酒鬼啊，弗朗西斯，'哈罗德对他说，'要不是我老婆的话，我多少年前就可能被炒鱿鱼啦。我有世界上最出色的老婆，弗朗西斯。'

"你们不知道，我听他说这话时，别提心里有多么惬意了。我觉得自己所做的一切很值。我感到非常开心。"

她不说话了。她想到了那条宽阔、浑浊的黄色大河，她在大河岸边生活了那么长时间。在落日颤动的微光中，一群白鹭鸟朝下游飞去，擦着水面迅疾地掠过，随后向四面散开。它们就像是一串雪白的音符，甜美、纯洁、春意暖暖，宛如一只看不见的巧手从一架看不见的竖琴上弹出来的神圣琶音。它们在暮色笼罩的绿色河岸之间一路扇动着羽翼，犹如心满意足的脑海里掠过了一股幸福的思绪。

"这时，琼生病了。我们焦虑不安了三个星期。离得最近的医生也在吉索罗。我们只好无奈地请当地的药师来诊治。她的病好了以后，我带她到大河口，让她呼吸一下海边的新鲜空气。我们在那儿住了一个星期。自从上次我去外地生孩子，那还是我第一次与哈罗德分开。离我们不远的地方，有一个渔村，村里的房子都搭在木桩上。我们感到很孤单。我对哈罗德很是思念，心里充满柔情，就在那时我突然明白我爱他。快速帆船开过来接我们的时候，我很高兴，因为我想告诉他我爱他。我真是无法用语言来描述我当时的幸福感。当我们逆流而上的时候，领头的人告诉我，弗朗西斯正在内陆地区搜捕一个谋杀亲夫的女人。他已经走了两天了。

"我没有看见哈罗德在码头上接我，我感到吃惊。他对迎来送往一向是信守礼节的。他以前常说，夫妻之间应该礼貌有加，相敬如宾。我想象不出能有什么事会使他失礼不来。我朝小山丘上的府邸走去。女仆带着琼跟在我的身后。房子里出奇地安静，那儿似乎也没有仆人走动。我弄不明白是什么原因。我在想，是不是哈罗德没有料到我会这么快回家，所以就出去了。我走上了台阶。琼感到口渴，女仆带她到仆人们的住处喝水。哈罗德不在起居室内。我叫了他一声，但是没有回应。我很失望，因为我多么希望他就在那儿。我走进卧室，只见哈罗德根本没有出门，正躺在床上呼呼大睡。这让我感到相当有趣，因为他总是假模假样地说，他从来不在下午睡觉。他说，白人养成这个习惯毫无必要。我轻轻地走到床边，想跟他开个玩笑。我打开蚊帐，只见他仰面躺着，身上只盖着条纱笼围裙，他的身旁放着一个空威士忌酒瓶。他喝得烂醉如泥了。

"他的酗酒恶习又一次复发了。我这么多年的百般努力都化为泡影。我的美梦破碎了。一切都已无可救药，我不禁怒火中烧。"

米莉森特又一次满脸通红，双手紧攥着椅子的扶手。

"我抓住他的肩膀，使尽全身力气想把他摇醒。'你这个畜生，'

我大叫，'你这个畜生！'我怒不可遏，我不知道自己做了什么，也不知道自己说了什么。我不停地摇晃着他的身体。你不知道他当时的样子是多么可恶，一个大块头的胖男人，半裸着身子，胡子有很多天没刮了，脸肿了，泛着紫色。他发出粗重的呼吸声。我对他大喊大叫，但是他却无动于衷。我想把他从床上拖下来，但是他的身体太重，就像是根圆木一样躺在那儿。'睁开你的眼睛。'我尖叫着。我又推了推他的身体。我恨他。这一个星期，我全心全意爱着他，正因为如此，我恨透了他。我想告诉他，他是个多么龌龊的畜生啊，可是他全无反应。'你睁开眼睛吧。'我大叫着。我狠下心来要逼着他正眼看我。"

未亡人舔了舔干巴巴的嘴唇。她的呼吸似乎急促了起来，沉默了片刻。

"既然他醉成那个样子了，我想最好还是让他接着睡吧。"凯瑟琳说。

"他床边的墙上挂着一把帕兰刀。你们都知道，哈罗德非常喜欢古董。"

"什么帕兰刀？"斯金纳夫人问。

"别傻了，夫人，"她的丈夫不无急躁地说道，"你身后的墙上此时此刻就悬挂着一把呢。"

他朝那把马来刀指去，出于某种原因，他的目光不由自主一直落在上面。斯金纳夫人很快退缩到沙发的一角，动作中带着一丝惊吓，仿佛有人告诉她，一条蛇正蜷缩在她的身旁一样。

"突然，血从哈罗德的咽喉处喷了出来。他的脖子上出现了一个深红的刀口。"

"米莉森特！"凯瑟琳惊叫着跳起来，几乎要朝她扑过去，"你说这话到底是什么意思啊？"

斯金纳夫人被惊吓得站在那儿，目瞪口呆，不知所措。

"帕兰刀已经不在墙上挂着，它就在床上。这时，哈罗德睁开了双眼。他的眼睛与琼的眼睛真是一模一样。"

"我不明白，"斯金纳夫人说，"要是他处在你所描述的状态中，他怎么可能用帕兰刀自杀呀？"

凯瑟琳抓住姐姐的手臂，愤怒地摇晃着。

"米莉森特，看在上帝的份上，你说呀。"

米莉森特甩开了手臂。

"帕兰刀挂在墙上，我告诉过你们。我也不知道究竟是怎么回事。床上全都是鲜血。哈罗德睁开了双眼，就当场没命了。他没有说出一个字，只喘了口气。"

斯金纳先生终于开口说话了。

"可是，你这个不幸的女人，那可是谋杀啊。"

米莉森特的脸涨得通红。她朝父亲投去轻蔑与怨恨的目光，逼得他朝后退缩了一步。斯金纳夫人大叫了起来。

"米莉森特，那可不是你干的，对吧？"

他们对米莉森特的所作所为感到震惊，仿佛血管里的血液已经凝结成冰。她却轻声笑了笑。

"我不知道还能是谁干的。"她说。

"我的上帝啊！"斯金纳夫人喃喃道。

凯瑟琳一直笔直僵硬地站着，双手紧紧捂在胸前，仿佛无法忍受心脏剧烈跳动似的。

"后来是什么情况呢？"她问。

"我大声尖叫。我走到窗边，把窗子撞开。我呼喊着女仆。她带着琼从她那儿赶过来了。'不是琼，'我大喊道，'别让她过来。'她叫来厨子，让他把孩子带走。我对她大叫，让她快点。她来到卧室后，我把哈罗德指给她看。'老爷自杀了！'我大喊。她发出一声尖叫，跑出了屋子。

"谁也不敢走过去。他们都被吓得不知所措。我给弗朗西斯写了封信，告诉他所发生的事，请他立刻回来。"

"你告诉他所发生的事时，你是怎么写的？"

"我说，我从大河口回家时，发现哈罗德的喉咙被割断了。你们知道，热带地区，人们不得不尽快把死人下葬。我买了一口中国棺材，士兵们在炮台后面挖了一个墓穴。弗朗西斯过来的时候，哈罗德已经下葬两天了。弗朗西斯还是个孩子，我对付他还是轻松自如的。我告诉他，哈罗德手里拿着那把帕兰刀。毫无疑问，他是在癔症突然发作时自杀的。我让他看了看那个空酒瓶。仆人们纷纷说，自从我离家去海边后，他就一直狂饮无度。我在吉索罗时，又一模一样地这样说了。大家都对我深表同情，政府还拨给我一笔抚恤金。"

有一会儿，大家面面相觑，没人说话。后来，斯金纳先生最先缓过神来。

"我是从事法律工作的。我是律师。我有明确的职责。律师这个行当一直很受尊重。你让我陷入尴尬的境地。"

他搜肠刮肚，试图在散乱的思绪中找出那些闪烁不定的言辞来。米莉森特不屑地看着他。

"那你打算怎么办呢？"

"这可是谋杀。事实真相就是谋杀。你觉得我会对这件事不管不

116

顾吗？"

"别废话了，父亲，"凯瑟琳一针见血地说道，"你怎么能告发自己的亲生女儿呢？"

"你让我陷入尴尬的境地。"他重复道。

米莉森特又耸了耸肩膀。

"是你们逼着我说出真相的。我把这事扛在心里已经够长时间的了。是时候也让你们大家扛一扛了。"

就在这个时候，女佣把门打开了。

"戴维斯把车开过来了，先生。"她说。

凯瑟琳镇定自若地吩咐了几句后，女佣退了出去。

"我们该出发了。"米莉森特说。

"我现在不能去赴宴了，"斯金纳夫人恐怖地大叫，"我的心里烦乱极了。我们怎么面对海伍德一家呢？更何况香港主教还想认识认识你呢。"

米莉森特做了一个手势，一副满不在乎的样子。她的双眼透着讥讽的神情。

"我们必须要去，母亲，"凯瑟琳说，"如果我们逃避的话，就会显得很可笑。"她神色愠怒地转向米莉森特，"唉，我觉得这事把我们全家都给折腾坏了。"

斯金纳夫人用无助的目光看着丈夫。他走过去，用手扶着她从沙发上站了起来。

"恐怕我们得走了，亲爱的。"他说。

"我绒帽上的白鹭羽毛可是哈罗德亲手送给我的。"她呻吟道。

他搀扶着她走出屋子，凯瑟琳紧随其后，米莉森特隔着一两步跟在后面。

　　"这么说吧，你们会慢慢习惯的，"她平静地说着，"起初，我一直忘不了，但是现在，有两三天都不会想到它的。看起来也没有什么危险。"

　　没有人接她的话。大家穿过客厅，走出大门。三位女士坐进了轿车的后座，斯金纳先生坐在副驾驶的位子上。这是一辆老式轿车，没有自动发动装置。戴维斯走到引擎盖前，准备手动发动。斯金纳先生转过身，怒气未消地看着米莉森特。

　　"你不应该告诉我们这些事，"他说，"你真是太自私了。"

　　戴维斯回到驾驶座上。他们驱车前往卡农家的花园宴会。

丛林中的脚印

丹那美拉是整个马来亚最充满魅力的地方。它濒临大海，周围的沙滩长满了木麻黄树。政府办公楼仍然矗立在老拉德·惠斯街上，它是当年荷兰人占有这片土地时修建的。山顶上屹立着灰扑扑的要塞废墟，葡萄牙人当年凭借这个要塞牢牢掌控着桀骜不驯的当地土人。丹那美拉是一个历史悠久的地方。华人商贾早在海滨地带建造了大量如迷宫般的房屋。每逢清凉的傍晚时分，他们都会坐在凉廊上享受着咸咸的海风。华人家庭在这个地区已经定居了三个世纪，很多人早已忘记了他们本民族的语言，相互交流大都使用马来语和洋泾浜英语。（这个地方能给人带来温馨的想象，因为马来联邦 ① ——由半岛上四个接受英国保护的马来王朝所组成，包括雪兰莪、森美兰、霹雳和彭亨——于 1895 年成立，首府是吉隆坡。）那独特的过去只存留在大多数先辈

---

① 马来联邦（1895-1946，Federated Malay States），是英国在马来半岛的殖民政权之一，当时华人称之为四州府。

们的记忆中。

长期以来，丹那美拉都是整个中东部地区最繁忙的商业中心。当帆船与舢板还能在中国海往来航行的时候，丹那美拉的港口停满了各种船舶。可是现在，港口死寂一片。与那些昙花一现的商业重镇一样，它还带着凄凉冷清与几分浪漫的气息，但眼下却只存活在关于昔日的辉煌记忆中。这是一个令人恹恹欲睡的小镇。陌生的旅客来到此地，就会失去与生俱来的活力，在不知不觉中陷入小镇轻松慵懒的生活方式中。橡胶种植业的连续增长并没有给小镇带来繁荣，但随之而来的衰退却加速了小镇的败落。

欧洲人的居住区十分安静，街道上干净整洁。这里的白人都是政府人员和公司代理，他们的楼房矗立在一个大巴丹[①]的四周，宜居而宽敞的别墅掩映在巨大的肉桂树的阴凉下。大巴丹面积很大，草皮青翠欲滴，被修剪得整整齐齐，犹如大教堂庭院中的草坪。在丹那美拉的这片角落里，确实存在着某种安宁与遗世独立的东西，它能使你联想到坎特伯雷的街区。

那家俱乐部面对着大海，里面的房间十分宽敞，但较为简陋。它的外表很不起眼。你走进去的时候，总有破门而入的感觉。你得到的印象是房子被封住了，正在整改与维修，而你却冒冒失失地穿过一扇敞开的大门，来到了一个不受欢迎的地方。早上，你在俱乐部里可以看到两个种植园主，他们因为要谈生意从自家的庄园赶到这儿，喝完杜松子柠檬酒后再返回庄园。下午稍晚时刻，你也许能看见一两位女士悄悄地翻着过期的《伦敦图片新闻》。夜幕降临后，会有几个男人闲逛着走进来，坐在台球房的四周，一边喝着苏卡咖啡，一边看别人

---

① 马来西亚的运动场或球场。

打球。每逢星期三，那儿的气氛就变得更加活跃起来。楼上的大房间里，留声机播放着乐曲，附近的人们赶过来参加舞会。有时候，跳舞的人有十几对之多，甚至还可以凑成两桌人的牌局。

正是在这样的场合下，我与卡特莱特一家邂逅了。当时我正和一位名叫盖茨的警察局长待在一起。我坐在台球室里，他走进来问我是否愿意搭档凑成四人的牌局。卡特莱特夫妇都是种植园主，每逢星期三，他们都要赶到丹那美拉来，因为他们想让自己的女儿有个机会开心一下。盖茨说，他们一家都是好人，性格温和，为人低调，打牌时和蔼可亲。我跟在盖茨的身后走进桥牌室，通过介绍认识了他们。他们早已坐在牌桌旁，卡特莱特太太正在洗牌。看到她洗牌的熟练动作后，我深受鼓舞，信心大增。她单手各拿半副牌，宽大有力的双手将两手牌轻巧地插在一起，咔嚓咔嚓几个干净利落的动作后，整副牌又齐整地摆放在桌子上，那灵巧的手法犹如在表演魔术一般。打牌的人都知道，只有反复练习的人，才能够达到如此娴熟的地步。大家心里也都很清楚，如此洗牌的人对打牌的热爱相当纯粹。

"我和我丈夫做搭档，你们在意吗？"卡特莱特太太问，"我赢他的钱，他赢我的钱，都不好玩。"

"哦，当然。"

我们定好了牌规。盖茨和我坐了下来。

卡特莱特太太打出一张爱司牌。她在打牌时，还能同盖茨迅捷娴熟地聊起本地的家长里短来。她看上去精明强干，但牌性却很温和。

卡特莱特太太是一个五十岁左右的女人（东方人很容易衰老，倒是很难从外表上看出他们的年龄来），头上满是凌乱不堪的白发。她的一个常规动作就是很不耐烦地伸出右手，将一小缕飘在额头的散发梳理好。你不免在想，她何以不用一两枚发卡把头发别住，此后就可以省去这样的麻烦了。她长着一双蓝色的大眼睛，不过眼神苍白，略带倦色，蜡黄的脸上布满了一条条的皱纹。我想，正是她的那张嘴给人留下深刻印象，我觉得它的特点就是说话刻薄，话中带刺，但又不乏宽容。你看到的是一个有着独立思想的女人，从来都敢于独抒己见。她还是一个喜欢说长道短的牌手（有的人对此极为反感，而我却一点也不在乎。我觉得大家围坐在牌桌旁打牌，没有必要搞得像参加追悼会似的）。没过多久，我就发现她在打趣逗笑方面掌握着一套行之有效的办法，她说话时极尽讽刺挖苦之能事，但每每妙趣横生，引人入胜。除非碰巧遇到了傻瓜，否则谁也不会觉得自己受到了冒犯。时不时地，她就能说出一两句嘲弄讥讽的话来，你只有调动全身的幽默细胞，才能体会到其中的诙谐意味。而且你很快就能发现，她不只是对别人评头评足，别人的刻薄评论她也能坦然承受。要是你能妙语连珠地对她反唇相讥的话，她宽大细薄的嘴角就会爆发出干巴巴的笑声，炯炯有神的双眼散发出光彩来。

　　我觉得她是一个非常随和的女人。我喜欢她的直率，喜欢她的机智敏捷，喜欢她没有化过妆的素颜。我从来都没有见过哪个女人能像她那样对自己的外表毫不在意。她不仅头发凌乱不堪，一身的衣着也显得邋遢。她身穿高领的丝绸套衫，为了凉快起见，她把上面的领口松开，露出了精瘦干枯的脖子。那件套衫皱巴巴的，脏兮兮的，她抽了无数根香烟后，上面已落满了烟灰。她起身和别人说话的片刻间，我发现她身上的蓝裙子起皱发翘得厉害，那身裙子早就需要好好地熨烫齐整了。她还穿着一双粗大的低跟靴子。不过，这一切都显得无关紧要，因为她的一身穿戴与她的个性珠联璧合。

与她同桌打牌也颇有乐趣，她不仅牌技熟练，而且天资聪颖，出牌果断迅速，从来都不会犹豫不决。当然，她早就熟悉了盖茨的牌路。而我是一个新手，可她很快就能窥破一二了。她与她的丈夫配合默契，令人佩服。她丈夫理性冷静，出牌谨慎。而她出于对丈夫的了解，却敢于冒险，而且很有把握，很少失算。像盖茨这样的玩家不免带着盲目的乐观，总以为自己出错牌后，对方是不会发现并加以利用的。我们俩搭档打牌，根本不是卡特莱特夫妇的对手。我们输了一盘又一盘，却毫无应对之策，只能面带着微笑，表现出毫不在乎的样子来。

"我真搞不懂，今天这牌是怎么了？"盖茨终于发出感叹，"即使我们抓到了一手好牌，我们也赢不了。"

"你们今天确实没有灵丹妙药，"卡特莱特太太一边回应，一边用苍白的蓝眼睛看着他的脸，"这纯粹是因为你们牌运不佳。要是你们没有被最后一手方块干扰的话，本来是可以赢回这一局的。"

盖茨的出错给我们带来了很大的损失，所以他开始絮絮叨叨为自己辩解起来。卡特莱特太太又非常娴熟地发了一大圈牌，我们开始拿牌叫牌。卡特莱特看了看时间。"这是今天最后一局了，亲爱的。"他说。

"哦，是吗？"她朝手表瞥了一眼，随后叫住了一个从棋牌室经过的年轻人，"喂，布伦先生，要是你上楼，跟奥利弗说一声，我们过几分钟就要走了。"她转过头看了看我，"我们要赶回橡胶园，路上需要整整一个小时。可怜的西奥天不亮就得起床。"

"嗯，是的，我们每个星期只能来一次，"卡特莱特说，"这是奥利弗开心和放松心情的唯一机会。"

卡特莱特先生看起来疲倦而苍老。他中等身材，秃顶，脑袋发亮，胡子拉碴，戴着一副镀金眼镜。他身穿工装裤，系着黑白相间的领带，全身衣着相当整洁。可以看出，他在穿着打扮上比邋遢的妻子要更加费心用力。他说话虽然不多，但是不难看出，他对妻子的讥讽与幽默心领神会，有时候也能做出干净利落的回击。显而易见，夫妻俩是一对亲密无间的好友。他们俩经年累月地厮守在一起，虽然接近迟暮之年，但感情依然那么坚贞，彼此心意那么相通，让旁人看在眼里，也不免感到欣喜。

这一局只需要打完最后两手牌就结束了。我们刚点好最后一杯杜松子酒和比特酒，奥利弗就下楼来了。

"你们真的要走了吗，妈咪？"她问。

卡特莱特太太用充满爱意的眼神看了看女儿。

"是的，亲爱的。差不多八点半了。等我们吃晚饭的时候，就十点钟了。"

"我才不在乎晚餐呢。"奥利弗快乐地说道。

"我们走之前，让她再跳最后一曲吧。"卡特莱特先生提议道。

"一曲也不行。你今晚必须好好休息一下。"

卡特莱特先生满脸微笑地看着奥利弗。

"亲爱的，既然你的母亲主意已定，我们还是乖乖服从吧，不然就要自找麻烦了。"

"妈咪真是一个意志坚定的女性。"奥利弗一边说着，一边深情地抚摸着母亲布满皱纹的脸颊。

卡特莱特太太拍了拍女儿的手，随后吻了一下。

奥利弗长得并不十分漂亮，但是外表却显得极其雅致。在我看来，她的年纪在十九岁或二十岁光景。她像她那个年纪的女孩子一样很丰满。要是她的体型再圆润一点，那她就更有魅力了。她身上缺少果断坚毅的性格，一点也不像她的母亲，但是却很像她的父亲。她长着一双褐色大眼睛，鼻子微微翘起，脸上有那么一丝敦厚的神色。看得出来，她身体结实健康，脸颊红扑扑的，眼睛亮闪闪的，身上充满了年轻的活力，而这样的活力在她父亲的身上早已不见踪影了。她似乎就是一个非常标准的英国女孩，充满激情，渴望享受生活，脾性也极佳。

我们散场后，盖茨和我朝他家走去。

"你对卡特莱特一家印象如何？"他问我。

"我挺喜欢他们的。在这个地方，他们一家真是不可多得的宝贝啊。"

"我真希望他们能经常来。他们过着非常平静的生活。"

"那他们的女儿一定觉得枯燥乏味。这对夫妻亲密无间，似乎都对婚姻感到称心如意。"

"是的。他们缔结了一段成功的姻缘。"

"奥利弗长得很像她的父亲，是不是？"

盖茨斜着眼瞥了我一下。

"卡特莱特并不是她的亲生父亲。他们俩结婚的时候，卡特莱特太太是一个寡妇。奥利弗是个遗腹女，父亲去世四个月后出生的。"

"啊——！"

我拉长了说话的声音，以尽量表达我的惊讶、兴趣与好奇。可是盖茨什么也没说。我们默默无语地走完了剩下的路程。我们进屋时，仆人在门口迎接。喝完了最后一杯杜松子酒，我们坐下来开始吃晚餐。

晚餐开始后，盖茨开始滔滔不绝。由于橡胶限产，导致走私橡胶的活动越来越严重，而盖茨的职责之一就是要打击这些非法活动。那天，有两条走私帆船被他们截获了，他正为自己的成功感到踌躇满志。警局的货栈内堆满了没收来的橡胶。过不了多久，这些橡胶就要被正式销毁掉。说完这些，他又陷入沉默之中。我们默默无语地吃完了晚餐。仆人端上了咖啡、白兰地，我们点上了方头雪茄。盖茨仰身靠在椅子上，他若有所思地看着我，随后又看了看他的白兰地。仆人们都走了，屋子里只剩下我们俩了。

"我认识卡特莱特太太二十多年了，"他慢慢地说道，"当时她长得还是挺漂亮的。虽说她现在衣着不整，可是她年轻的时候，这并没有什么大不了的，反倒让她更显魅力。她当时的丈夫叫布朗森，雷吉·布朗森，他是一位种植园主，在色拉坦那儿经营着一家橡胶园。我正好在阿罗立卑警局供职，当时，那个地方比现在要小得多。我想整个社区的人数不超过二十个，但是那儿有一个快乐的小小俱乐部。我们在俱乐部里度过了很多开心的时刻。我第一次见到布朗森夫人的情景，依然历历在目，犹如发生在昨天一样。当时那里还没有汽车，她和布朗森经常骑着自行车来俱乐部。当然，她那时还没有像现在这样神色果断。她身材十分苗条，肤色娇美，眼睛是纯正的蓝色，一头浓密的棕发。只要她稍微用心打扮一下，说不定就是国色天香了。说起来，她算得上是那儿最漂亮的女人了。"

我根据她现在的模样，还有盖茨不太形象化的语言描述，试图在脑海里勾勒出一幅卡特莱特太太——当时叫布朗森夫人——的肖像画。这个身形结实、体态丰满的女人坐在牌桌上显得相当沉稳。我努力从她的身上寻找她青春靓丽的影子，蓬勃向上的活力，以及优雅从容的姿色。眼下，她的下巴有棱有角，鼻子较为坚挺，而年轻时的丰满圆润一定掩盖住了这些不足。年轻时的皮肤粉白相间，浓密的棕色头发精心梳理过，因此一定充满了迷人的魅力。那段时期里，她身穿长裙，系着紧身腰带，戴着宽边花帽。难道马来亚的女人仍然头戴着早年插图报纸上的那种遮阳帽吗？

"我有很多年没见过她了——嗯，差不多二十年了，"盖茨继续说着，"我以前只知道她住在马来亚联邦的某地，但是我来这儿工作的时候，在俱乐部里与她邂逅相逢，就像很多年前我在色拉坦时那样。我感到大吃一惊，她现在已经老了，变化很大，几乎认不出来了。看见她的女儿也长这么大了，我更是感到惊讶。我不由得感叹时光荏苒，岁月蹉跎啊。刚认识她的时候，我还是个毛头小伙子。现如今，天哪，由于年龄的规定，再过两三年我就要退休了。真让人情何以堪啊，是不是？"

盖茨难看的脸上露出了伤感的笑容。他用略微愤愤不平的眼光看着我，仿佛我可以帮助他阻挡住时光匆匆而过的脚步，不再让岁月消逝而去似的。

"我也不年轻了。"我回应道。

"我可是在东方度过了大半辈子。这个地方更容易让人衰老。人一到五十和五十五岁，就是一个只等着被淘汰的一无是处的老头子了。"

我可不希望盖茨偏离话题，就老年问题大发议论。

"你后来见到卡特莱特太太的时候，你认出她了吗？"我问。

"嗯，是的，但又不是。第一眼看见她的时候，我觉得我认识她，但又想不起来她是谁了。我当时想，她也许就是我在乘船度假时遇到的某个人，可能也只是面熟而已。可是她一开口说话，我就立刻认出来了。我认出了她那暗淡的眼神与脆亮的嗓音。她的声音中似乎带有这样的意味：你的样子真像个傻瓜啊，小子，不过你可不是个坏人，我倒是挺喜欢你的。"

"听话听音，你竟然听出了那么多名堂来。"我微笑道。

"在俱乐部里，她走到我面前，主动和我握手。'你好，盖茨上校吗？你还记得我吗？'她说。

"'当然记得。'

"'时光如桥下的流水一去不回头了。真可谓久别重逢非少年，你见过西奥了吗？'

"有那么一瞬间，我想不起来她说的是谁。我想，我当时的样子一定很傻，因为她对我露出了微笑，我曾如此熟悉的嘲弄的微笑。她向我做了解释。

"'我和西奥结婚了，你知道的，这是我们俩最佳的选择。我当时很孤单，他也有此需要。'

"'我听人说你后来嫁给他了，'我说，'你们的婚姻一定很幸福。'

"'是的，很幸福。西奥是一个很完美的老公。他一会儿就过来。见到你，他一定很高兴。'

"我心里嘀咕着。我想，西奥最不愿意见到的人可能就是我了。我想，她本人也是很不愿意见到我的。女人嘛，总让人感到好笑。"

"那她为什么不希望见到你呢？"我问。

"我回头再说这个吧，"盖茨说，"这时，西奥来了。我不知道我为什么还叫他西奥。我以前一直都管他叫卡特莱特。除了卡特莱特外，我想不起来还能叫他什么了。看到西奥，我更是感到震惊。你已经知道他现在的模样了。他年轻的时候，可是一个满头卷发的小伙子，清新稚嫩，仪表干净。他总是穿戴整洁，衣着得体。他体形优美，保养得当，仿佛是长期进行体育锻炼的运动员一般。他虽然长得并不那么英俊帅气，但却仪态优雅，举止灵巧。眼下回头看去，当我见到这个弓背秃顶、面色苍白、戴着眼镜的老头时，我简直不敢相信自己的眼睛。我根本无法认出他来。他见到我似乎很高兴，至少表现出了兴趣。他以前并不是一个情感外露的人，总是沉默无语，决不多发一言。因此他当时的表现出乎我的意料。

"'在这儿见到我们，你是不是感到很惊讶？'他问我。

"'嗯，此前我确实不知道你们在哪儿。'

"'我们俩倒是经常关注你的动态。我们时不时能从报纸上看到你的名字。你什么时候有空，一定要到我们住的地方来看看。我们在那儿已经生活了很多年。我想我们会一直住在那儿，除非我们回国定居。你后来回过阿罗立卑吗？'

"'没有，没有回去过。'我说。

"'那是一个很不错的小地方。听说那儿发展得很快。我也从来没有回去过。'

"'那个地方给我们留下的回忆一点也不美好。'卡特莱特太太说。

"我问他们要不要喝上一杯。随后我们便把服务生叫了过来。我敢肯定，你也注意到了，卡特莱特太太很喜欢喝酒。我并不是说她嗜酒成性，或者说豪饮大醉，而是说她喝起酒来，一饮而尽，像个男人似的。我情不自禁地观察着他们，眼睛里充满了强烈的好奇。他们俩看起来十分幸福美满。我想他们的光景一点也不差。我后来发现，他们的家境十分富裕，还买了一辆漂亮的小汽车。他们外出度假时，总是相敬如宾。他们俩可能是天下最和睦的一对夫妻了。你要知道，两个人长年累月地厮守在一起，相伴相随中却依然表现得那么相亲相爱，任谁见到了都会感到欣慰的。显而易见，他们的婚姻是成功的楷模。

他们俩都对奥利弗舐犊情深，并引以为豪。西奥尤其如此。"

"说起来奥利弗也只是他的继女吧？"我问。

"是的，她确实只是他的继女，"盖茨回答道，"你可能觉得奥利弗会跟他姓。可是她却没有。她当然管他叫爸爸了。继父是她见到过的唯一父亲了。不过，她在写信签名时，还是写'奥利弗·布朗森'。"

"那么，布朗森是个什么样的人呢？"

"他可是一个英俊帅气的家伙，身体十分健壮。他酷爱体育运动，所谈论的话题不外乎什么比赛啊，决胜局啊，你知道的，比如网球比赛，还有高尔夫和射击。我想，他一年到头都不会读上一本书的。他是公立学校里那种典型的顽童。我刚认识他的时候，他差不多三十五岁了，可心智还像个十八岁的少年。你们都知道，很多家伙一来到东方后，似乎就永远长不大了。"

不过我倒是一个例外。旅途中见到矮胖、秃顶的中年男人，尤其是言谈举止还像个学生的中年男人，那可是一件大煞风景的事情。你心里也许在想，他们自首次穿越苏伊士运河后，脑袋瓜没有一点长进。他们虽然已经娶妻成家，身为人父，或许还是某个大公司的主管，但他们的人生观还停留在小学六年级的阶段。

"他可是个精明能干的人，"盖茨继续说道，"他为人善良，对自己所做的工作驾轻就熟，他的种植园是当地管理最好的种植园之一。他还擅长处理劳工事务，就算他曾经惹你心烦过，你还是会忍不住喜欢他的。他慷慨大方，乐善好施，随时准备济人急难。这就是布朗森留给人们的第一印象。"

"那么布朗森夫妻俩感情融洽吗？"

"嗯，融洽，我想他们俩相处得很融洽。这一点我敢肯定。布朗森先生性情温和，而她活泼开朗。她为人心直口快，你知道的。即使是现在，只要她愿意，立刻就能妙语连珠，不过她在谈笑风生中通常会夹枪带棒。她在年轻时就嫁给了布朗森，当时她的欢声笑语很纯粹。她情绪饱满，笑得开心，常常信口开河，却满不在乎。她就是这么个人，我想你明白我的意思。她十分坦诚直率，言谈粗疏，无论她对你说过什么，你都不会心存芥蒂的。夫妻俩看上去非常幸福。

"他们的种植园离阿罗立卑大约有五英里远。他们有一辆轻便马车，每天晚上五点钟左右，他们都要驱车溜达一番。当然，这儿只是一个袖珍型的社区，其中男性占了绝大多数，女人只有六个。布朗森夫妇仿佛是上帝恩赐的圣礼。他们的到来让大家感到振奋。就在那个小小俱乐部里，我们度过了很多美妙快乐的时光。打那以后，我经常想起他们。总的来说，我在那儿供职时度过了我人生最快乐的一段时光。二十年前，每晚六点到八点半，沿着亚丁湾到横滨港这一线，你能找到的最充满活力的地方，就是阿罗立卑的这家俱乐部了。

"有一天，布朗森夫人告诉我们，他们正在恭候一位朋友来访并小住。几天以后，他们带着卡特莱特一起来俱乐部了。看样子，他是布朗森先生的旧友故交。他们早年在马尔堡或别的什么地方同窗读过书。他们第一次远涉重洋奔赴东方时，所搭乘的是同一艘轮船。当时的橡胶业很不景气，很多人失业了。卡特莱特就是其中之一。他有大半年的时间都找不到工作，生活上无依无靠。当时，种植橡胶的人比现在挣得还要少得多，要想存下一点积蓄以备不时之需，那几乎是不可能的事情。卡特莱特去了新加坡。经济不景气的时候，大家都会去那儿，你知道的。那时的情况真的很糟，我亲眼见过。据我所知，有些人因为付不起房费而不得不睡在大街上。我还知道，他们会当街拦住陌生的欧洲人要上一块钱，就是为了买点东西填饱肚子。我想，卡特莱特就经历了这样一段穷困潦倒的日子。

"后来，他给布朗森先生写信，请求他向自己施以援手。布朗森先生请他住过来，静待时局慢慢好转后再说，因为住在他这里至少能获得免费的食宿。卡特莱特瞅准了这个机会。布朗森先生还给他寄去了路费。卡特莱特赶到阿罗立卑时，口袋里没剩下一毛钱了。布朗森先生倒还能挣上一点钱，每年总有两三百块吧，我想。虽然他的收入大幅缩水，但他总算保住了工作，所以他比大部分种植园主情况都好。卡特莱特来了后，布朗森夫人叫他不要把自己当外人，想待多久就待多久。"

"她真是一个好人，是吧？"我说。

"是个大好人。"

盖茨又点上了一支雪茄，给自己的杯子倒满酒。四周十分安静。要不是壁虎时不时发出几声怪叫，周围就更加寂静无声了。在这个热带的夜晚，似乎只有我们俩对酒畅谈。天知道，人烟稠密处离我们究竟有多远。盖茨很长时间都沉默无语了。最后，我只好开口说话。

"当时，卡特莱特是个什么样的人呢？"我问，"当然，他很年轻，你还说过，他英俊帅气。那他为人怎么样？"

"哦，说实话，我并没有特别留意过他。他和蔼可亲，平易近人。他现在是一个镇静自若的人，我敢说你已经注意到了。当时他一点也不活泼，但是对别人也毫无恶意。他喜欢读书，钢琴也弹得十分出色。和他待在一起，你不会觉得讨厌的。他从来不会妨碍到别人，你也绝对不会因为他的存在而感到烦心。他舞跳得很好，女人们都喜欢他。他还能打一手相当出色的桌球，网球打得也不差。他在不经意间就融进了我们这个小圈子。我并不是说他很受人追捧，不过大家都很喜欢他。当然，我们很同情他，就像同情落魄受难的人一样同情他。可是我们也帮不了他什么忙。说起来，我们只不过是接纳了他，好像他从前就是我们这圈子里的人似的。每天晚上，他都和布朗森夫妇一起光顾俱乐部，就像其他人一样自己掏钱买酒。我想，布朗森先生借了他一点钱，让他能应付日常的开销。他待人接物始终彬彬有礼。当时我对他的印象非常模糊，因为他真的没给我留下什么特别的印象。来到东方后，你会和很多这样的人邂逅相逢，而他与其他人绝对没有什么两样。他竭尽所能想干出一番事业来，但时乖运舛，诸事不顺。实际上，当时就业十分艰难，他有时候显得心灰意懒，十分沮丧。他在布朗森夫妇的家里住了一年多。我记得他曾对我说过：'我总不能一辈子都住在他们家。他们真的是好心人，待我如上宾，但凡事总得有个限度吧。'

"'我想，布朗森夫妇有你相伴相随，一定十分开心的，'我说，'在橡胶园里工作并不轻松，你能衣食无忧地多待一天，也能给他们带来一点弥足珍贵的生活乐趣。'"

盖茨又一次停住话头，用略有迟疑的眼神看着我。

"怎么了？"我问。

"恐怕我没有把这个故事讲好，"他说，"我好像在漫无边际地乱讲。我可不是个优秀的小说家。我只是一个警察。我只是想把当时的所见所闻如实地告诉你。从我的角度来看，所有的环境因素都至关重要。我是说，要想认清人的真面目，环境因素至关重要。"

"当然，有话就直说吧。"

"我还记得，曾经有个人，一个女人，我想是医生的太太吧，问过布朗森夫人，让一个陌生人住在家里，偶尔也会感到不胜厌烦吧？

在阿罗立卑这种地方，人们可没有太多的话题可聊。要是不对街坊邻居说长道短的，那就没有其他什么事情好谈了。

"'噢，不，'她说，'西奥一点也不招人厌烦。'她转头朝丈夫看去，只见丈夫正坐在那儿扮着鬼脸，'我们反倒喜欢他住在我们家呢，是吧？'

"'他人很好。'布朗森先生说。

"'那他一整天都在干什么呀？'

"'哦，我不知道，'布朗森夫人说，'他时不时和雷吉去橡胶园里走走，偶尔练练枪。要不就找我聊天。'

"'他总是乐于帮忙做点什么，'布朗森说，'有一次我发高烧，他就接过我手头的活儿做了起来。而我就安心躺在床上，好好休息了一下。'"

"布朗森夫妇没有孩子吗？"我问。

"没有。"盖茨说，"我也不知道为什么，他们完全养得起孩子。"

盖茨仰身靠在椅背上，随手取下眼镜擦了起来。透过厚重的镜片，你能看见他的双眼发生了严重的变形。眼镜摘下来后，他的样子倒更显得器宇轩昂。天花板上的壁虎发出了酷似人叫的怪声，那声音好像是一个弱智孩子发出的傻笑声。

"后来布朗森遇害了。"盖茨突然说。

"遇害了？"

"是的，是谋杀。我永远也忘不了那个夜晚。我们一直都在打网球，布朗森夫人和医生的太太搭档，西奥·卡特莱特和我搭档。后来，我们到俱乐部里打桥牌。卡特莱特打球时输了。我们坐到牌桌上时，布朗森夫人就对他说：'好吧，西奥，要是你打牌跟打球一样臭的话，

我们就会把衣服给输光的。'

"我们刚刚喝过了一杯，可是她却把服务生叫过来，又点了一杯酒。

"'干了这杯酒吧，'她对他说，'你要是拿不到大牌，搞不出点名堂来，你就别再叫牌了。'

"布朗森当时并没有来。他骑车去卡布隆取钱，好给苦力们发工资。他一回来，就会到俱乐部里找我们。布朗森的橡胶园离阿罗立卑稍近，离卡布隆更远一些，但卡布隆是一个更加重要的商业城市，布朗森把钱都存到了那儿的银行里。

"'雷吉回来后，就可以和我们打牌了。'布朗森夫人说。

"'他怎么到现在还没回来？'医生的太太问。

"'确实很晚了。他说过，他来不及回来打网球，但打桥牌还是赶得上的。我怀疑他取完钱后没有马上回家，而是去了卡布隆的俱乐部。也许此刻正在那儿喝酒呢，这个无赖的家伙。'

"'哦，正好呀，他可以在那儿开怀畅饮，反正怎么喝他都不会大醉的。'我大笑道。

"'他越来越发福了。他得节制饮食了。'

"我们一伙人坐在棋牌室里，能听见桌球室里传来的谈笑声。他们都沉浸在欢乐的气氛中。圣诞节就快要到了，我们都有点放纵不羁。平安夜还有一场舞会。

"我后来还记得，我们坐下来的时候，医生的太太问布朗森夫人累不累。

"'一点儿不累，'她说，'我怎么会累呢？'

"我不知道她的脸为什么突然红了。

"'我是在担心，刚刚打过网球，你的身体会吃不消。'医生的太太说。

"'哦，不会。'布朗森夫人回答道。这只是一个小小的插曲。我当时还在想，她似乎并不想接这个话头往下说。

"我当时不知道她们是什么意思，直到后来我才想起了这个小插曲。

"我们又打了三四轮桥牌，布朗森先生还是没有现身。

"'我想他是不是出什么事了，'布朗森夫人说，'我真搞不懂，他怎么这么晚了还没回来。'

"卡特莱特一向沉默寡言，尤其是那天晚上，他几乎没有开口说过话。我想他一定是累了，我就问他最近一直在忙什么。

"'没忙什么，'他说，'我吃过午饭，出去打鸽子了。'

"'手气不错吧？'我问。

"'嗯，我打到了半打鸽子。鸽子的胆儿都很小。'

"他随后又说：'如果雷吉回来得很晚，我敢肯定，他觉得再赶到这儿来就没有意义了。说不定他已经洗好了澡，等我们回家的时候，他早就躺在椅子上睡大觉呢。'

"'从卡布隆骑车回来，距离远着呢。'医生的太太说。

"'他并没有走大路，你知道的，'布朗森夫人解释道，'他抄了丛林里的那条近道。'

"'那辆自行车能行吗？'我问。

"'嗯，能行，那条小道很好走。可以少走几英里路。'

"我们刚准备重开一局，服务生走了进来，说外面来了位警官有事找我。

"'他说过什么事吗？'我问。

"服务生说他也不知道，但警官身边带着两个苦力。

"'真可恶。'我说，'要是让我发现，他平白无故地跑来骚扰我，我得好好教训他一顿。'

"我让服务生回话说，我马上过去。我打完手上的牌后，起身站了起来。

"'我很快就会回来的。'我说，'先把我的牌发上，好吗？'我对卡特莱特说。

"我出去见到了那个警官，还有两个马来人，他们在楼梯上等着我。我问他到底有什么事来找我。他把情况向我讲过后，你可以想象一下我当时目瞪口呆的样子。他说两个马来人到警察局报案，说一个白人死在通往卡布隆的丛林小道上。我立刻就想到了布朗森先生。

"'死了吗？'我大叫。

"'是的，被枪打死的，头部中弹。一个红头发的白人。'

"这时我肯定这个人就是雷吉·布朗森。我的判断没有错。有一个马来人提到了他的橡胶园，说他认识这个人，就是他不会错。这个消息真让人不寒而栗啊！棋牌室内，布朗森夫人正在焦急地等着我回去发牌叫牌呢。我顿时手足无措，不知道该如何是好。我的内心惊恐不安。如果直截了当地告诉她这个突如其来的不幸消息，对她来说将是多么可怕的精神打击啊！可是我一下子想不出什么别的办法来，也不知道如何缓解这个噩耗的冲击力。我让警官和两个苦力稍等片刻，然后转身返回俱乐部。我竭力让自己镇定下来。当我走进棋牌室后，布朗森夫人说：'你在外面待的时间太长了。'随后她看见我的脸色不对，'出什么事了吗？'只见她拳头紧握、脸色发白。你也许会想到，她对祸事有某种预感的能力。

"'发生可怕的事情了，'我说，我的嗓子眼紧巴巴的，发出来

的声音嘶哑、怪异，连我自己都能听得出来，'出了一场事故。你的丈夫受伤了。'

"她发出了长长的吸气声，确切地说，并不是尖叫声。那声音非常奇怪，使我想到了一块丝绸被撕成两半的声音。

"'受伤了？'

"她跳了起来，双眼死死盯着卡特莱特。那样子真是十分吓人，吓得卡特莱特瘫倒在椅子上，脸色惨白，仿佛像死人一般。

"'恐怕是重伤，身受重伤。'我补充道。

"我知道我必须告诉她真相，而且当时就告诉她，但只是不可能一下子全都说出来。

"'他……'她嘴唇颤抖，说话很不利落，'他——他——的意识还清醒吗？'

"我朝她看了一会儿，没有马上回答。我宁愿交出一千英磅，也不愿意把真相说出来。'不，我想意识不清醒了。'

"布朗森夫人死死地盯着我，仿佛想要看透我脑袋里的想法。

"'他死了吗？'

"我想，当时除了说出真相来，已经别无他法了，所以我就坦言相告。

"'是的，他被发现的时候，就已经死了。'

"布朗森夫人跌倒在椅子上，放声大哭起来。

"'啊，我的上帝，'她大声念叨着，'啊，我的上帝啊。'

"医生的太太走到她的身旁，用双臂搂住了她。布朗森夫人双手掩面号啕大哭，身体剧烈摇晃起来。卡特莱特铁青着脸，一动不动地坐在那儿，嘴巴大开，眼睛看着她，真让人以为他已经石化了。

"'啊，亲爱的，我亲爱的，'医生的太太说，'你一定要节哀顺变啊。'随后，她转身对我说，'去给她拿杯水来，把哈里叫过来。'

"哈里是她的丈夫，他正在打桌球。我走进桌球室，把发生的事情告诉了他。

"'该死的，一杯水是不管用的，'他说，'她需要的是一杯可劲的白兰地。'

"我们给她拿来了白兰地，尽力让她喝了下去。她的激烈情绪慢慢平复了。过了一会儿，医生的太太带她去洗手间洗了洗脸。我也决定此刻最好做点什么。我觉得卡特莱特派不上什么用场，他整个人都崩溃了。我能理解，这对他来说也是沉重的心理打击啊，布朗森毕竟是他最好的朋友，是在危难时刻对他雪中送炭的好友。

"'看来你也得喝一点白兰地，这样感觉会好些，伙计。'我对他说。

"他强打起精神来。

"'这太让我感到震惊了，你知道的。'他说，'我……没有……'他停了下来，思绪好像在漫游。他的脸色还是相当惨白。他拿出一包雪茄，擦了一根火柴，但他的手颤抖着，所以火没有点着。

"'是的，我需要一杯白兰地。'

"'服务生，'我叫道。随后，我又对卡特莱特说，'现在，你能带布朗森夫人回家吗？'

"'哦，可以。'他回答。

"'很好。我和医生、警察，还有苦力，一起到现场去看看。'

"'你们会把遗体带回家吗？'卡特莱特问。

"'我想，遗体最好送到太平间，'我还没来得及回答，医生说道，'我要对遗体做个尸检。'

"布朗森夫人回家的时候，显得那么镇静自若，真让我大感惊讶。我把我的想法告诉了她。医生的太太古道热肠，主动要求全程护送回家，晚上陪夜，而布朗森夫人一口回绝，连称自己毫无大碍。医生的太太坚持己见——你知道，有些人总喜欢把自己的一片好心强加给别人——惹得布朗森夫人大为光火。

　　"'不，不用了，我只想一个人待着，'她说，'只想一个人。再说，家里还有西奥呢。'

　　"他们上了马车，西奥接过缰绳，驾车回家。我和医生随后跟了过去，警官与两个苦力也一同前往。此前我已经派医生的助手去警察局，要求增派两位警员赶到案发现场处理尸体。很快，我们就赶上了布朗森夫人和卡特莱特先生。

　　"'你们还好吧？'我喊道。

　　"'还好。'卡特莱特先生答道。

　　"有一会儿工夫，我和医生都陷入沉默之中。我们都对这宗谋杀案感到震惊。与此同时，我又满心忧虑。无论如何，我都要设法揪出凶手，但可以预见的是，这绝非易事。

　　"'你认为这是抢劫杀人案吗？'医生终于开口。他似乎看透了我的心思。

　　"'我想，这一点毫无疑问，'我答道，'凶手知道布朗森先生要去卡布隆取钱，因此密谋潜伏在他回家的路上。当然，既然人人都知道他身上带着一大笔现金，他实在不应该孤身一人穿越丛林。'

　　"'这么多年了，他一直都这样，'医生说，'而且很多人都这样。'

　　"'我明白。可问题是，我们该如何抓住那些该死的凶手呢？'

　　"'难道你不觉得，那两个发现尸体的苦力可能与这件事脱不了

干系吗？'

"'不，他们可没这个胆儿。我想，要是放在两个中国佬身上，那倒是有可能的。我相信马来人是做不下这个案子的。他们的胆儿太小了。当然，我们也要密切注意他们。过不了多久，我就能看到有没有人在大把大把地花钱挥霍了。'

"'对布朗森夫人来说，这真是个可怕的精神打击啊，'医生说，'任何时候，发生这样的事情总是糟糕透顶的。更何况是现在，她就要临盆生产了。'

"'这个我倒不知道。'我打断了他的话。

"'是的。不知道为什么，她不想让别人知道此事。我本来觉得她这样做真是太可笑了。'

"我回想起刚刚发生在布朗森夫人和医生的太太之间的那段小插曲，顿时明白了她为何如此担心布朗森夫人是否会劳累过度。

"'奇怪的是，她结婚那么多年，直到现在才怀上了孩子。'

"'你知道的，这样的事确实是有可能的。她自己也大感意外。她第一次来找我时，我诊断出她怀孕了，她险些晕倒了，随后就哭了起来。我原以为她会像潘趣一样喜上眉梢的。可是她却告诉我，布朗森先生并不喜欢孩子，怀孕一事会让他不胜烦恼。因此，她让我替她严守秘密，她自己再找个机会告诉他。'

"我想了一会儿。

"'布朗森先生可是个活泼开朗、乐观向上的家伙。如果有了孩子，他一定会欢天喜地的！'

"'这可说不准。有些人非常自私，就是不想要个孩子成为累赘。'

"'也许吧。那她最后跟他说的时候，他有什么反应呢？难道他

很不高兴吗?'

"'我也不知道她是不是告诉他了。不过,她本来也瞒不了多久的。要是我没有算错的话,五个月后她就应该临产了。'

"'可怜的人啊,'我说,'我总觉得,要是他知道自己会有个孩子,他一定会高兴死的。'

"我们后来驾着马车一直没有说话。我们来到了一条岔路口,那儿就是通往卡布隆的捷径小道。我们在路口停了下来,等了一两分钟后,警官和那两个马来苦力驾着我的马车跟了上来。我们把前灯打开用来照明。我让医生的助手留下来照看马车,嘱咐他在这儿待着,只等两位警员们赶到后,沿着这条小道来和我们会合。两个马来苦力提着灯具,领头带路,我们紧跟在他们的身后。这条小道并不狭窄,宽度足以容纳一架二轮运货的马车通过。那条大马路还没有修建的时候,这里一度是连接卡布隆和阿罗立卑的交通干线。小道坚实牢固,是一个理想的人行步道。不少地段的路面上布满了沙子,有些地方还能清楚地看到自行车留下的车轮印。这些痕迹正是布朗森先生前往卡布隆时留下来的。

"我记得,我们几个人鱼贯而行,约莫走了二十分钟。突然,那两个苦力发出'啊'的一声大叫,后来就裹足不前了。他们对案发现场早有预判,但那一幕猛然呈现在眼前时,还是感到震惊不已。两个苦力手里的马灯发出昏暗不明的亮光。布朗森先生的尸身横卧在小道的正中央。他是从自行车上重重摔下来的,笨重的身体还死死地压在自行车上。我感到不寒而栗,口不能言。我想医生也是如此。与我们的沉默形成鲜明对比的是,丛林里传来了震耳欲聋的嘈杂声。那些可恶的夏蝉和牛蛙发出的噪音大得能把死人吵醒。即使在平常的夜晚里,丛林中的这些声音已经足以让人惊恐万分，因为你总觉得，这样的午夜时分应该是万籁俱寂的，可没完没了、无影无形的喧嚣声刺激着你的神经，让你产生诡异怪谲的感觉。喧嚣声包围着你，把你裹挟在中央，在凶杀的背景下，那情形真的令人毛骨悚然，我可没有瞎说。那个可怜的人横尸在野外，可是在四面八方的丛林中，躁动不安的动物们仍然继续着各自冷漠而残忍的生命进程。

"他的身体俯卧在地。警官和两个马来苦力齐刷刷看着我，仿佛是在等着我发号施令似的。我那个时候还很年轻，不得不承认我也感到心惊肉跳。尽管我还没有看到他的脸，但可以肯定这个人就是布朗森先生。不过，我觉得还是应该把尸身翻过来确认一下。我想，我们每个人都有一些不足挂齿的洁癖。要知道，以前若是让我去接触死尸，我会一辈子恶心不已的。即使现在，我对此早已习以为常了，但仍然会产生些微的不适感。

"'确实是布朗森先生，就是他。'我说。

"医生——谢天谢地，幸亏有他在场——俯下身体，把尸身的脑袋转了过来。警官提着马灯照在死人的脸上。

"'我的上帝，他的半个脑袋都没了。'我大叫。

"'是啊。'

"医生站起身来，在小道旁的树叶上擦了擦手。

"'他死了吗？'我问。

"'嗯，是的。他被击中后就一命呜呼了。凶手一定是在极近的距离开枪杀了他。'

"'你觉得他死多久了？'

"'哦，我也不知道，有好几个小时了吧！'

"'他应该在五点左右路过这儿。因为他要在六点钟赶到俱乐部去打牌。'

"'没有任何搏斗过的痕迹。'医生说。

"'是的,不会有的。他是在骑车时被人打死的。'

"我盯着尸体看了一会儿,心里不由自主地想到,曾几何时,爱热闹、大嗓门的布朗森先生还是一个活蹦乱跳的大活人呐。

"'你没有忘记他身上还带着发给苦力们的工钱吧。'医生说。

"'没忘。我们最好在他身上找一找。'

"'我们要不要把他翻过来?'

"'等一等。我们先查看一下地面。'

"我提着马灯,尽可能仔仔细细地把周围扫视了一遍。在他倒下的地方,布满沙子的路面上有交叉踩踏过的痕迹。上面既有我们的脚印,也有最先发现尸首的两个苦力的脚印。我往前走了两三步,便清晰地发现自行车留下的车轮印。当时他骑着车平稳而笔直地前行。我顺着轮胎印来到了他倒毙的地方,更确切地说,是他即将倒毙的地方。在车轮印的两侧,我清清楚楚地看见高筒长靴留下的印记。显而易见,他在那儿停车驻足过,双脚撑地,然后又朝前骑去,摇摇晃晃,最后轰然倒下。

"'我们检查一下他身上的物品吧。'我说。

"医生和警官将他的尸身翻了过来,一个苦力把自行车挪到一边,他们让布朗森先生仰面平躺在地上。我原以为,他身上带着的现金应该既有纸币,也有银币。银币应该是用袋子装起来,拴在自行车上。我朝车子瞥了一眼,什么袋子也没有。纸币应该放在钱包里,应该有厚厚的一沓。我在他的身上找了个遍,却什么也没有找到。我随后翻

144

了翻他的衣袋，里面空无一物，只是在右边的裤兜里找到了一些零钱。

"'他不是总带着一块怀表吗？'医生问。

"'是的，他确实带着怀表。'

"我还记得，他的表链原来是挂在西服翻领的扣眼上，链子的另一端连着怀表、印章以及一些小装饰件，都揣在西服的胸袋里。可是怀表和链子都不见了。

"'好了，现在可以确信无疑了吧？'我说。

"显而易见，因为身上带着钱财，他被一伙劫匪给盯上了。这些人将他杀害后，把他的财物洗劫一空。突然，我想起了那些脚印。脚印说明他曾一度在那儿停留过。我顿时明白究竟是怎么回事了。其中一个劫匪找了个借口拦住了他。正当他再次骑车前行的时候，另一个劫匪从丛林里悄悄钻出来，对着他的脑袋开了两枪。

"'嗯，'我对医生说，'该是我出马去抓住他们的时候了。我恨不得马上将这些家伙们捉拿归案，绞死他们才感到痛快呢。'

"接下来自然到了问讯环节。布朗森夫人提供了证词，但她并没有给案件提供新的线索。据她所说，布朗森先生十一点左右离家出门，他打算在卡布隆吃午饭，大约五六点钟返回。他说过，晚饭不用等他，他回来后先把钱放在保险箱内，然后就直接去俱乐部。卡特莱特先生证实了这一点。他和布朗森夫人一起去吃了午饭，饭后抽了一根烟，便提着猎枪打鸽子去了。五点左右，也许不到五点吧，他回到屋子里，洗了个澡，换了衣服去打网球。他打鸽子的地方距离布朗森先生遇害的地方不远，但他并没有听见枪声。当然，这说明不了什么，丛林里蝉鸣蛙叫，还有各种各样其他的噪音，除非离得很近，否则是很难听到任何动静的。再说了，布朗森先生遇害的时候，他很可能已经回去了。

我们仔细分析了布朗森先生的行程。他先是在俱乐部吃了午饭，在银行下班前取好钱，然后回到俱乐部，又喝了一杯酒，随后便骑着自行车往回赶了。他是乘渡船过河的，摆渡的人清楚地记得见过他，而且咬定那天只有他一个人是带着自行车过河的。这样看来，凶手并没有一路尾随过他，而是埋伏在半道伺机而动。布朗森先生沿着大路骑了几英里，然后转到了那条丛林小道。这是一条回家的捷径。

"看起来很像是熟人作案，凶手对他的习惯了如指掌。因此，他橡胶园里的苦力们立刻成为重点嫌疑对象。我们极其认真仔细地对他们一一做了排查，却没有发现任何线索能够证明他们与这个案子有关。事实上，他们大都能对案发当日的行踪给出合理的解释，即使那些不能合理解释的苦力们，也以这样或那样的理由被排除了作案嫌疑。阿罗立卑的那些中国人里确实有几个坏家伙，我对他们也进行了筛查，但我认为，这起劫杀案不可能是中国人干的。在我的印象里，中国人作案习惯用左轮手枪，而不是用双管猎枪。总之，我并没有发现任何有价值的线索。于是我们发出了悬赏令，任何人提供破案线索并协助警方抓获真凶，将得到一千美元的赏金。我相信，很多人在悬赏令的激发下将投身于公共事业，与此同时还能获得一笔可观的奖励。不过我知道，案件知情人大都不想以身犯险，只有在确保自身安全的情况下才会说出实情的。因此，我耐心等待着。赏金也激发了我的警员们的浓厚兴趣，我知道，他们会竭尽全力将凶手缉拿归案并绳之以法的。在这样的案件中，他们可以发挥比我更大的作用。

"然而奇怪的是，悬赏令并没有见到任何成效。高额的赏金似乎毫无吸引力。于是我将网撒得更大了。那条大路附近有两三个村庄。我猜想凶手会不会是那儿的人，我找到了他们的村长，但在他们那儿没有任何收获。这倒不是因为他们不想提供线索，而是他们确实也没有什么线索可提供的。我和当地几个品行不良的家伙们也交谈过，但他们与这桩谋杀案绝对没有任何关系。一点线索都找不到了。

"'好啊，你们这帮歹徒，'我从阿罗立卑往回赶的时候，自言自语道，'不用着急，绞索总有一天会套在你们脖子上的。'

"凶手带着那一大笔赃款潜逃了，但是钱不花出去是毫无意义的。我觉得，凭我对当地人品性的了解，可以肯定手握这笔财富永远是一大诱惑。马来是一个放纵的民族，好赌的民族，华人也是赌徒，迟早会有人挥金如土的，到那时我就知道这些钱是从哪儿来的了。我想，我会用一些很有针对性的问题盘问这个家伙，就足以让他心惊胆战，产生畏惧之心。到那时，我对他使出我的本事，就不怕他不一五一十地坦白招供了。

"眼下唯一能做的就是静静等待。等这阵风头过去以后，凶手以为这桩案子早被人遗忘了。他们想花掉这笔不义之财的欲望就会越来越强烈，终有一天他们将无法抵抗欲望的诱惑。我继续按部就班地做着我自己的事情，但这并不代表我会放松警惕。早晚有一天，我会在缉捕真凶的过程中大显身手的。

"卡特莱特先生带着布朗森夫人去了新加坡。布朗森先生工作的公司问卡特莱特先生是否愿意接替布朗森先生的职位，但他很自然地说他不喜欢这个职务。于是公司提拔了另外一个人，然后让卡特莱特先生来接替这个人的职位。这个岗位就是卡特莱特先生现在负责管理的这个橡胶园。当时他立刻搬了进去。四个月后，奥利弗在新加坡出生了。又过几个月，布朗森先生遇害一周年时，卡特莱特先生和布朗森夫人结婚了。我感到很惊讶，但想来想去，我又不得不承认这是非常合情合理的事情。自打布朗森先生遇害后，布朗森夫人便一直仰仗着卡特莱特先生，他为她打点好了一切事情。布朗森夫人一定很孤独，茫然不知所措。可以肯定，她对卡特莱特先生的热心帮助心怀感激。卡特莱特先生跑前跑后替布朗森夫人解忧排难，对她充满同情。对女人而言，这样的事情确实糟糕透顶了，她又没有别的地方好去。他们俩共同经历了这场不幸，相互之间形成了感情的纽带，因而有充分的理由结为连理。对他们双方来说，这也许就是最好的选择了。

"看来杀害布朗森的凶手要永远逍遥法外了，因为我的破案计划并没有奏效。这个地区并没有发现有人不合常理、大手大脚地花钱。要是凶手将这笔赃款埋在地下而分文不花，那他真像是超人一样具有高度的自控力。一年过去了，这件事实际上渐渐被人们淡忘了。难道真有人如此谨小慎微，竟然过了这么长时间却不花一分钱吗？这简直令人难以置信。我开始认为，布朗森先生是被两个流窜作案的中国人杀害的。他们携款逃到了新加坡，抓到他们的可能性微乎其微。最终我只好放弃对案件的调查。想想也是，此类案件，也就是抢劫案，通常是最难破获的，因为很难确定犯罪嫌疑人。即使最后侥幸破获了，那也是因为罪犯自己粗心大意所致。情杀或仇杀的案子就大为不同，你可以根据犯罪动机立刻锁定犯罪嫌疑人。

"对个人失败怨天尤人是毫无意义的。我让自己恢复到工作常态中，努力把这件案子从脑海中清除出去。没有人愿意接受失败，尽管我表面上若无其事，但内心充满了挫败感。就在这时，一个中国佬在典当布朗森先生的怀表时被抓住了。

"我跟你说过，布朗森的怀表和表链被人拿走了。布朗森夫人向我们精确地描述过这块表的特点。这是一块班森牌的双盖怀表，上面连着一根金链子、三四个印章和一个高档钱夹。当铺老板是个聪明伶俐的家伙，那个中国佬拿出怀表典当的时候，他立刻窥破了怀表的来历。于是他假以托词，趁那人等候期间，派人叫来了警察。那人被逮捕后，立刻被送到了我这儿。我简直像见到了失散多年的亲兄弟一样高兴。在我的一生当中，我从来都没有因为见到一个人而感到如此高兴过。要知道，我对罪犯没有任何好感。但是我对他们感到相当同情，这是因为他们所碰到的游戏对手，都是手握所有爱司牌与王牌的人。不管怎么说，抓获这个嫌犯让我充满了成就感，这就好比在打桥牌时救活了一局必输的险牌。这么一来，劫杀案的谜底很快就要水落石出了。即便这个案子不是那个中国佬做下的，但可以肯定，通过他一定能追查到凶手的蛛丝马迹。我面带喜色看着他，让他解释是如何得到怀表的。他说他是从一个陌生人那儿买来的，这个说法实在缺乏说服力。于是我简短地说了说劫杀案的情况，告诉他，他将受到谋杀的指控。我只是想吓唬他一下，但立刻见到了成效，他马上改口说怀表是捡来的。

　　"'捡来的？'我问，'真有你的。你是在哪儿捡到的？'

　　"他的回答让我大吃一惊。他说是在丛林里捡来的。我对他的说法嗤之以鼻，然后反问他，是否真的会有人把怀表遗失在丛林里。随后他解释说，当时他路过卡布隆与阿罗立卑之间的那条小道，就在进入丛林的时候，一眼就看见了某个东西在微微发光，随后就捡到了这块表。这真有点奇怪。他为什么非要说是在那儿捡到的呢？他要么说的是大实话，要么就是太精明过人了。我接着问他表链和印章的下落，他立刻从口袋里掏了出来。大概是慑于我的严厉逼问，他的脸色变得苍白、浑身发颤。他个头不高，长着一双罗圈腿，他根本就不可能是凶手，要是我没有看出这一点，那我就真是个大傻瓜了。不过，他的恐惧倒说明他知道一些内情。

"我问他是什么时候捡到怀表的。

"'昨天。'他回答。

"我又问他从卡布隆抄小道去阿罗立卑做什么。他说他此前一直在新加坡打工，由于父亲生病，他自己要回卡布隆一趟，他眼下已经在阿罗立卑做事情了。他父亲的一个朋友是做木匠活的，给他找到了一份工作。他把自己在新加坡的工友名字告诉了我，把阿罗立卑新雇主的名字告诉了我。他所说的一切似乎都有板有眼，而且也不难得到证实，所以几乎不可能是瞎编的假话。当然，我也意识到了，如果真像他所说的那样，这块表是捡到的，那么它一定是在丛林里待了一年多了。也就是说，这块表已经好不到哪儿去了。果然，我试着把表盖打开，却根本开不了。当铺老板也被叫到了警察局，就在隔壁房间里等着问话。凑巧的是，他也算是个钟表匠，我于是请他过来检查一下怀表。他打开表盖的时候，发出"嘘"的一声，怀表的零部件早已锈迹斑斑了。

"'这表坏了，'他边说边摇头，'再也不能走了。'

"我禁不住问他怀表不走的原因。他说怀表坏了是因为长期受潮造成的。出于道义，我把嫌犯关进了单人牢房，并派人去传唤他的雇主。我向卡布隆和新加坡各发了一份电报。在等候音讯期间，我竭力对案子的前因后果详加推理。我开始相信，那个人的供词并无任何不实之言。他的恐惧也许并不是因为自己犯下了案子，而是因为捡到财物后竟想变卖而带来的罪孽感。即使全然无辜的人落入警察手里，内心也难免感到紧张害怕。我不知道警察有什么好怕的，但只要有警察在，人们总是感到相当的不自在。如果怀表确实是他在丛林里捡到的，那么一定是有人把它丢在那儿的。这事说起来真是十分滑稽，假使凶手觉得留着这块表很不安全，那么他也会设法把金质表盒化成金子。对本地人来说，这是一件易如反掌的事情。况且，那根表链再寻常不过，无人能从链子上查出什么蛛丝马迹来的。毕竟，在这个国家的珠宝店里，这样的表链比比皆是。当然，还有这样的可能：凶手作案后窜入丛林，在匆忙慌乱中丢失了怀表，但一直不敢回去寻找。我觉得这也不太可能，因为马来人习惯把东西藏在纱笼裙里，中国人则会放进上衣口袋中。更何况，他们一钻进茂密的丛林，就知道没有必要慌乱逃窜了，应该静待合适的时机坐地分赃才是。

"几分钟后，我派出去的人回到了局里，嫌犯的供词一一得到了证实。一个小时后，卡布隆那边也有了回应。当地警察找到了他的父亲。父亲说他的儿子是去阿罗立卑，要到一个木匠那儿去干活。至此，他所说的每一句话都得到了证实。我再次传讯了他，告诉他我要带他去勘察一下手表被发现的地点，让他必须向我指认确切的位置。虽然我觉得毫无必要，但我还是给他戴上了手铐，并交由一名警察来看管。此外，我们还带了另外两位警员。这个可怜的家伙因为害怕而浑身发抖。我们驾着马车来到主干大路的分岔口，沿着那条小道走了进去。离布郎森先生遇害处不到五码的地方，中国佬停下了脚步。

"'就是这儿。'他说。

"他指向了那片丛林，我们跟在他的身后进了林子。我们走了大约十码远的距离，他指着两块巨石间的一道裂缝说，他就是在这儿捡到怀表的。如此说来，他能发现怀表的可能性实在是微乎其微。如果他真的是在这儿捡到了这块表，那么也是有人特意把它藏在此处的。

盖茨说到这儿停了下来，若有所思地看着我。

"要是你在场的话，你怎么看这件事？"他问。

"我不知道。"我回答说。

"嗯，我当时是这么看的：如果怀表放在了那儿，那么赃款很有可能也在那儿。我们当然应该在附近好好搜查一番了。不过，谁都知道，在丛林里找一件东西简直就是大海捞针。为了找出真相，我还是身不由己地找了起来。我把那个中国佬释放了，让他参与搜索。我需要更多的人手来帮忙。我让我的三个警员展开搜索，我自己也行动起来。我们五个人站成一排，从大路分叉口处开始搜起。我们在布朗森先生遇害处两侧各五十码的范围内反复搜查。在长达一百码的地界内，我们一步一步地全都走了个遍。我们搜过每一片枯叶，巡视过每一处灌木丛，掀起过每一块巨石，连树洞也没有放过。我知道这是一件愚蠢的行为，毕竟能找到赃款的几率只有千分之一。我唯一的希望则出于以下推测：凶手作案后一定会惊惶失措的，如果他想把脏物藏起来，必然要找一个可以迅速藏匿的地点。很明显，他会选择最先能想到的理想位置，凶手当时藏这块表时就是这么想的。此外，我之所以要在这个特定的范围内进行搜索，也是出于这唯一的理由：既然怀表是在离大路这么近的地方找到的，那么凶手在处理赃物的时候，也是想迅速把赃物处理掉。

"搜索了一阵后，我开始感到疲惫不堪，心中甚为懊恼。我们五个人挥汗如雨，我感到饥渴难耐，但是却无水可喝。我最后只好决定，我们必须放弃这样的苦差事，至少今天不再搜索了。就在那时，那个中国佬突然发出了一声低沉的叫声——这个年轻人一定有一双十分敏锐的眼睛。只见他俯下身子，从盘根错节的树根下拽出一个肮脏发霉、腐臭不堪的东西来。那竟然是一个钱夹！皮夹在那儿风吹雨打一年多了，惨遭蟋蚁和甲虫的啃噬，反正已腐烂不堪、面目全非。不过，那确实是一个钱夹，没错，正是布朗森的钱夹。钱夹里还装着他从卡布隆银行取出来的新加坡纸币。这些残币早已不成正形，乱成一团，散发出腐臭味。虽然银币还没有找到，但是我确信，它们也一定藏在了附近的某个地方。只是我再也不想继续寻找下去了，我已经找到了非常重要的线索，不管是谁杀害了布朗森先生，这显然不是一个谋财害命的凶杀案。

"你还记得我对你说过吗，我注意到了轮胎印的两边都有布朗森先生的脚印。他当时停下自行车，可能是和某个熟人说话。他是一个大块头，留下的车轮印自然就很深。他并不是把脚轻轻地搭在细软的沙路上，随后又骑车走了，而是把自行车停在那儿足足有一两分钟的时间。我初步的推断是：他停在那儿是同一个马来人或中国佬说话，但是我越想就越觉得不太可能。他为什么要把车子停下来呢？他当时一心只想着回家才对。尽管他是一个天性随和的人，但他并不是一遇当地土人就随意搭讪的家伙。他和当地土人之间的关系就是纯粹的主仆关系。那些脚印一直困扰着我。直到现在，真相才突然闪现在我的脑海中。杀害布朗森的凶手并非是为了劫财。如果他把车子停下来是要和某个人说话，那么这个人只能是他的朋友。我终于明白这个凶手是谁了。"

我一直以为侦探小说是十分引人入胜、充满睿智的文类。遗憾的是，我从来都没有这方面的才能，但是我却读过很多侦探故事。我可以毫不自夸地说，凶案的谜底还没有揭开前，我就已经推断出故事的结局了。有一段时间内，盖茨接下来要说什么，我都能提前预见到。然而，当他最终揭开谜底的时候，我还是感到大吃一惊。

"布朗森先生遇到的人正是卡特莱特。卡特莱特当时正在打鸽子。

布朗森便停下自行车，问他在做什么。当他重新上路时，卡特莱特便举起了猎枪，朝他的脑袋开了两枪。卡特莱特取走了他身上的现金和怀表，匆忙中把它们藏在了丛林中，制造了一伙歹徒劫财害命的现场假象。随后他又从丛林的边缘地带绕到了大路上，返回他们的住处。他换上了那套网球服，驾着马车和布朗森夫人结伴去了俱乐部。

"我清楚地记得，当时他的网球打得糟透了。此外，为了缓和布朗森夫人听到噩耗时的冲击力，我假称布朗森先生身受重伤，尚未死去，卡特莱特立刻就崩溃了。如果布朗森先生仅仅是受伤而已，那么他就有可能开口说话。以上帝做证，我敢肯定，这是他一生当中最糟糕的时刻。那孩子是卡特莱特的孩子，看一眼奥利弗，你就明白了。嗯，证据都写在她的脸上。据医生说，当他告知布朗森夫人她身怀有孕时，她显得惴惴不安，让他答应不要告诉布朗森本人。这是为什么呢？因为布朗森知道，自己不可能是孩子的亲生父亲。

"你觉得布朗森夫人知道这是卡特莱特干的吗？"我问。

"我敢肯定她知道。当我回想起那天晚上她在俱乐部时的反应，我就确信无疑了。我说布朗森先生受伤了，她顿时大惊失色。当我说她丈夫被发现时就已经死了后，她号啕大哭起来，那样子更像是如释重负一般。我了解这个女人。只要看一看她那棱角分明的下巴，你就知道她会不会下这样的毒手了。她有一副铁石心肠，就是她指使卡特莱特行凶杀人的。也是她精心筹划，计算好了每一个细节，每一个步骤。卡特莱特完全听命于她，现在依然如此。"

"你是说，你和其他人都从来没有怀疑过他们之间的私情吗？"

"是的，从来没有。"

"如果他们彼此相爱，并且知道女方已经怀孕，那他们为什么不一起私奔呢？"

"这怎么可能？布朗森才是掌握财权的一家之主，而她手里却没有一分钱，更不用说卡特莱特了。他当时连工作都没有。他怎么可能让别人背地里戳脊梁骨呢？在他食不果腹的时候，是布朗森先生收留了他，而他却反过来带着他的老婆私奔？他们俩要想私奔逃走，那是一点机会都没有，他们更不愿意别人知道偷情的真相。那么，唯一的机会就是除掉布朗森，他们确实把布朗森给除掉了。"

"布朗森的宽厚仁慈被他们利用了。"

"的确如此。不过我想，他们一定感到羞愧难当。布朗森对他们那么慷慨，为人是那么正派。他们根本不敢把偷情的真相告诉他，反倒是选择杀了他。"

在片刻的沉默中，我反复咀嚼着盖茨说过的话。

"那么，你后来是如何处理这桩案子的？"我问。

"不了了之了。我还能做些什么呢？证据在哪儿？找到了怀表和纸币又能怎样？这些东西很有可能是凶手藏在那儿的，后来又不敢回去取走罢了。凶手能带着银币逃之夭夭，也许早就感到心满意足了。那些脚印吗？布朗森把自行车停下来，也许只是点了一支烟，或者说，正好有一棵树倒在了小道上，他只好停下车子，等那些碰巧路过的苦力们把它搬走。谁又能证明，这位十分正派、令人尊敬的夫人在丈夫死后四个月产下的孩子不是他亲生的？任何陪审团都不会判定卡特莱特有罪的。我只能对案情保持沉默。布朗森被谋杀一案渐渐淡出了人们的记忆。"

"我想，卡特莱特夫妇是忘不了的。"我说。

"即使他们忘了，我也不会感到吃惊。人的记性短暂得惊人。如果你想听听我从业多年得出的看法，那我就不妨告诉你。我认为，如果嫌犯确信自己的罪行绝对不会被发现的话，那么，他们的内心是根本不会产生任何罪孽感的。"

我再次回想起那天下午邂逅的那对夫妻：那个男的枯瘦、苍老、秃顶，戴着一副镀金眼镜；那个女的一头白发，衣着不整，说话直率友好，满脸的微笑夹杂着讥讽。几乎无法想象的是，在遥远的过去，他们俩因为彼此间狂野的激情失去了控制，做出了尚能理解的行为。但是他们的私情也把他们带到了无路可走的绝境，他们最终只好选择了残忍而冷血的杀人行径。

"你和他们在一起时，就没有感到一点点不自在吗？"我问盖茨，"希望这不算是吹毛求疵的问题。我不得不说，他们可不是什么好人啊。"

"你要是这么想就错了。他们都是大大的好人。他们几乎是这儿最和蔼可亲的人了。卡特莱特太太心地非常善良，而且非常风趣幽默。我的职责是预防犯罪，一旦有人犯下罪案，我就要把他抓获归案。我处理过的罪犯不计其数，总体来看，罪犯在品性方面要比普通人更差一些。但一个正派的人迫不得已地犯了罪，被发现并受到惩罚，也许仍然可以保持自身的正派。他因为触犯法律受到了社会应有的惩罚，这完全是正当合理的，但并非就此认定，他的犯罪行为就决定了他的本性。如果你像我这样做了多年的警察，你就会发现，一个人的所作所为并不重要，重要的是他的品性。幸运的是，警察是从来不管别人想什么，而只管别人做了什么。要是让警察去管别人的思想，那可就不一样了，而且也是很难做到的。"

盖茨弹了弹雪茄上的烟灰，脸上掠过一丝揶揄、嘲讽的笑容，却并不令人讨厌。

"我要告诉你，有一件事情我是不喜欢做的。"他说。

"什么事情？"我问。

"上帝在审判日所做的事情，"盖茨说，"不喜欢，先生。"

大班

　　他比任何人都明白，自己算是个大人物了。他在中国最重要的一家英国商行工作，担任最大分行的一把手。他可是靠真才实学才坐上今天这个位置的。回想三十年前，自己远涉重洋来到中国，只是一个愣头愣脑的小职员，他忍不住暗自得意。他出身在巴恩斯郊区的一个贫寒家庭，那长长的一排红砖陋屋中就有他们家的房舍。这些房子建造时本想跻身上流社区，最后却显露出一副忧郁的寒碜样。再看看眼下这幢气派的石头大厦，阳台是那么宽大，房间是那么宽敞。这里既是他商行的办公大楼，也是他的个人寓所。回首往事，真是今非昔比，他踌躇满志地笑了起来。从过去到如今，他一路走来，也算是历尽艰辛。他又回想起当年放学回家（他当时就读圣保罗学校）后，与父母，还有两个妹妹，坐在餐桌边喝茶吃饭的光景。他们全家就着一片冷肉，吃着一大堆黄油面包，喝着浓重的奶茶，每一个人都得自己动手。比比眼下自己吃晚饭时的场景，真是有天壤之别啊。无论是独自用餐，还是与他人共进晚宴，他都要穿上正式的晚礼服，餐桌旁还会有三个仆人伺候着。一号仆人对他的口味偏好了如指掌。家务琐事也根本用不着他去操心。每顿晚餐，他都要摆上满满一桌的饭菜，从主菜、烤肉到甜点、开胃菜，一应俱全。因此，只要他愿意，他可以随时发出邀请，在寓所内大宴宾客。他对美食情有独钟，要是独自用餐时就简单了事，宴请宾朋时才大摆筵席，那可不是他崇尚的行事风格。

他在海外闯荡多年，早已出人头地，因此他对重归故里毫无兴趣。他有十年的光景没有回过英国了。他总喜欢去日本或温哥华度假，那儿肯定能见到来自中国口岸的故旧老友，而他在国内谁也不认识了。他的两位妹妹都已嫁作人妻，她们的丈夫都是职员，儿子也是职员。他与这两门亲戚少有往来，他们也让他不胜腻烦。每年圣诞节，他给她们寄去一块上等丝绸，或精美刺绣，或一盒茶叶，也算是表达一下兄妹间的所谓情谊吧。他可不是一个吝啬鬼。母亲在世时，他一直定时寄送赡养费。即使终有一日退休去职，他也根本无意重回英国。他亲眼目睹很多人回国后的境况，心里非常清楚那样做终将以潦倒落魄而收场。他打算在上海的跑马场置一处房产，在打牌、遛马、打高尔夫球中悠闲地度过晚年。不过，还要过很多年，他才需要考虑退休的事情呢。再有五六年，希金斯就要回国，到那时，自己就是上海总部的负责人了。目前，他对自己的现状非常满意，他可以把钱攒起来，这在上海是做不到的。此外，他的日子过得十分轻松。与上海相比，这个地方还有另外一个优点：他是这儿最显赫的人物，说出的话掷地有声，甚至领事对他也敬畏三分。曾有一次，他与领事发生了争执，可最终俯首认输的人却不是他。一想到这事，大班就翘起他那桀骜不驯的下巴来。

他面露微笑，觉得自己心情极为舒畅。他刚刚参加完汇丰银行举办的盛大午宴，眼下正迈着轻松的步伐返回商行。他们招待宾客真是无微不至啊，午宴上吃的都是珍馐美馔，喝的都是美酒佳酿。宴会一开始，他就喝了两杯鸡尾酒，后来又喝了点上等苏玳酒[1]，最后还喝了两杯波特酒[2]和一些优质的老白兰地，他感到神清气爽。散宴的时候，他一反常态，决定步行回家。轿夫们抬着轿子紧跟在他的身后，以备他随时乘坐，但是他倒更愿意活动一下自己的腿脚与筋骨。这些日子以来，他的运动量明显不足。由于体形过于肥胖，他已经不能纵马驰骋了，平时很难找到机会来锻炼身体。不过，虽说体胖不能骑马，可他仍然养着几匹骏马。他信步而行，呼吸着清新芬芳的空气，心里就想到了春季的赛马会。他手里有一对混血宝马，对它们夺标寄予了厚望。他的商行有一位少年，经过几番磨炼后已经成了优秀的骑手。（他必须擦亮眼睛，以防别人挖自己的墙脚，上海的老希金斯就有可能花高价把他挖走呢。）他应该设法再赢上两三场比赛。他自鸣得意，觉得自己拥有世界上最出色的马厩。此时，他就像鸽子一样挺起了肥大的胸膛，今天真是个好日子，人生在世，何其美好啊！

他走到公墓的时候停下了脚步。墓地矗立在眼前，干净整齐，英国侨团的雄厚财力由此可见一斑。每次途经公墓，他的内心都不由自主地闪过一丝自豪。他对自己身为英国人而感到心满意足。公墓眼下所在的位置，在当初兴建时一钱不值。然而，随着这座城市日渐繁荣发达，这块宝地早已价值连城了。曾有人建议将坟墓迁往他处，卖掉土地来建造楼房，但是侨团明确反对。一想到亡灵能安息在这座小岛最昂贵的土地上，大班立刻感到踌躇满志起来。这也表明他们所看重

---

① 法国波尔多左岸上游地带所产的一种甜白葡萄酒。

② 一种酒精度不高但香气特别馥郁的甜酒，产于葡萄牙。

的事情早已超越了金钱。让金钱见鬼去吧！一说到"重要事情"——这是大班最爱用的口头禅，那就应该牢牢记住：金钱并非是万能的！

这时，他想独自从公墓里横穿而过。他打量着这些坟墓，只见周围被保养得干净整洁，墓间小道上见不到一根杂草，真是一派盛世的景象啊。他在墓地里踽踽独行，辨认着墓碑上的姓名。这块墓碑上并排刻着三个人的名字：玛丽·巴克斯特帆船的船长、大副与二副。三个人都是在1908年的那场台风中遇难的。当时的情景依然历历在目。这儿的几座墓中埋着两个传教士，还有他们的发妻与孩子。这些人都是在义和拳动乱中被杀害。真是骇人听闻的事件啊！他本人倒也没有对传教士盲信盲从，只是觉得他们竟然被这帮该死的中国佬给杀害了，真是岂有此理啊！这时，他来到了一个十字架前，上面刻着的名字他颇为熟悉。爱德华·姆洛克，这可是个好人，不过，他对这个家伙贪杯酗酒的恶习实在难以容忍。真是一个可怜虫啊，二十五岁时就因为醉酒一命呜呼了。这儿的很多人都染上了这个恶习，大班本人早已领教过了。还有好几个更加整洁的十字架，上面刻着姓名，还有各自的年龄：二十五岁、二十六岁，或二十七岁。他们的遭遇并无二致，漂洋过海来到中国，大发横财，一夜暴富，本来都是良善青年，但喜欢聚众狂饮，终至身体不支而丧命，眼下都埋在了这个墓地中。在中国滨海地区，只有头脑清醒、体格健壮，你才能与他人豪饮对决。当然，这样的事情说起来是很悲惨的。但是一想到自己曾与这些年轻人对饮过，并将他们送上了黄泉之路，大班便情不自禁地笑了笑。死亡并非一无是处啊。他的公司里曾有一个家伙，比他资历还老，为人也很聪明。如果这个家伙还活着的话，他自己就不可能当上大班了。说真的，人的命运是多么不可预测啊。唉，这块墓冢里还埋着小特纳夫人，维莱

162

特·特纳。她曾经是多么玲珑美丽啊。他与她还有过一段风流韵事呢。当年乍一听说她香消玉殒了，他还真有肝肠寸断的感觉。他看了看墓碑上她的芳龄，要是她现在还活着，也应该是半老佳人了。一想到所有这些亡故之人，一阵心满意足的感觉涌上心头。与这些人相比，自己的人生更胜一筹。他们早已黄土埋身，而自己却依然健在人世，说起来，自己的确是大获全胜了。他放眼望去，墓园里的丛冢尽收眼底，他不屑一顾地露出了微笑，在自鸣得意中差点手舞足蹈起来。

"谁都知道我是个大人物呢。"他喃喃自语。

对于这些地下的亡魂，他并不放在眼里，可倒也没有什么恶意。他一路闲逛着，突然看见两个苦力正在挖着墓穴，他感到大为惊讶，因为他并没有听说侨团里有人去世。

"喂，你们在给谁挖墓啊？"他大声问道。

两个苦力连头也没抬，他们站在深深的墓穴中，继续挖着，大块大块的泥土被铲了出来。尽管他在中国经商多年，但是他仍然不会说中文。在短暂的有生之年，劳神费力地去学那该死的中文实在毫无必要。他用英语问了两个苦力正在给谁掘墓，可是他们根本听不懂他在说什么，只是用中文叽里咕噜地说了一通。他破口大骂他们是无知的蠢货。他知道，布鲁姆夫人的孩子病了，也许是孩子夭折了，但如果是那样的话，他应该有所耳闻。况且，这个墓穴不像是给孩子挖的，这是大人的墓穴，块头很大的人的墓穴。真有点不可思议啊！他真希望自己刚才没有走进墓地。他匆匆走了出去，坐上了轿子，轻松心情一扫而光。他眉头紧锁，变得忧心忡忡起来。他一回到办公室，就把二号仆人叫了过来：

"我问你，彼特斯，你知道有谁死了吗？"

但是彼特斯什么都不知道。大班感到困惑不解。他找了一个中国职员，派他去墓地问问那两个苦力，他自己则坐下来签署起商务信函来。职员回来告诉他说，那两个苦力已经走了，无人可以打听。大班感到悒悒不乐：他可不喜欢侨团里有什么变故，自己竟然还被蒙在鼓里。他自己的男仆是应该知道的。他的男仆向来无所不知。他派人把他叫了回来，但是男仆并没有听说侨团里有人过世。

"我也没听说有人去世啊，"大班恼怒地说道，"可是那块墓穴是给谁挖的啊？"

他让男仆去找墓地的看守把事情搞清楚，既然谁都没死，那墓穴究竟是给谁挖的。

"你走之前，给我拿一杯威士忌和苏打水来。"男仆正要离开房间时，他又加了一句。

他不知道自己为什么看到这个墓穴时感到心神不宁。不过，他一直想把这事从脑海中淡忘掉。喝完威士忌后，他觉得心情畅快多了。他做完手头的工作，上了楼，拿起一本《潘趣》①翻了起来。几分钟后，他就要去俱乐部打上一两圈桥牌，然后回家吃晚饭。要是男仆带来了什么不好消息，他也能轻松应对。他在等待着男仆的归来。过了一会儿，男仆回来了，把墓地的看守也一道带了过来。

"你们在墓地里挖墓干什么呀？"他指着看守问道，"谁也没死啊。"

"我没让人挖过墓。"那人回答。

"你说这话是什么意思？今天下午，有两个苦力在掘墓啊。"

这两个中国人面面相觑。这时，男仆说，他们俩一道去了墓地，

---

① 1841 年创刊于伦敦的讽刺与幽默杂志。"潘趣"是英国传统木偶剧《潘趣与朱迪》中的人物。

那儿没有新挖的墓穴。

大班正想说什么，自己却止住了话头。

"真他妈的活见鬼了，我可是亲眼看见的。"这句话本来已经到了嘴边，但最后还是给咽了回去。因为把要说的话硬给憋了回去，他涨得满脸通红。有一会儿，他感到透不过气来。

"算了吧。给我滚。"他喘了一口气后说道。

不过，两人刚一离开，他又大声叫回了男仆，面色阴郁地让男仆拿一些威士忌来。他用手帕擦了擦脸上的汗水，端起酒杯的时候，他的手微微颤抖着。他们想怎么说就怎么说吧，反正自己是亲眼看见那个墓穴的。嗯，他依然能听见那两个苦力将泥块铲到外面时发出的沉闷的咕咚声。这究竟意味着什么呢？他能感觉到自己心慌意乱，莫名其妙地局促不安起来。不过，他还是努力让自己镇静了下来，真没有必要去胡思乱想。如果那儿没有墓穴的话，那一定是自己产生了幻觉。眼下最好还是去一趟俱乐部，要是在那儿遇到医生，还可以请他给自己诊治一下。

俱乐部里的每一个人都像从前一样。他也搞不清楚，自己为什么希望他们能一反常态。要是那样的话，自己就能心安理得了。这么多年来，这些人侨居海外，过着有条不紊的生活，养成了许多很不起眼的怪癖——有的人打桥牌时喜欢哼着小曲，有的人总是拿根吸管喝啤酒——这些琐事曾一度让他大为光火，眼下却给他带来了某种安全感。他需要安全感，因为他的脑子里仍然摆脱不了自己目睹的景象。他的桥牌打得一塌糊涂，而对家的埋怨指责惹得他不胜恼怒。他觉得这些人都在用怪异的目光看着自己，他很纳闷，难道他们从自己身上看到什么反常的东西了吗？

他突然觉得，待在俱乐部里真让自己感到难受。他走出桥牌室，看见医生正在阅览室里读着《泰晤士报》，可是他并没有上前打个招呼。他想亲眼看看墓地里究竟有没有那个新挖的墓穴。他坐进了轿子，让轿夫们抬着自己赶向墓地。你是不可能两次遇见同一个幻觉的，是不是？此外，他还要带上墓地看守一起去。如果没有墓穴的话，自己就看不见。如果那儿有墓穴的话，他就要把那个看守狠狠地抽上一顿。可是看守竟然找不到了。这家伙不知去哪儿了，还把墓园的钥匙给带走了。大班发现自己进不了墓地的那一刻竟突然觉得浑身乏力。他回到轿子上，让轿夫们抬着他回家，他想躺上半个小时，然后再吃晚饭。他疲倦极了，确实疲惫不堪。他听人说过，人疲劳的时候很容易产生幻觉。男仆走进卧室让他更换礼服，他颇感吃力地爬了起来。这一次他很不想在晚餐前穿上礼服，但最后还是穿了。每顿晚餐都要身穿礼服，这已经被立为规矩。二十年来他坚持不懈，从未破例过一次。晚餐时，他要了一瓶香槟酒，喝完后感到畅快多了。后来，他又让男仆把最好的白兰地拿来，喝了两杯白兰地后，觉得精神焕发，让幻觉见鬼去吧！他来到台球房，练了几个难度较大的动作。他的眼睛依然那么精准，说明他的身体根本没有什么大碍。他上床后，很快就呼呼大睡起来。

不过，他却突然从梦中惊醒过来。他又梦见了那个敞开的墓穴，两个苦力正在悠闲自在地挖着。他可以肯定自己梦见了他们，说起来真是荒唐，自己亲眼看见的事情竟然是一个幻觉。这时，他听见了更夫巡夜时的打更声，刺耳的更声打破了夜晚的寂静，把他吓得魂不附体。这时，他的内心充满了恐惧。在这座中国城市里，蜿蜒曲折的大街小巷让他感到恐惧。寺庙里龇牙咧嘴、凶神恶煞般的魔鬼塑像，还有那缠绕回环的寺庙屋顶，都令他毛骨悚然，不寒而栗。各种臭味钻入他的鼻孔，让他深恶痛绝。他对这些中国人也深恶痛绝起来。他厌恶这些形形色色的中国人——那些穿着蓝衣粗布的苦力们，那些污秽不堪的乞丐们，还有那些商人和官员，身穿黑色的长袍，油头滑脑，满脸堆笑，一副居心叵测的样子。这些人都充满威胁地朝他压了过来。他憎恨这个国家——中国。他当初怎么会来中国呢？这时，他的内心惊恐万状。他必须离开中国，他再也不想多待一年，哪怕一个月了。上海又算得了什么呢？

"啊，上帝，"他大叫，"要是能平安地回到英国，那该多好啊！"

他想要回家。他就是死，也要让自己死在英国。他可不想与这些斜眼歪脸的黄种人埋在一起。他希望自己能埋在故土，而不是埋在那天看见的墓穴中。埋在那儿，他将永远得不到安息的，永远得不到！至于别人怎么想，那又有什么关系呢？他们爱怎么想就怎么想吧。唯一重要的事情就是：一旦找到机会，就一定要回国。

他翻身起床，给商行老板写信，告诉他自己已重病缠身，他的职位必须找人来接替。无论如何，他再也不想待下去了，他必须立刻回国。

第二天早上，人们发现了这封信。信紧紧地攥在大班的手中，他跌倒在桌椅之间的地面上，早已气绝身亡。

领事

　　彼特先生看起来一副慷慨激昂、愤世嫉俗的样子。他担任领事已有二十多年了，迫不得已与形形色色、胡搅蛮缠的人打过交道——他对付过那些蛮不讲理的官员，那些把英国政府当作讨债公司的滑头商人，以及那些颠倒是非、正邪不分的传教士们。但是在记忆中，他还从未处理过这样一件让他完全不知所措的事情。他本来是一个温文尔雅的人，但是却无缘无故地对他的书记员大发雷霆。他差一点就将那个欧亚混血的职员给炒了鱿鱼，因为他竟然在一封信里抄错了两个单词，还把这封信摆在案前让他签字。他做事向来一丝不苟。时钟敲响四点之前，他绝对不会自作主张擅离职守的。然而，只要时间一到，他就会准时离座，吆喝着仆人把自己的帽子和拐杖拿来。仆人只要稍有迟缓，他就会狠狠地把他臭骂一顿。据说，所有驻外领事们都有点不可理喻，还有那帮商人们，他们在中国生活了三十五年，竟然没有学会足够上街问路的中文，还要自我狡辩说，这是因为他们学的是中文。毫无疑问，彼特先生绝对是个不可理喻的人。他是个单身汉，正因为如此，他被委派到一个接一个各不相同的工作岗位上。这些岗位设在了偏僻的化外之地，从来都不适合已婚男士履新就任。因长期孑然独居，他的怪癖本性已经发展到了惊人的地步，他的个人习惯经常让陌生人大为惊讶。彼特先生对很多事情总是无所用心，他对自己的住所从不在意，屋子里始终凌乱不堪；他对饮食也毫不讲究，仆人喜欢吃什么，就给他买什么，还要经常狠狠地敲他一笔。他不遗余力地查禁鸦片买卖，但是在这座城市里，唯独只有他不知道，他的仆人就在领事馆内吸食着鸦片，买卖鸦片的繁忙交易就在领事馆大楼的后门公开进行着。他还是一个狂热的收藏家，政府为他提供的寓所内摆满了各种各样的藏品，这些藏品是他一件一件收集来的，什么白蜡啊，铜管啊，木刻啊，这些都是合法正当的藏品。他还收集邮票、鸟蛋、旅馆匾额、邮戳。他曾经自吹自擂，说自己的邮戳藏品在大英帝国境内无可匹敌。在离群索居、独处一室的漫长日子里，彼特先生博览群书。虽说他还算不上什么汉学家，但是他比大多数同事更加了解中国，了解中国的历史、文学以及人民。然而，正因为他阅读广泛，他所学到的不是宽容大度，而是虚荣自负。他的长相也异于常人，身材矮小、体格赢弱，走起路来给人的感觉就像是大风中飘舞的一片枯叶。他那顶提洛尔人的小帽子更是异常古怪。帽子年头很老，破旧不堪，上面还插着一根公鸡的羽毛。他把帽子歪戴在自己的大脑门上，一副放浪形骸的样子。他的头发早已秃得没剩下几根了。你可以看见，眼镜后面那双苍白的蓝眼睛暗淡无光。一撇又脏又乱的髭须耷拉下来，却掩盖不住那张火气十足的嘴巴。眼下，他转过领事馆的街角，一路朝城墙走去，因为身处这个人头攒动的城市里，只有在那儿，他才有可能舒心地散散步。

他这个人对待工作举轻若重，每做一件小事，他都要殚精竭虑，操心不已。然而，每次来到城墙散步，他都会感到心平气和。这座城市位于广袤平原的中央，日落时分，你站在城头经常可以看见远处白雪皑皑的群山，那是西藏的雪山。可是眼下，他快步向前，目不斜视。胖乎乎的西班牙小猎犬活蹦乱跳地跟在身边，却不知主人的心事。他用急促的语气自言自语起来，声音低沉而单调，此刻他感到十分恼怒，因为就在今天，他接待了一位自称是于太太的女士的来访。他带着领事追求精确性的特有怪癖，坚持管这位女士叫兰巴特小姐。这个称呼本身就让他们的交流既不轻松，也难愉快。她是一个英国女人，却嫁给了一个中国人。两年前，她和留学伦敦大学的丈夫一道从英国来到这里。丈夫告诉她，自己在中国是个大人物，她也想象着自己会坐拥一座金碧辉煌的宅邸，并获得一个尊贵的身份。当她发现自己住进一座拥挤、破败的中式平房时，不仅感到愕然，而且饱含苦涩。房子里连一张西式床铺也没有，更不用说吃饭用的刀叉了。对她来说，一切都是那么肮脏不堪，那么臭不可闻。更让她感到震惊的是，她还不得不与公公、婆婆生活在一起。丈夫警告她说，她必须对婆婆服服帖帖，言听计从。她对汉语一窍不通，直到自己在丈夫家住了两三天后，她才意识到自己并不是丈夫唯一的妻室。丈夫未到弱冠之年就已结婚，后来才离开故土老城，来到蛮夷之邦求学深造。当她痛苦不堪地怒斥丈夫瞒天过海时，她的丈夫耸了耸肩膀说，要是一个中国男人执意要娶两房太太，那是不可阻挡的事情。丈夫还罔顾事实地辩解，没有哪个中国女人会因为此事而愁眉不展。正因为有了这一发现，她才第一次找到了领事馆。他早就听说她来过领事馆的事了——在中国，任何人、任何事都没什么秘密可言——因此，他在接待她的时候并不感到吃惊。他对她也没有一丝一毫的同情。一个外国女人竟然嫁给了一

171

个中国男人，这本身就让他感到怒火中烧。而她居然会如此稀里糊涂地嫁作人妇，更让他感到怒不可遏，仿佛自己也受到了人身侮辱一般。从她的外表看去，你根本不会认为这样的女人会对自己的愚蠢行为感到愧疚的。她是一个矮胖结实的年轻女性，个头不高，长相平平，言语乏味。她身穿一套廉价的手工缝制的衣服，头戴一顶苏格兰圆帽。她的牙齿不齐，皮肤偏黑，双手又大又红，缺少保养。不难看出，她是个习惯于干粗活、重活的女人。她说的英文带有浓重的伦敦腔。

"你是怎么认识于先生的？"领事冷冷地问道。

"嗯，说起来，经过是这样的，"她回答道，"父亲有一份很好的工作。在他去世后，母亲说：'唉，这么多房间白白空着，真是浪费啊。我要在窗户上贴个招租牌。'"

领事打断了她。

"他是你们家的房客吗？"

"嗯，确切地说也不是房客。"她说。

"那么就是租了套间了。"领事回应道，微微一笑，带着自负的神情。

随后就是他对这类婚姻的解释与说明。他觉着这是一个相当愚蠢而粗俗的女人，因此就直言不讳地告诉她，根据英国法律，她与于先生尚不是合法夫妻，因此她能做的最佳选择就是立刻返回英国。而她却放声大哭起来，他的心肠也因此软了下来。他向她承诺，他会请几位传教士的太太陪她同行，让她们在漫长的旅途中照料她。要是她愿意的话，他还会看看这段时间里能否让她住到教会里去。可是听了他的话后，兰巴特小姐擦干了眼泪。

"回英国又有什么好处呢？"她终于开口说道，"我现在没有什么地方好去了。"

"你可以回到你母亲那儿去。"

"她当年竭力反对我和于先生结婚。要是我现在回国，就会听她没完没了地絮絮叨叨了。"

领事和她争辩了起来，可是他越是争辩，她的意志就越发坚定。最后，领事终于大动肝火。

"要是你愿意待在这儿，同一个不是你丈夫的人生活在一起，这可是你自个儿的事情，那我就爱莫能助了。"

她的辩白往往带着怨恨。

"这样你就没有理由操心了。"她说。领事现在只要一想起她，她脸上的那种表情就浮现在脑海里。

说起来这已是两年前的旧事了。后来他还见过她一两次，看那样子，她与婆婆、与丈夫的另一房老婆相处得甚为不睦。她来到领事馆，问了一些荒谬可笑的问题，例如根据中国法律她应该享有什么样的权利。他不厌其烦地劝她离开此地回国，但是她依然坚定不移，拒绝接受。他们的会谈总是以领事勃然大怒而告终。他甚至就要对那个卑鄙的于先生深表同情了，因为他不得不在三个大动干戈的女人中间维持和平。根据他的英国妻子的讲述，他对她并没有刻薄寡情。他尽力一视同仁地对待两个老婆，但兰巴特小姐的情况并没有好转。领事心里清楚，她平时穿一身中式衣裳，可是只要来领事馆，她就换上了欧式服装。她的脸色已经晒得黑里透红。因为吃的是中餐，她的健康每况愈下，她的外表看起来是一副可怜的病态。那天领她进办公室的时候，领事感到相当震惊，她的头上没戴帽子，头发蓬乱不堪，她处于一种歇斯底里的疯癫状态中。

"他们想毒死我。"她大声尖叫道。她把一碗发出馊味的米饭放在他的面前。"饭里下毒了，"她说，"最近十天，我一直抱病在身。我能逃过他们的毒手，纯粹是发生了奇迹。"

于是她就把事情的来龙去脉如实地讲给他听。这足以让他相信：最有可能的情况就是那两个中国女人使用常规手段，想要将这个可恨的外来女人逼走。

"她们知道你来这儿吗？"

"她们当然知道。我告诉过她们，我一定要揭露她们的阴谋。"

现在终于到了她毅然做出决断的时候了。领事用最郑重其事的眼神看着她。

"好了，你绝对不要再回到那儿去了。我再也不想听你的连篇废话，我坚持我的看法，你必须离开这个不是你丈夫的男人。"

可是面对这个疯狂而固执的女人，他发现自己束手无策。他重复着自己经常使用的所有说辞，但她依旧充耳不闻。就像平常一样，他又忍不住大发脾气。他在最后的绝望中问了她一个问题，而她的回答让他彻底丧失了冷静。

"可是，你究竟为什么要和这个男人待在一起呢？"他大喊。

她犹豫了一会儿，眼睛里露出了古怪的神情。

"一见他额头长出头发的样子，我就情不自禁心生爱意。"她回答道。

领事从来都没听说过这么荒唐透顶的事情，这真是压在骆驼背上的最后一根稻草了。眼下，他大步向前，努力消散着心中的怒火。尽管他平时很少口出恶言，但此时此刻却再也按捺不住，脱口而出地大骂起来："女人啊，真他妈混蛋透顶了！"

如此朋友

　　过去三十年来，我一直在费心琢磨我的人类同胞。时至今日，我依然对他们了解不深。我在雇用仆人的时候，当然不会只看他的外表就贸然做出决定。可是我却依然认为，在大多数情况下，我们一遇见陌生人，总不免要以貌取人的。仅凭下颌的形状、眼睛的神色以及嘴角的轮廓，我们就妄下结论了。我不知道这样做究竟是对的时候多，还是错的时候多。为什么小说和戏剧往往不忠实于生活，那是因为作家们从创作需要出发，难免要把人物角色塑造得表里如一。他们是不可能让笔下的人物自相矛盾的，因为一旦如此就变得不可理喻了。然而，自相矛盾却是我们大多数人的本性。我们身上都有一些纯属偶然的相悖的特质。逻辑学教科书会告诉你，什么黄颜色是管状的，感恩之心重于空气啊——这些都是荒谬绝伦的言论。可是人的自我本来就混杂着相互抵牾的各色元素，因此，黄颜色说不定就是一辆马车，感恩之心也许就是下个星期三。每逢别人对我说，他看人的第一印象是如何准确，我总不免要耸一耸肩膀。我以为，他们不是洞察力太差，就是虚荣心太强。就我而言，我发现我认识一个人的时间越长，就越发对他感到困惑不解。我认识最久的好朋友，却仿佛是彼此一无所知的陌生人。

这些思绪之所以浮现在我的脑海中，是因为今天早上我在报纸上读到了爱德华·海德·伯顿在神户去世的消息。他是一位商人，在日本经商已有很多年了，我对他知之甚少。而他之所以引起我的浓厚兴趣，是因为有一次，他曾让我感到万分惊讶，如果不是我亲耳听他对我当面讲起，我永远也无法相信他竟然能做出那样的事情来。更让我感到惊讶的是，他的外表与风度又说明他绝对不可能是那样的人。说起来，这个人就是一个表里不一的典型。他是一个精致矮小的人，个头不超过五点四英尺高，身形瘦长，一头白发，红脸膛上爬满了皱纹，长着一双蓝眼睛。我想，我认识他的时候，他约莫六十岁。他的衣着始终整洁得体，与他的年龄、地位十分相称。

他的经商地点尽管是在神户，但却经常往来于横滨。碰巧有一次我在横滨住了几天，等我的班船。经人介绍，我们在英国俱乐部里相识了。我们在一起打过桥牌，他牌技出色，出手大方。无论是在当时，还是后来我们一起喝酒的时候，他言语不是很多，但说话明事达理。他的幽默不动声色、机智巧妙。他在俱乐部里也很有人缘。后来他离开横滨时，人们都说他是俱乐部里的佼佼者。巧合的是，我们俩都住在圆山大饭店。第二天，他邀请我与他一道用餐。我见到了他的太太，年高体胖，面带着微笑，还有他的两个女儿。显而易见，这是一个和睦、亲善的家庭。我想，最让我印象深刻的莫过于伯顿的和蔼可亲了，他温和的蓝眼睛中透出讨人喜欢的神色，说话的声音温婉柔和，你简直想象不出他会因为愤怒而大声叫嚷。他总是和颜悦色，具有强烈的吸

176

引力，因为你能从他身上感受到一种对朋友的真切爱护。他充满魅力，而且身上也没有什么让你感到厌恶的东西。他喜欢桥牌活动和鸡尾酒会，还可以恰到好处地讲一个精彩而有趣的故事。他年轻的时候曾是一位运动员，现在他非常有钱，但都是他自个儿一分一厘赚来的。我想，有一件事会让你喜欢他的，那就是他身材十分矮小，体形相当单薄，能够激发你的保护欲，你会觉得他连一只苍蝇也不会伤害的。

一天下午，我们坐在圆山大饭店的休息厅里。当时那场地震还没有发生。休息厅里摆放着皮革安乐椅，从视野开阔的窗户里，你可以看见繁忙拥挤的海港。那里停泊着大型的班船，即将开往温哥华、旧金山或欧洲，还要途经上海、香港和新加坡。那里还有破旧不堪、被海水浸蚀的万国货船，高耸着的船尾、悬挂着巨大彩帆的帆船，以及数不清的舢板。真是一片令人兴奋的繁忙景象。然而，我不知道为什么这个景象也能令人心神宁静。这是一个充满传奇的地方，你似乎只要一伸出手来，就可以触摸到它的脉搏。

过了一会儿，伯顿走进休息厅，一眼就看见了我。他在我身旁的椅子上坐了下来。

"咱们俩小酌一杯怎么样？"

他朝一个服务生拍了拍手掌，点了两杯杜松子酒。服务生把酒送来的时候，有一个人从外面的街道上路过，看见我后向我挥手致意。我也向他点头问候。

"你认识特纳吗？"他问。

"我是在俱乐部里认识他的。他跟我说，他是靠国内汇款生活的人。"

"是的，我想应该是这样。这儿有很多这样的人。"

"他的桥牌打得真好。"

"他们通常都这样。去年，这儿有个家伙，说起来够奇怪的，竟然跟我同姓。我见过的人当中，他的桥牌打得最好了。我想你在伦敦从来都没见过他。他自称是'莱尼·伯顿'。我相信他是某个顶级俱乐部的成员。"

"是的，可以肯定我没听说过这个名字。"

"他是个相当出色的桥牌手。他对桥牌似乎有某种直觉和本能。简直不可思议！我过去和他打过很多次牌。他曾在神户待过一段时间。"

伯顿抿了一小口杜松子酒。

"那是一个相当有趣的故事，"他说，"他人并不坏。我喜欢他。他总是衣着得体、外表潇洒。说起来，他很英俊，一头卷发，粉白色的脸颊，颇受女人垂爱。他从不会伤害别人，只是身上有一点野性。当然，他酗酒成性，这种人总是如此。每个季度，家人都会寄点钱给他。他靠打牌赚到的钱要略多一些，我心里很清楚，他赢了我很多钱。"

伯顿温和地笑了笑。我从个人经验来判断，他打牌时输钱输得很体面。他用瘦削的手摸了摸胡子刮得干干净净的下巴，手背上的青筋都暴突了出来，手掌几乎是透明的。

"我想，正因为如此，他在身无分文的时候就来找我了，事实上，还是因为他与我同姓。那天，他到我的办公室来看我，想要谋一份工作，我感到相当惊讶。他对我说，家人再也没有寄钱了，他想要找份工作。我问他多大岁数了。

"'三十五岁。'他说。

"'你以前都做过什么工作呀？'我问他。

"'嗯，什么工作都没做过。'他回答。

"我情不自禁地大笑起来。'我恐怕帮不了你的忙，'我说，'你回去吧，三十五年后你再来找我吧，到时我看看能帮到你什么忙。'

"他一动不动，脸色一片煞白。他犹豫了一会儿，随后对我说，前段时间他打牌手气太差。他已经不打桥牌，而是一直在打尤克牌，钱都输光了，现在身无分文。他把所有的物品都当掉了，眼下连房租也付不起。店主早就不再赊账了。他已经到了穷困潦倒的地步。如果再找不到活儿干，那他就只能自杀了。

"我朝他打量了一会儿。我能看得出来，他已经彻底垮掉了。他长期酗酒无度，看起来就像是五十岁的人。要是女人见到他这副模样，再也不会垂青他了。

"'那么，除了打牌，你还会做别的事情吗？'我问他。

"'我能游泳。'他回答。

"'游泳！'

"我简直不敢相信自己的耳朵。给出这样的答案似乎太愚蠢了。

"'我进过大学的游泳队。'

"我大致知道他说这番话的用意了。我认识过太多的人，他们在大学时代呼风唤雨，实际上并没有多少名堂。

"'我年轻的时候，也是一位相当出色的游泳运动员呢。'我说。

"我突然灵机一动。"

伯顿停住话头，转头看着我。

"你熟悉神户吗？"他问。

"不熟悉，"我说，"我曾经到过神户，但在那儿只住过一个晚上。"

"那么你就不了解盐谷町俱乐部了。我年轻的时候，从那儿开始游起，绕过那座灯塔，最后在樽见海湾那边上岸。那段距离有三英里多。

游到那儿是相当困难的，因为灯塔附近有很多海流。我把情况告诉了那个同姓的年轻人。我对他说，只要他能游过去，我就给他一份工作。

"我能看得出他显得相当惊讶。

"'你说过你会游泳的呀。'我说。

"'可是我现在的身体相当不好。'他答道。

"我什么也没说，只是耸了耸肩膀。他看了我一会儿，然后点了点头。

"'好吧，'他说。'你希望我什么时候能游过去？'

"我看了看手表。刚刚过了十点。

"游过这段距离，耗时不会超过一个小时一刻钟。十二点半的时候，我开车去海湾那边接你。我会把你送回俱乐部更衣，然后再一道用午餐。

"'好的。'他说。

"我和他握了握手，并祝他好运。他离开了。那天早上，我有很多工作要做。十二点半，我总算设法赶到了樽见海湾。其实我无须那么匆匆忙忙，因为他后来再也没有现身。

"他在最后时刻退缩了吗？"我问。

"不，他没有退缩，一开始还游得很好。不过，酗酒放纵的坏毛病早就毁了他的身子，灯塔附近的海流他根本对付不了。大约过了三天，我们才找到了他的尸体。"

"你答应给他一份工作的时候，知道他会淹死吗？"

他温和地笑了一笑，用和善、坦率的蓝眼睛看着我，一只手摸了摸下巴。

"其实，我的公司根本没有空缺。"

一位绅士的画像

　　我在傍晚时分到达汉城。由于从北京乘火车长途旅行，我感到十分疲倦。为了伸展僵硬的双腿，我在晚饭后出去散步。我沿着一条狭窄而忙碌的街道闲逛着，津津有味地看着那些身穿白色长袍、头戴白边小帽的韩国人。敞开的店铺里摆满了琳琅满目的商品，吸引着我这双外国人的眼睛。不一会儿，我来到了一家旧书店，看见一排排书架上摆满了英文图书，于是我走进去想看个究竟。我扫了一眼书名，心猛地往下一沉。这些英文书都是关于《旧约》的评论与《圣保罗书札》的专著，还有布道书、牧师传记。这些牧师无疑都是杰出人物，但我对他们的姓名并不熟悉。我是一个孤陋寡闻的人。我猜想，这些书都是某个传教士的藏书。他在辛勤的传道中去世后，一位日本书商把他的藏书买了下来。日本人虽然很精明，但是我想象不出在汉城这个地方，还会有谁来购买三卷本著作《圣经新约》中的《使徒书》。就在我将要转身离去的时候，我在这部著作的第二卷与第三卷之间留意到了一本包着纸皮的小书。我不知道出于什么目的把它取了出来，书的名字叫《扑克牌玩家大全》。封面上印着的图案是一只拿着四张爱司牌的手。我看了看扉页，作者是约翰·布莱克布里奇先生，他是一位精算师与参赞。书的出版日期是 1879 年。我很纳闷，这本书怎么会混在一位过世传教士的藏书中。我在一两本旧书中查了查，看看能否找到他的签名。说不定这仅仅是一个巧合而已，也许这是一位身陷债务的赌徒的藏书，为了偿付旅馆的账单而变卖财物，致使该书流落到这家书店。不过，我却更愿意相信，这本书就是那位传教士本人的藏书之一。当他厌倦神学著作的时候，便通过翻阅这本轻松活泼的小书来放松自己的心灵。也许，就在朝鲜某个地方，他趁着夜深人静独自在布道屋内无数次把玩着扑克，就是想在六万五千手的抓牌中，能够拿到一副同花顺的好牌。书店的老板用狐疑的眼光看看我，我只好转身朝他走去，询问这本书的价格。他不屑一顾地瞥了我一眼，告诉我只要付二十钱就可以买下。我把书放进了口袋。

我记不清这么点钱当时还能买点别的什么。约翰·布莱克布里奇在这本书里做了作家诚心想做却做不了的事情。而且，他还给自己画了一幅完整的肖像画。如果此事并非刻意为之，那倒使这本书具备了难得一见、弥足珍贵的特点。他生灵活现地站在读者的面前，这使我确信这个卷首画只是作者的木刻画而已。第二天，我再次翻阅此书时，却惊讶地发现情况并非如此。我能非常清晰地看到一个中年男人。他身穿男式长袍，头戴圆顶礼帽，腿上是黑色缎袜。他的胡须刮得干干净净的，下巴方方正正，薄嘴唇、眼神机警、面色蜡黄、满脸皱纹，这样的外表是朴实无华的。然而，当他讲一个故事或开一个冷玩笑时，他的双眼就会炯炯发光，脸上也会露出迷人的微笑。他喜欢喝勃艮第酒，但是我相信他是不会喝得酩酊大醉，从而让自己神志不清、黑白不辨的。

他在牌桌上并不只是仁慈宽容，他会时刻准备着对不轨行为做出惩罚。他很少产生幻觉，因为他从生活中学到了很多东西："人在施害于人后依然心存恨意；人在受益于人后常生爱戴之心；人对自己的恩人往往避而不见；自私自利是普遍存在的人性动力；心怀感激之情，皆因心有所求；别人对自己的承诺没齿难忘，自己对别人的承诺早已忘却。"

据我推测，他是美国南方人。他在说到累积赌注①的时候，视之为无关紧要之举，认为投赌下注会让打牌更加有趣，但它在美国南方并不是普遍现象。"这个事实，"他说，"意味深长，因为南方是这个国家最保守的地方，也是社会生活中理性思维的最后堡垒。革命家科苏特②在里士满以南地区毫无建树。同样，南方人对什么唯灵论、自由恋爱、共产主义，绝无一丁点的眷顾。正是出于这个原因，我们应充分尊重南方人对赌资大小的认定。"在他生活的时代，打牌押注是一项创新，而他却予以谴责。"累积赌注，"他说，"是在俄亥俄州的托莱多由粗心玩家发明的，用以弥补与细心玩家打牌时所遭遇的损失。"

扑克牌是绅士们的游戏（他毫不犹豫、十分频繁地使用了"绅士"这个被滥用的词语；在他所生活的时代，做一个绅士既要承担应尽的义务，也享有自身的特权）。拿到一手同花顺的好牌会令人刮目相看，这倒不是因为你就此赢钱（"我从未见过有谁靠同花顺大赢一笔的"，他说），而是"因为它能防止任何牌手绝对赢钱，绅士们在投赌下注时就要面对各种不确定性。如果不使用顺子，也不使用同花顺子，四张爱司就是确定无疑的最大牌了。任何绅士都会因此而让对手摊开底牌认输了"。我承认，这一说法切中要害。我曾有一次拿到过一手同

---

① 扑克牌的一种玩法。玩家持有一对 J 牌以上的大牌时方可开局下注。
② 科苏特·拉约什 (1802—1894)，匈牙利革命家、政治家。

花顺的好牌，下注跟注，直到最后让对手掀开底牌。

约翰·布莱克布里奇先生为人自尊、正直、幽默、理性。"人类的消遣娱乐，"他说，"在民法的制定者手中，以及不成文的社会法制定者那儿，都未得到应有的承认。"那些对扑克——也就是赌博这个人类发明的最宜人的娱乐形式横加指责的人，他不胜其烦，因为风险因素是扑克牌游戏的本性。确如他所言，人生的任何一项活动都含有风险，都会涉及成败得失的问题。"夜晚时分，静卧床榻早已成为人们习以为常的行为，可是它也被各种各样的风险所包围。"他将这些风险一一列出，最后合情合理地提出了自己的观点："如果一个社会能够接受银行家与商人为了获取利润而承担风险，那么一个人有时候为了消遣娱乐而承担风险，我们也找不出任何冠冕堂皇的理由来加以反对。"他的理性判断力是显而易见的。"我在纽约市二十年的工作经历（你们一定还记得他是一位精算师和参赞），使我能够发现：一个大城市的美国绅士每年花在消遣娱乐上的平均费用接近三千美元。这笔费用的三分之一用来打扑克，是不是比较公平？我想，不会有人认为三分之一的费用花在一个单项娱乐上还远远不够。因此，假如一年有一千美元可以用来玩玩换牌扑克，那么赌注的上限究竟是多少？设置上限的目的是让每一个美国绅士能在打牌时心旷神怡，而且可以确信的是，要是输了也能够承受，万一赢了还可以得到应有的回报。"布莱克布里奇得出的确切答案是两美元五十美分。"扑克牌应该是一项智力活动，而不是激情游戏，可是完全排除激情因素也是不可能的。不过，要是赌注压得太高，成败得失就会侵蚀人的情感。"也许从这段引文可以看出，布莱克布里奇将扑克牌看成是一种业余的赌博形式。在他看来，打扑克如同管理一个国家，或领导一支军队，所需要的是品行、智慧、决断力，以及窥破对手动机的洞察力。我由此想到，他本来还可以把扑克看成是对人的心智的理性运用。

我总是想不断地引用，因为布莱克布里奇所写的每一个句子都充满个性特点。他有卓越的语言能力。他的行文不仅典雅庄重，非常适合他的话题与他的身份（他没有忘记自己是一位绅士），而且还张弛有度，清晰明了，切中肯綮。他在讨论人性及其弱点时，语句流畅，内涵丰富。此外，他的评析直截了当、言简意赅，令人心旷神怡。他在描述一个牌场赌棍时，简明扼要，恰如其分："他英俊帅气，四十岁上下，外表温和，喜欢思考。"我几乎能从这本珍贵的小书中信手找出一些赏心悦目的格言警句或至理名言来。

"让薯条为你代言吧。沉默的玩家显得高深莫测，而高深莫测令人敬畏。"

"高高兴兴玩牌，心甘情愿还债。"

"翻牌扑克中，规则制定的目的是通过打牌活动来照亮真理之路，如同夏日里的鲜花照亮了大道的边沿。"

"输掉的钱财永不回头。有输就有赢，曾经输过并不等于一定会赢。"

"任何人都不可能每玩必赢、绝对不输。"

"支付合理的开销来消遣娱乐让人乐此不疲。"

"思维定式常使我们低估他人的智慧，同时又经常高看他人的好运。"

"输掉一笔赌资所造成的损失，即使赢回了同样数额的赌资，也永远得不到完整的补偿。"

"牌运不佳的牌手经常无所用心，仿佛牌运不佳与无所用心联手就能打赢似的。适度饮酒可助牌兴。"

"尤克牌令人鄙视。"

"小点牌，低点牌，唯有联合，才堪大用，一经分散就毫无作用。"

关于手气好坏："打牌中动辄情绪激动毫不值得，发泄情绪更不值得。所有牌手都鄙视的行为无须再徒费口舌。对手沉思或惋惜时也无须徒费口舌。"

"为朋友托底担保是一大恶习，不过玩牌时略有赊欠无伤大雅。永远不要让赌资赌债影响精细明智的推算。"

我终于读到布莱克布里奇的最后一句话，只听他带着温和宽容的微笑说道：

"我们必须要正视人的本性。"

病女露易丝

　　我永远也不明白露易丝为何那么费心结交我。其实，她并不喜欢我。我很清楚，背地里只要一有机会，她就会用她那特有的温柔方式，说一说我的坏话。她处世过于圆滑，所以从不直言不讳地批评我，而是含沙射影，指桑骂槐，微微挥一挥纤美小手，就能将意思表达明白，她可是个冷嘲热讽的好手啊。说实话，我们互相认识已有二十五个年头了，两人的关系曾一度到了亲密无间的地步。她总是声称自己是多么顾念旧情，于心不忍，却不免让我感到难以置信。在她的心目中，我就是一个粗鄙庸俗、冷漠无情、愤世嫉俗的家伙。让我感到困惑的是，她不仅没有对我不理不睬，与我公开闹翻，借此断绝往来，反而隔三岔五地请我吃饭或赴宴。每年总有那么一两次，她都会邀请我去她家的乡间别墅里共度周末。后来我总算摸清了她的动机，由于她怀疑我并不相信她的所言所行，因而感到心神不宁。如果这就是她对我深恶痛绝的原因，那么，这也是她总想跟我套近乎的原委。让她感到羞辱的是，唯独是我发觉她的言行举止只是在滑稽可笑地演戏而已。如果做不到让我主动认错或自愿服输的话，她是不会心安理得的。也许，她隐隐约约地察觉到了，我早已看透了她假面背后的真容。因为只有我一人识破了她的真面目，所以她才暗下决心，一定要让我迟早把她那副假面具当作她的真容。我永远无法确定的是，她是不是披着十足的虚假外衣。我还想知道的是，她究竟是不是在彻头彻尾地自欺欺人，她的内心深处还有没有一丝良善的火花。如果有的话，那也正是她吸引我的地方，我们就像两个因为共同拥有一个不为人知的秘密而臭味相投、不分彼此的骗子一样。

我早在露易丝结婚前就认识她了。她当时还是一个柔弱文静的女孩，长着一双忧郁的大眼睛。她的父母视她为掌上明珠，对她疼爱有加，因为她身患疾病（我想是猩红热吧），心脏相当脆弱，他们不得不极其小心地加以呵护。当汤姆·梅特兰向她求婚时，她的父母感到心慌意乱。他们坚信，紧张激动的新婚之喜会让她的心脏不堪重负。可是他们的家境并不宽裕，而汤姆·梅特兰却相当富有。他郑重承诺，将竭尽全力爱护露易丝。最后，她的父母像移交圣物一般把女儿托付给了他。汤姆·梅特兰身材高大，体格魁梧，长相英俊，还是一位优秀的运动员。他对露易丝情深意浓。由于她的心脏不好，汤姆并没有想过两人会白头偕老。他痛下决心，想尽己所能地让她能在短暂的有生之年获得幸福。他毅然放弃了十分擅长的体育运动，这倒并不是露易丝希望他如此——他去打高尔夫，或是去狩猎，她反而会感到高兴——只是过于巧合的是，只要他一提出让她独自在家的时候，她的心脏病就猝不及防地发作了。如果他们意见不合发生争执时，她就立刻妥协让步。她可是男人梦寐以求的最温顺的贤妻啊。然而，她的心脏使她力不从心。每逢病痛发作，她就静卧床榻一个星期，百般温柔，毫无怨言。他也不想把自己变成十足的混蛋，惹她恼怒。后来，这两人还对谁更应该谦恭礼让，有那么一点相持不下呢。他最终硬是费尽了口舌，才把她劝服，使她继续自行其是。曾有一次，我亲眼看见她在自己心仪的一次远足中徒步走了八英里的路程。于是我就斗胆向汤姆·梅特兰进言，她的身体其实远比人们通常以为的更加强健。可是汤姆使劲摇头，不断唉声叹气。

"不，不，她真的是弱不禁风。她看过世界上最最优秀的心脏病专家。他们都不约而同地说，她的命悬于一线啊。不过，她却拥有不屈不挠的意志。"

汤姆跟她说，我对她的坚韧意志赞赏有加。

"我明天就会因此而付出代价的，"她可怜巴巴地对我说，"我的一只脚早就跨进了鬼门关。"

"有时候，我觉得你的身体真的很硬朗，你想干什么就能干什么。"我低声道。

我此前就注意到了，要是碰到饶有趣味的舞会，她能从早上一直跳到下午五点；如果舞会乏味无聊的话，她的感觉就相当糟糕，汤姆只好早早带她回家。我想，我说的话她肯定不喜欢。虽说她不乏凄凉地对我嫣然一笑，可是我能从她的蓝色大眼睛中看出什么叫自讨没趣。

"你不会是满心希望我倒地猝死，而仅仅让你感到心满意足吧。"她回敬道。

可是露易丝比丈夫寿命更长。有一日，汤姆因患感冒突然亡故。他们当时正在航行途中。露易丝为了御寒，将所有毯子都裹在了自己身上。汤姆给她丢下了一笔不菲的遗产，还有一个女儿。露易丝感到伤心欲绝。令人啧啧称奇的是，她竟然经受住了这一惨痛的打击活了下来。她的朋友们本来以为，她很快就会追随汤姆·梅特兰的脚步奔赴黄泉的。他们甚至已经对她的女儿爱丽丝——这个即将无父无母的孤儿生出了恻隐之心。于是大家伙儿对露易丝给予加倍的关照，无论做什么事，大家都不愿让她动一根手指头。他们坚持为她代劳一切事务，以解除她的后顾之忧。他们也不得不如此，因为一旦让她去做那些无聊或不适宜的事情，她的心脏病就会发作，死亡的大门就因此向她敞开。她说，一下子失去男人的悉心照顾，她自己就完全六神无主了。拖着如此柔弱不堪的身躯，她真不知道该怎样把爱丽丝抚养成人。她的朋友就问她，为什么不再续姻缘呢？

唉，心脏这么糟糕，再婚绝无可能，尽管她当然知道，亲爱的汤姆也会希望她另嫁他人的。这样的话，也许对爱丽丝来说将是天大的好事。可是，还会有哪个男人自寻烦恼，来迎娶她这个不幸的病女呢？说来也真奇怪，倒是有不止一位年轻男人闻讯而来，愿意接手照顾这对孤儿寡母。汤姆死后一年，她答应了乔治·霍浩斯的求婚，两人一起步入了婚姻的殿堂。乔治很健康，为人正派，而且家境并不算差。他对自己获得应允从而可以照顾这个柔弱女子，竟然如此感激涕零，说起来真是前所未见之事。

"我的命短，我不会麻烦你很久的。"她说。

他是个军人，一个充满抱负的军人，但他却辞去了军职。

由于健康不佳，露易丝不得不去蒙特卡洛①过冬，不得不去多维尔②度夏。乔治在结束军人生涯时，曾有过一番犹豫不决。露易丝起初也绝不同意。但是她最终还是作出了让步，就像她平时总是最终让步一样。

---

① 摩纳哥城市。

② 法国北部海滨城市。

乔治已做好了充分的准备，要让妻子在人生的最后几年享尽幸福。

"我的命不会活得很长，"她说，"我尽力不要成为你的累赘。"

在随后的两三年中，露易丝尽管拖着衰弱的心脏，却身穿美丽衣服，参加所有热闹的舞会，或出手豪赌，或尽兴跳舞，甚至还与高大英俊的年轻后生打情骂俏。可是乔治·霍浩斯却没有露易丝前夫的旺盛精力。作为露易丝的第二任丈夫，他不得不时时靠烈酒提神醒脑，才能完成当日的工作。本来，这酗酒的恶习很有可能在他身上滋长蔓延的，露易丝也会感到深恶痛绝，但非常幸运（对她来说）的是，战争爆发了。他重新被征召入伍，三个月后在战斗中阵亡。这对露易丝来说是一个巨大的噩耗。然而，她觉得在这个危急关头，她绝不会在个人的悲痛中沉沦不起。如果她的心脏病突然发作，就会无人知晓了。为了缓解心中的悲伤，她将蒙特卡洛的别墅改造成了军官疗养院。她的朋友对她说，如此劳累工作，她的命是活不长的。

"当然，这样做会要了我的命，"她说，"我是知道的。但是，那又有什么关系呢？我必须要尽一尽我的义务。"

可是她的命一直还在。她的人生进入一段辉煌时期。在法国，还没有一家伤兵医院如此深受欢迎。我曾在巴黎与她邂逅，她在利兹酒店正与一位又高又帅的年轻法国人共进午餐。她解释说，她来巴黎出差，是办一些伤兵医院的事情。她告诉我，这些军官在她看来真是太有魅力了。他们都知道她柔弱无力，一丁点儿小事也不让她动手。他们悉心照顾着她，这么说吧，仿佛他们全都是她的如意丈夫一样，她叹了一口气。

"可怜的乔治，他怎么也不会想到，我这个心脏病人竟然活得比他还长啊。"

"还有那可怜的汤姆！"我说。

我不知道她为什么不喜欢我说的话。她对我惨然一笑，美丽的眼睛里噙满了泪水。

"你总是这样说三道四，仿佛我想多活几年，反倒招惹你嫉妒似的。"

"顺便问一下，你的心脏病已经好多了，是不是呀？"

"永远好不了了。我今天上午刚看过一位医师，他说，我必须做最坏的打算。"

"哦，好了，你一直在做最坏的打算，到今天都快二十年了，是不是呀？"

战争结束后，露易丝在伦敦定居下来。她现在是一位四十多岁的妇女，身形依然单薄柔弱，闪烁着一双大眼睛，脸色苍白。不过从外表来看，她也就二十五岁左右。她的女儿爱丽丝一直在上学，此时已经长大成人，并搬到伦敦与她同住。

"她会照顾我的，"露易丝说，"当然，与我这个老病号生活在一起，真是太难为她了。不过，大家能在一起也就那么短暂的时光，我敢肯定她是不会在意的。"

爱丽丝是位乖孩子。她在成长的过程中就已经知道，母亲的身体一直处于风雨飘摇中。还在很小的时候，母亲就从不允许她随意吵闹。她总是能意识到，任何情况下都决不能惹母亲动怒。尽管眼下母亲对她说，她不想让她为了一个烦人的老婆子而牺牲自我，她就是不听。能为不幸而亲爱的母亲尽己所能，这根本不是什么牺牲自我的问题，而是一件幸福的事情。她的母亲发出一声叹息后，任由她包揽了大量的家务活。

"这孩子觉得自己能帮忙了，感到挺高兴的。"她说。

"难道你不觉得她应该出门，多去外面闯荡闯荡吗？"我问。

"我也是这么跟她说的呀。我真没办法说服她过得快乐一些。老天知道，我从来都没有想过，让别人为了我而自寻烦恼。"

当我试图告诫爱丽丝的时候，她说："我亲爱的母亲多么不幸啊，她却希望我出去结交朋友，参加舞会。可是每当我动身出发的时候，她的心脏病就发作了，所以我还是宁可待在家里为好。"可是，没过多久，她就坠入爱河。我的一位年轻朋友，一位非常优秀的小伙子，向她求婚，而她也答应了。我喜欢这个孩子，很高兴她终于获得良机来过自己独立的生活了。她从来都没有想过，这样的事情也是有可能发生的。不过，有一天，那位年轻人过来找我，内心十分苦闷。他告诉我，他们的婚期将要被无限期地推迟了。爱丽丝觉得，她不能就这样抛下自己的母亲不管。当然，这本来不关我什么事，但我还是瞅准机会去找了露易丝。她总喜欢在下午茶时分迎友待客。现在她年岁虽高，却又在画家和作家圈子里广交朋友。

"嗨，我听说爱丽丝不打算结婚了。"我开口说。

"我对此事一无所知呀。她只是不打算像我所希望的那样这么快就结婚了。我可是对她打躬作揖，哀求她不要管我，但她死活也不愿丢下我。"

"难道你不觉得这样对她太苛刻了？"

"确实如此。当然，也许只有几个月的时间罢了。可是我绝不希望别人为了我而做出牺牲。"

"我亲爱的露易丝，你已经送走了两位丈夫，我再也看不出你还有什么理由，再至少送走两位吧。"

"你觉得这样说很有趣吗？"她质问我，语气中透着很受冒犯的样子。

"如果你想做你喜欢的事情，你的身体就相当健康。只要一遇到讨厌的事情，你的心脏病就突然发作。难道你不觉得这很蹊跷吗？"

"哦，我知道，我知道你总是把我看成什么样的人了。你从来都不相信我的身体有问题，是不是？"

我圆睁着大眼直愣愣地看着她。

"我从不相信。我想这二十五年来，你一直在装模作样，虚张声势。我觉得你是天底下最自私、最变态的女人了。你毁掉了两位可怜丈夫的生活。眼下，你又在毁掉你女儿的人生。"

如果露易丝这时候心脏病突然发作，我一点儿也不感到惊讶。我翘首以待她能够勃然大怒，可是她只对我温柔一笑。

"我亲爱的朋友，总有一天，你会为自己说这样的话而感到遗憾的。"

"你是不是早就想好了，不让爱丽丝与这个年轻人结婚？"

"我一直恳求她结婚。我知道这会要了我的命，但是我不在乎。没有人在乎我。我对大家而言只是一个累赘罢了。"

"你跟她说过结婚会要了你的命吗？"

"是她逼我说的。"

"你自己没有决定好了的事情，好像都是别人逼着你做的。"

"如果她愿意的话，明天就可以与自己的如意郎君结婚。如果真的要了我的命，那就要去吧。"

"既然如此，那就让我们冒险试一试，怎么样？"

"难道你对我就没有一点怜悯心吗？"

"任何人愚弄他人，就像你这样愚弄我一样，都是不值得同情的。"我回答道。

194

露易丝苍白的脸上泛出一丝微弱的红晕。尽管她面带微笑，但是她的双眼依然冷硬并带着怒气。

"爱丽丝可以在一个月内完婚，"她说，"要是我发生了什么意外，我希望你和她都能宽恕你们自己。"

露易丝信守了诺言。两位年轻人确定了婚期，预订了十分丰厚的嫁妆，并向亲朋好友发出了请柬。爱丽丝与她的如意郎君容光焕发。婚礼当日，早上十点，露易丝这个可怕的女人，终于心脏病发作，猝然离世。她死的时候内心很平静，爱丽丝要了她的老命，她竟也宽恕不究了。

逃婚

　　我始终坚信不疑，女人一旦铁了心要嫁给某个男人，那么这个男人只有立即落荒而逃，才能拯救自己。但情况并非总是如此。曾有一次，我的一位朋友，看到这一不可避免的威胁即将降临时，就果断地奔赴码头乘船逃之夭夭了（他随身携带的全部行李只有一把牙刷——他十分敏锐地意识到了自己的危险，所以觉得很有必要立刻采取行动）。他花了一年的时间在世界各地游山玩水。然而，当他觉得自己已经安全过关（据他自己说，女人嘛，薄情多变，十二个月了，她肯定把我给忘得一干二净），于是就在那同一个港口上岸回家的时候，他看见的第一个人就是他逃婚的对象。那位女郎此刻正等候在码头上，欢天喜地地向他挥手致意。仅有一次，我认识的一个人在此种情况下成功地把自己解救了出来，他的名字叫罗杰·查尔斯。他与露丝·巴娄坠入爱河的时候，已经不年轻了。他有足够的人生阅历让自己小心谨慎。但露丝·巴娄有一项天赋的本领（也许可以称之为"品质"），能让大多数男人难以招架。正是这一本领使罗杰丧失了他的常识，他的谨慎，

197

还有他的处世智慧。他就像九柱戏的一排木柱一样哗啦啦地倒下了。这个天赋的本领就是哀婉动人。曾两次做了寡妇的巴娄夫人有一双漂亮的黑眼睛，那是我看到过的最令人心动的眼睛，这双眼睛永远都处在泪水盈眶的状态中。它们似乎在表明，这个世界对她来说真是太艰难了。你的心里不免在想：可怜的人啊，她一定遭遇了世界上最不堪承受的伤痛和苦难。如果你跟罗杰·查尔斯这个家伙一样，身材魁梧，体格健壮，口袋里还有很多钱的话，那么事情就几乎不可避免了。你就会对自己说：哎呀，我得勇敢地站出来，保护这个茫然无助的小东西，让她远离人世间的各种危险。把悲伤从这双可爱的大眼睛里清除出去，那该是多么美好的事情啊！我从罗杰那儿获悉，世人对她的态度都非常恶劣。她真是个相当不幸的女人，事情一到她那儿就没什么公正可言。她嫁作人妻，丈夫就家暴；她聘个经纪人，对方就蒙骗她；她请个厨子，厨子保准要酗酒。她从未养过小羊羔，可真要是养了，必定会夭折的。

罗杰对我说他终于求婚成功的时候，我还祝他幸福快乐呢。

"我希望你们能成为好朋友，"他说，"说起来，她还有点怕你呢。她觉得你不太讲情面。"

"哎哟，我还真不知道她会那么想。"

"你是不是非常喜欢她呀？"

"是的，非常喜欢。"

"这个可怜的人儿，有过一段凄惨的经历。她的境遇真让我于心不忍。"

"是啊。"我说。

我只能这么说了。可我心里清楚她是个愚蠢的女人，她还是个工于心计的女人。我自个儿觉得她也是个冷酷无情的女人。

我与她第一次见面的时候，大家在一起打桥牌。她做我的搭档，

两次糟蹋了我的一手好牌，可是我却表现得像个天使一般。不过我得
承认，当时我就在想，如果有人泪水盈眶的话，那么应该是我而不会
是她。傍晚时分，我输掉了很多钱，她说会给我寄支票来，但是却言
而无信。我不禁心生感叹：下次我们见面的时候，愁容满面的人应该
是我，而不是她了。

罗杰把她介绍给朋友认识，给她买名贵首饰，带她这儿走走，那
儿逛逛，满世界兜风。他们还宣布即将在近日内完婚。罗杰真的感到
非常幸福！他既是在施行善举，同时又在做自己心仪已久的事情，这
是多么两全其美的好事啊。总而言之，他有那么一点踌躇满志、自鸣
得意，也就不足为怪了。

出人意料的是，正是在这个节骨眼上，他幡然醒悟了。我不知道为
什么。不可能是因为他厌倦了她的交际，因为她从不交际。也许，仅仅
是因为她悲伤的外表不再拨动他的心弦？他睁开了双眼，又一次成了深
谙世故的精明人。他敏锐地意识到露丝·巴娄铁了心要嫁给他，而他却
郑重发誓说：无论经受什么样的诱惑，他都不会娶露丝·巴娄为妻！不过，
他感到左右为难。眼下，他早已恢复了往日的判断力。他相当明白自己
所交往的是什么样的女人。他知道，如果要她放弃的话，她会用那哀
婉动人的方式为自己受伤的情感索取高额的补偿。此外，男人抛弃女
人总是让男人陷入尴尬的境地，很容易被看成是始乱终弃的坏家伙。

罗杰对自己的逃婚意向不动声色。他的一言一行都丝毫看不出他
对露丝·巴娄的感情发生了变化。他依然大献殷勤，尽力满足她的各
种愿望。他带她去餐馆吃饭，与她一同看戏，不断向她献花。他对她
无微不至，温存有加。他们最后决定，一旦找到合适的婚房，就马上
喜结良缘。眼下他还住着单间，她也住在公寓里。他们开始寻找合意

的新房，房产中介给罗杰寄来了一大堆房源信息。他带着露丝看了很多房子，但是要找到满意的住房十分困难。罗杰又联系了更多的房产中介，他们看了一套又一套的住房，对这些住房详加考察，从楼房下的地窖一直看到屋顶上的阁楼。不过，这些住房不是太大了，就是太小了；不是远离喧嚣的中心，就是离中心太近；不是价格太过昂贵，就是需要太多的修补；不是空气太过沉闷，就是过堂风太大；不是光线太暗，就是太过阴冷。罗杰总能挑出房屋的毛病来，然后说房子不合适。总之，他们所看过的房子都很难让他感到满意。于是他情不自禁地征询亲爱的露丝的意见，问她是否愿意住进尽善尽美的房子里，而这样的房子是需要耐着性子去寻找的。找房子真是一件无聊透顶、令人厌倦的活儿。没过多久，露丝就开始怒气冲天了。罗杰乞求她要多点耐心。毫无疑问，他们要寻找的婚房就在某个地方，只要再多坚持一会儿，他们肯定能找到的。他们看了几百套房子，爬了几千阶楼梯，检查了不计其数的厨房。露丝早已疲惫不堪，不止一次大发脾气。

"如果你不尽快找到房子，"她说，"我就要重新考虑我们的关系了。真是的，如果再这样下去，猴年马月我们才能结婚呀？"

"别这么说嘛，"他答道，"我恳求你再多点耐心。房产中介又给我寄来了最新的房源信息，这些都是我们以前不知道的。里面至少有六十套房子呢。"

他们又四处奔波找起来。他们看了更多的房子。两年的时间里，他们一直都在看房子。露丝变得沉默无语，哀婉动人的眼睛蒙上了一层阴郁的神色。人的忍耐力是有限度的。巴娄夫人的耐心堪比天使，但最终还是倒戈反水了。

"你到底想不想和我结婚呀？"她追问道。

她的声音生硬而陌生，但这并不影响罗杰温和地给出回答。

"我当然想和你结婚。只要我们一找到房子，就立刻结婚。顺便说一下，我刚刚听说有套房子非常适合我们。"

"我身体不适，再也不想看什么房子了。"

"亲爱的，你的样子看起来很疲惫。"

露丝·巴娄闭门不出，不愿意再见到罗杰。罗杰不厌其烦地登门问安，不断送花。他一如既往地嘘寒问暖，大献殷勤。每天他都会写信告诉她，他又有合适的房源信息值得一看。一个星期过去了，他收到了她的来信：

罗杰：

我认为你并不是真的爱我。我已经找到了对我关怀备至的意中人，我今天就要和他结婚了。

露丝

罗杰专门派人给她送了回信：

露丝：

你的婚讯令我心碎。受此打击，我将一蹶不振。不过，我最关心的仍然是你能否幸福。随信附上七份房源信息供你查看。

这些信息都是今天早上刚到的，我敢肯定你定能从中找到一套完全合意的房子来。

罗杰

梦

　　1917 年 8 月，由于工作需要，我不得不从纽约前往彼得堡。有人告诫我，为了安全起见，我应该从海参崴借道中转。我早上在那儿上岸，尽可能度过了悠闲的一天。我还记得，火车——西伯利亚火车应该是在晚上九点左右出发。我在车站餐厅独自用餐。餐厅里人满为患，我只好和另一个人挤在一张小餐桌上。这个人的外表使我兴趣盎然。他是俄国人，高个儿，却胖得惊人。由于肚腹十分肥大，他坐着的时候不得不与餐桌保持距离。与他的体形比起来，他的双手显得瘦小，淹没在脂肪堆中。他的黑色长发稀稀疏疏，向后梳得整整齐齐，盖住了头顶秃发的地方。他有一张发黄的大脸，巨大的双下巴上，胡子刮得干干净净，但给人的印象却像是不雅的裸体。他的鼻子很小，就像是那块肥脸上一颗滑稽的小纽扣。他亮闪闪的黑眼睛也很小，可是却有一个红润、性感的大嘴巴。他穿的是一身十分整洁的黑色套服。那件套服尚未破烂，但显得寒碜，似乎第一次穿上后，就再没有熨烫过，也没有洗涤过。

餐厅里的服务很差。要想把服务生叫过来几乎是不可能的。没过多久，我们俩就交谈起来。俄国人说着一口优雅流利的英文。他的口音很重，但并不令人厌烦。他问了我很多问题，我个人的情况，我的旅行计划——除了我当时敏感的工作不得不小心回避外，其他问题我都坦诚回答，带着炫耀，但也有掩饰。我告诉他我是一位记者。他问我是否写过小说，我坦承自己在闲暇时写过。于是他开始大谈当代俄罗斯小说家。他谈吐机智，显然是一位受过良好教育的人。

这时，服务生终于给我们端来了卷心菜汤。我的桌友从口袋里掏出一小瓶伏特加，请我一起喝酒。我不知道究竟是伏特加的作用，还是俄罗斯人天性健谈，他开始高谈阔论、畅所欲言起来。没过多久，我还没有主动问他，他就谈起了他的个人情况。他出身贵族，是一位职业律师，一位激进分子。由于和政府纠葛不断，他不得不经常避往国外，但是这个星期他将奔赴莫斯科。如果我也去莫斯科的话，他将很高兴在那儿见到我。

"你结婚了吗？"他问我。

我看不出这个问题与他有什么关系，但我还是如实告诉他我结婚了。他轻轻地叹了口气。

"我是个鳏夫，"他说，"我的妻子是瑞士人，日内瓦出生。她是一位非常有教养的女性。她的英语、德语、意大利语都说得极好。法语是她的母语，就更不用提了。她的俄语也比普通的外国人说得好，几乎没有任何口音。"

他叫住一个端着托盘、从桌旁经过的服务生。我听不懂俄语，所以我猜想，他在问下一道菜我们还要等多长时间。那位服务生发出一声又快但似乎肯定的回答后，匆匆走过去了。我的桌友叹了口气。

204

"自打革命以来，餐厅里的服务真是糟糕透顶了。"

他点上了第二十根烟。我一边看表，一边想着：我在说话之前，是不是应该好好吃上一顿。

"我的妻子是一位非常出色的女性，"他继续说着，"她在彼得堡最好的贵族女子学校里教外语。我们在一起生活了很多年，非常相亲相爱。然而，她却天性嫉妒。不无遗憾的是，她的爱让我心烦意乱。"

他的样子让我忍俊不禁。他是我见过的长相最丑陋的人。有时候，这个红光满面、天性快乐的胖子身上也有一些吸引人的地方，但是他的臃肿与肥胖却令人厌恶。

"我不会假心假意地说我对她很忠实。因为我与她结婚时，她已经不年轻了。我们当时结婚已有十年。她个头不高，身材苗条，但面色很差。她说话尖酸刻薄，脾气暴躁，占有欲很强。除了她以外，她无法忍受我与其他任何人有亲密接触。她不仅对我认识的女人吃醋，还对我交往的朋友，我的小猫，我的藏书吃醋。有一次趁我不在的时候，她把我的一件大衣给卖了，仅仅因为我最喜欢穿的衣服就是那件大衣。可是我的脾气却非常温和。我无须否认的是，她让我感到不胜烦恼，但是我把她为人苛刻的性格当作天意欣然接纳。我从来都没有想过要抗争，就像我不会去抗争恶劣的天气或感冒头疼一样。只要一有可能，我就对她的不实指控进行否认。如果绝无可能的话，我就耸一耸肩膀，抽上一根烟。

"她持续不断地给我带来的麻烦并没有对我产生很大影响。我兀自过着我自己的生活。有时候，我也确实感到纳闷，她对我的情感究竟是强烈的爱，还是强烈的恨。在我看来，爱与恨真是一对亲密的盟友啊。

"如果不是那天晚上发生了一件非常离奇的事情，我们的关系有可能就这样持续到人生的最后一章。当时，我被她的刺耳尖叫声吵醒。我在惊骇中问她到底是怎么回事。她告诉我，她做了一个可怕的噩梦，梦到了我正要杀害她。我们住在一幢大楼的顶层，楼梯井相当宽敞。在她的梦中，我们沿着楼梯爬到我们家那一层时，我一把抓住她，企图将她从栏杆上扔下去。楼梯顶端离石头地面高达六层，扔下去必死无疑。

"她浑身战栗。我竭尽全力安慰她。但是第二天早晨，还有此后的两三个早晨，她都说自己又做了相同的噩梦。尽管我总是一笑了之，但是我发现这个噩梦已经盘踞在她的脑海中挥之不去了。而我也情不自禁地浮想联翩起来，因为这个噩梦向我展示出了我以前从未怀疑过的事情。她认为我恨她，认为我会设法除去她而后快。她当然知道自己的所作所为令我不堪忍受。显然，她由此想到了我是有能力谋害她的，人的想法真是不可捉摸，我们的脑海里会经常出现一些令我们羞于承认的念头。有时候，我多么希望她和情人私奔而去。有时候，我又多么希望自己遭遇无痛的猝死从而得到解脱。然而，我却从来都没有想过，我会蓄谋卸掉一个难以容忍的包袱。

"这个噩梦给我们两人都带来了特别的影响。它让我的妻子感到恐惧。她不再像以前那样尖酸刻薄，而是变得更加宽容了。可是每当我爬过楼梯来到公寓时，我都不可能不朝栏杆下的楼梯井看过去，同时就想，完成她梦中的事情是多么轻而易举。低矮的楼梯栏杆充满着危险，只要迅速一推，那事儿就完成了，我真的很难将这个念头从脑海里排解出去。几个月后的一天夜里，我的妻子把我叫醒，她又做了那同一个噩梦。她放声大哭起来，问我是不是恨她。我以俄罗斯日历上所有圣人的名义发誓说，我是爱她的！后来她又进入梦乡，我却无法安然入睡了。我躺在那儿，大脑十分清醒。我似乎真的看见她从楼梯的栏杆上跌了下去。我听见她大声尖叫着，砰的一声，重重地摔在石头地面上。我情不自禁地浑身哆嗦起来。"

俄罗斯人停顿了下来，额头上渗出一粒粒的汗珠。他把这个故事讲得精彩流畅，我听得也是聚精会神。酒瓶里还有一些伏特加。他把酒倒出来，一口喝了下去。

"你的太太后来是怎么去世的？"停顿片刻后，我问。

他掏出一块脏手帕，擦了擦额头上的汗珠。

"特别巧合的是，一天晚上她就死在了楼梯井的地面上，脖子被摔断了。"

"是谁最先发现的？"

"是一位房客发现的。惨祸发生后不久，他正好走进大楼。"

"当时你在哪儿呢？"

他的黑色小眼睛闪烁着，朝我投过来的恶意与诡秘的目光真是难以形容。

"那天晚上，我正和一位朋友待在一起。惨祸一个小时后，我才赶到现场。"

这时候，服务生把我们要的一盘肉端了过来。俄罗斯人胃口大开地扑了上去，对着这盘肉狼吞虎咽起来。

我感到十分震惊。他在用这种毫不掩饰的方式告诉我，是他本人谋害了妻子吗？可这个肥头大耳、动作迟钝的人根本就不像是谋杀犯。我无法相信的是，他怎么会有谋杀发妻的勇气？难道他讲的这件事纯粹是对我开了一个充满讥讽的玩笑？

几分钟后，我就出发去赶火车了。我离去后，就再也没有见过他。但我始终拿不准的是，他讲的故事究竟是真人真事，还是只对我开了个玩笑。

食莲者

　　尘世中人，十有八九都为际遇所迫，听命于时运者不可胜数。即便有人怀不足之心，自以为似方枘圆凿，思量着若光景稍异，便本该另有一番作为，却多也安于命运，纵然心性尚未安顿，也终归听天由命了。此等人宛如有轨电车，岁岁年年循途守辙，一朝气力衰竭，沦为破铜烂铁，终究被人弃之如敝屣。而能在股掌间扼命运之喉，勇气俱足者可谓凤毛麟角。偶一遇之，当真要细细品味，切不可等闲视之。

　　正因为如此，我便亟待能与汤姆斯·威尔逊相识。他可是个剑胆琴心之人。论常理，尘埃落定之前，尚不可道输赢，所谓盖棺方可论定。但只听凭我的耳闻，他便已奇卓非凡，我意欲会他一会。都说他寡言内敛，我却料想着，凭借我机敏的言谈，再假以耐心，定能让他敞开心扉。其实，我只想听他亲口说出事实真相。我思忖着，旁人之言难免穿凿浮夸，或浪漫失真，他的经历兴许并非如传言中那般奇特异常。

　　我们终究得以相识之后，我的这般思虑竟也被印证了。适逢八月，我在卡普里岛友人的别墅中度夏。正值日落时分，无论是住在岛上的当地人，还是旅居此处的外国人，大都在露天广场上与相约的友人，就着傍晚的习习冷风倾心相谈。站在广场的露台上，可以将那不勒斯湾尽收眼底。落日浮于海，渐渐没入其中，斜晖不吝灼灼之光，与伊斯基亚岛辉映并丽。此一番绝美景色，世所罕见。我正与友人赏景时，他忽然道：

"你看，那就是威尔逊。"

"在哪？"我问。

"坐在护墙上背对着我们的那个人，穿着一件蓝衬衫。"我举目望去，只见他的背影并不打眼，脑袋挺小，灰色的头发短而稀少。

"要是他能转身就好了。"我说。

"一会儿就转身。"

"请他来摩加诺酒吧，我们喝一杯吧。"

"好啊。"朋友会意。

须臾之间，落日盛景不再，残阳若橙，浸没在酒红色的大海中。我们回转身，背倚着护墙，只见眼前各色人等款款漫步，谈笑声不绝于耳，不禁感到心神激荡起来。又忽闻教堂钟声，虽已暗哑，回音却也透迤婉转，袅袅绕梁。只见这钟楼下有一小径蜿蜒伸向港湾，一段石阶鳞次而上通向教堂。此处可谓是多尼采蒂歌剧中的完美布景，露天广场上的人群谈笑风生，说不定下一刻便会齐声高歌，转眼变成歌剧中的合唱队了，此情此景真是旖旎迷人，如梦如幻。

我一时沉迷在周围的景象中，竟未留意威尔逊已下了护墙，正向我们这边走来。经过我们身旁时，朋友打招呼说：

"嗨，威尔逊，这几日没见你游泳了。"

"我在那边游，换一换口味。"

随后，友人介绍我和威尔逊认识。我们彼此握手，他虽然不失礼数，却也止于礼数罢了。这也难怪，想想有多少素昧平生的人来过卡普里，在他面前打了个照面，可过不了几天或十几天，便从此离岛而去，没了踪影。这时，朋友邀他同饮。

"我正要回去吃晚饭。"他推辞道。

"就不能晚点吃吗？"我忙问。

"当然可以。"他含笑答道。

他的牙齿虽然未必入眼，这一笑却也动人，而且尽显温良与善意。那日他穿着件蓝布衬衫，薄薄的灰色帆布裤子皱巴巴的，很不干净，脚上的帆布鞋也有些年头了。他这一身衣着倒也奇巧别致，很是适时适景，却与他的容颜气质绝不相配。细看之下，他的一张饱经风霜的瘦脸，此时已晒成深棕色，一对苍灰色的小眼睛离得很近，薄薄的嘴唇，面部表情稍显冷峻，却还悦目，灰白色的头发也仔细打理过。这外貌倒也不俗，甚至在他韶华之年，也许虽不苟言笑，但不失英俊帅气。再看这敞口的蓝衬衣与灰色的帆布裤，在他身上却总不相宜，倒更让人猜度，怕是他身穿睡衣时遭了海难，好心的陌生人七拼八凑地周济了些古怪衣服，他就这么胡乱一穿。虽然他这身行头太过休闲随意，却总让人觉得他骨子里是个保险公司的部门经理，天生就该穿件黑色外套，配上椒盐色的长裤，领口露出雪白衬衫，再打条花色相匹的领带。我竟然想象着自己因为丢了手表去他那里索赔保险金的光景。他定是彬彬有礼地查问缘由，而我则惴惴不安地一一作答，可是在他那儿必已断定，此人讨要这样的理赔金，不是傻到极点，便是三流的骗子。

正想着，我们已抬脚移身，缓步穿过广场，沿街一路向前，步入摩加诺酒吧。我们在花园中坐定，周围的顾客操着俄语、德语、意大利语或英语交谈着。点了酒水后，老板娘露西雅夫人款步而来，用低沉甜美的声音与我们寒暄客套。她虽然青春不再，身形发福，但三十年前的绰约风姿犹存于眼角眉梢中。她的美艳曾让画家们倾倒一时，留下了无数画像却都无法传神。她那水灵灵的大眼睛恍若女神赫拉的双目，那如花笑靥凝聚着款款深情厚谊。我们三人坐定后好一阵闲聊，这卡普里岛上总有些长短谈资供人消遣，却也无聊乏味得很，这样不一会儿，威尔逊便起身告辞而去。不久，我们便一路踱步，回友人的别墅吃晚餐。路上朋友问我，对这威尔逊有何看法。

"没什么，"我说，"你以前讲过的他那番经历，我可都不信了。"

"为什么呢？"朋友追问。

"他是做不出那桩奇事的。"

"谁又能说得清别人会做出什么奇事来？"

"我觉得，他就是个地地道道的生意人，靠着金边债券①赚了一大笔钱，然后退隐到这儿。你讲的故事无外乎是岛民们的道听途说罢了。"

"随你怎么想吧。"朋友说。

我们素日里常去一个叫提比略②浴场的海滩游泳。我们乘车一路奔驰，临近时下车步行，穿行在柠檬树丛与葡萄园间，听蝉鸣阵阵，闻着烈日炙烤下林间漫溢的浓浓香气，然后登临崖顶，那儿有一条陡峭的小径蜿蜒通向海滨。过了两日，我们站在悬崖之巅，正欲循小径而下，朋友说：

"瞧，威尔逊回这边游泳了。"

---

① 英国政府通过英格兰银行发行的债务证券，上面印有金边。

② 即提比略·尤里乌斯·凯撒·奥古斯都（前42—37），罗马帝国的第二位皇帝，又译提庇留或提贝里乌斯。

我们便一路咔嚓作响地踩过海滩。这个浴场有一个美中不足之处，海滩上没有软绵的细沙，全都是粗硬的砂石。威尔逊望见我们一路行来，便向我们挥手致意。他叼着烟斗站在那里，只穿了条游泳裤。他身上的皮肤呈深棕色，身材略瘦却无憔悴之态，比起他苍然的面孔与灰白的头发，却更显年轻些。我们一路奔过来身上略感燥热，匆忙换上泳衣后跃入海中。离海滩六英尺的地方，水深竟有三十英尺，却仍清澈见底。水温虽高，却依然觉得神清气爽。

我浮出水面时，见威尔逊正垫着条浴巾趴在沙滩上看书。我点了支烟，踱过来坐在他身边。

"游得尽兴吗？"

他边问边把烟斗夹在书中来标记页码，然后合上书放在身旁的石头上。看得出他也颇想聊上一聊。

"畅快极了，"我答道，"这个浴场真是盖世无双啊！"

"是啊，也怨不得人们总以为此地就是提比略皇帝的大浴场了。"这样说着，他的手便比画着，将一大片半露水上的断墙残壁囊括在内，"不过，名不副实啊。你知道吗？这里不过是他的一座别院罢了。"

这个我还真知道。不过，当别人想跟你聊聊时，你就让他畅所欲言吧。这总会让彼此更加亲近些。你只须耐着性子，听他一诉衷肠。

"提比略，这个可笑的老头，"威尔逊轻声笑道，"如今都说，他的那些掌故逸闻尽是假的，也怪遗憾的。"

接着，他便讲开了提比略。不必说，我也读过苏埃托尼乌斯，对早期罗马帝国的历史也略知一二，他所讲述的内容对我而言并无新意。不过，我却留意到此人并非才疏学浅之人，于是便赞许了一番。

"哦，住到这里后，兴趣便油然而生了，我时间又充裕得很。置身此地，处处能激发思古之幽情，过往景象似历历在目，你甚至觉得自己就真真切切地生活在历史中。"

这里且容我插上一句，现在是 1913 年。此刻的世界悠闲安逸，太平无事，没有人会料想到天地忽变、世无宁日的局面出现。

"你来这里多久了？"我问道。

"十五年了。"他瞥了一眼平静的蔚蓝色海面，薄唇边荡起一丝古怪的微笑，"我对卡普里岛可谓一见钟情。你也一定听说过那个神话般的故事，一个德国人乘坐轮船前往那不勒斯，路过此地只为吃顿午餐，游玩蓝洞，未曾料想这一待却是四十年。嗯，不能说我们俩的所作所为一模一样，但却是殊途同归。不过对我而言，四十年做不到了，待个二十五年也行。这总比蜻蜓点水、走马观花强吧。"

我正欲听他下文，因他方才所言，还果真如我所听到的那般奇特。但恰在此时，我那朋友湿淋淋地冒出水面，因游了一英里而志得意满，我们便也岔开了话题。

此后我又多次与威尔逊邂逅相遇，在露天广场或是在海滩上，他依旧亲切随和，温文尔雅。大家免不了闲谈一番，我发觉他不止对这岛屿了如指掌，对毗连的大陆也知根知底。他学识广博，精通百科，但尤好罗马历史，在这一门，他更是博闻强识。论想象力，他并非出类拔萃之人，论智力亦无过人之处。他虽然常露笑口，但却适时而止，简单的玩笑便可让他尽显幽默。总之，他无非一个常人而已。我对几日前私下言语时他那古怪的说辞一直念念不忘，却也无由再续。一日，我们从海滩上回来，在露天广场打发出租车，吩咐司机五点过来接我们去安娜卡布里。我和朋友筹划着爬上索拉罗山峰，在称心合意的小酒馆里吃晚饭，再一路携月下山，并趁着月圆时刻，美哉乐哉地欣赏夜景。威尔逊在一旁止步稍候。我们刚刚捎了他一路，免得他在炎炎暑气中顶着尘埃步行。我便问他是否愿意一道前往，只不过表面客套而已，并无他意。

"一起来吧。"我发出邀请。

"非常愿意。"他欣然接受。

谁知动身之时，我那友人却抱恙不能同往，自称在水里待的时间过长，再走长路未免太耗精神。如此，我便和威尔逊一起上路了。我们登上山顶，遍览四周广袤美景。入暮时分，我们赶回酒馆后，早已饥渴难耐，大汗淋漓。所幸饭食却是提前吩咐好了，晚餐所吃皆美味佳肴，安东尼奥果然厨艺非凡，酒是他自己葡萄园中的佳酿，度数不高，畅饮犹如饮水一般。我们就着通心粉喝完一瓶，待第二瓶酌尽时，只觉得宠辱皆忘、平生无憾了。我们坐在小园中，头顶上方的藤蔓悬垂着一串串的葡萄，唯我二人独对这熏风清夜。女仆送来意大利软酪和一盘无花果。我又点了咖啡和十足佳[1]——意大利的顶级美酒。威尔逊不喜雪茄，却抽起了烟斗。

"时候尚早，不急动身，"他徐徐说着，"月升中天也还要一个小时。"

"有无明月，关系不大，"我轻松回应道，"我们有的是时间。悠闲正是卡普里岛的妙处之一——时光缓步，且莫匆忙。"

"悠闲难得啊，"他说，"可叹世人不解其味！悠闲乃人生无价之宝。世人愚钝，竟不知悠闲也能成为孜孜以求的目标。若论劳作，世人劳作终究只为劳作，却茫然不知劳作的目的，最终还是为了享受悠闲。"

常有人酒后一时忘情狂言，对世事夸夸其谈。他的这番高论不乏

---

① 原文 Strega，是意大利金女巫利口酒，又译"斯特佳酒"。

真知灼见，却难言新颖原创。我并未接话，只是划了根火柴，悠然点起了雪茄。

"我初次登临卡普里岛时，也是月圆之夜，"他追忆道，"也许和今晚的明月别无二致。"

"你岂会不知，这千古同月。"我微笑道。

他粲然一笑。小园中，唯头顶上方一灯如豆，发出淡淡幽光。晦暗不明中享用酒馔，把盏相谈，却也增添韵致。

"我并非此意。那最初的月夜恍若昨日。一回眸，十五载竟荏苒，仿佛只有个把月的光景。来这之前我从未游历过意大利，某个夏日里得闲便来度假，欲从马赛坐船前往那不勒斯，也顺路逛一逛名城胜地，什么庞贝城，帕埃斯图姆城①，这些你自不陌生，还去了一两处，风物也都别无二致。后来我就登临卡普里岛游览了一周。我打第一眼看到它的靓影后，便魂系此岛了。我是乘船从海上而来，由远及近，一路观赏，随后下大船登小艇，弃舟登岸，置身蜂拥的人群中，满耳都是提行李揽生意的叽咕之音，码头上皆是倾颓飘摇的房屋。奔赴旅馆时的沿途风景，阳台上的晚餐时光——喔，都让我如痴如醉。我的话绝无虚言，我真不知道自己是梦是醒。卡普里岛葡萄酒我素有耳闻，却不曾品尝，一旦畅饮必是大醺。寂夜莅临，人皆散尽，而我独坐露台，观赏皎皎明月从海上升起，眺望维苏威火山云蒸霞蔚，氤氲环绕。现如今，我早已心知那夜的酒不过尔尔，卡普里葡萄酒也是徒有虚名，可当时我对美酒佳酿深信不疑。其实，使我醉而忘返的岂止是那美酒，还有岛上那怡人的风景，那川流不息的人群，那明月与大海，以及旅馆花园中的那株夹竹桃。夹竹桃，我也是相见恨晚啊。"

---

① 意大利古城，靠海，位于那不勒斯东南方85公里处。

这番长论一气呵成，言罢后他顿觉口渴，端杯欲饮，却已酒尽杯空。我便问他是否再来一瓶十足佳。

"那酒也并非好东西，我们来杯葡萄酒吧。真品实货，纯葡萄汁酿造，不伤脾胃，有益健康。"

我又要了葡萄酒，斟杯满盏。长饮一杯后，他轻声嗟叹，甚是快意，继续畅谈。

"次日，我便找到了我们常去的那个海滨，自觉那浴场颇合心意。我还在岛上四处游逛。转到迪贝里欧海岬时，巧逢节日庆典，只见诸多教士簇拥着圣母画像，侍僧们摇晃着香炉一路相随，游行的人群欢声笑语，其乐陶陶，不少人还盛装登场。恰遇一名英国同胞，不免一番打探。'这个呀，是在庆祝圣母升天节^①，'他说，'看样子，这些天主教徒们乐此不疲。不过是个掩人耳目的噱头罢了，其实过的是维纳斯节。都是些异教徒，你知道的。说什么阿弗洛狄忒女神从海上复活啊，就那些花样。'他的这番话倒让我生出异样的感觉，仿佛行路千里也不过梦幻一场，个中况味你应该知道。此后每逢入夜时分，我便乘着朦胧月色，去观赏法拉可列尼礁岩。若命运之神有意让我做个银行经理，就断断不该让我去饱览那美不胜收的夜景。"

"这么说来，你是个银行经理？"我问。

我前番对他的猜度不免有些差池，但只是小有出入罢了。

"对啊，我是伦敦克劳福德分行的经理。我住在亨顿路，上下班甚是方便，三十七分钟足矣。"

---

① 亦称"圣母升天瞻礼"，或译"圣母安息日"。天主教、东正教节日之一，旨在纪念传说中的"圣母荣召归天"。

他深吸了一口烟斗，明灭的火光重新灼烧起来。

"周一清晨我要赶回银行，那夜本是最后一夜。我凝视着遥遥相望的双礁在海水中突兀峥嵘，碧月当空，渔夫们在萤萤渔灯下捕着墨鱼，这一切是多么静丽绰约！我不禁喃喃自问，为何非要踏上归途呢？我当时身无牵绊。四年前，妻子已病殁于支气管肺炎，女儿随外祖母生活。她愚笨老朽，不懂育儿之道，致使孩子罹患败血病，惨遭截肢后却依然无药可医，终究丢了性命，可怜的小东西。"

"太悲惨了。"我感慨道。

"是啊，我终日里痛心伤臆，可想想也罢，若是女儿日夜随我过活，我岂不痛不欲生？话说回来，对我那小女儿，辞世也算是解脱吧，若活下来成了独腿女子，这日后的生活该是怎样的不堪啊。对妻子，我甚是哀怜。我们俩情投意合，相敬如宾。虽说前路已尽，但是否白头相守已不可言。她忧思成性，总怕别人说长道短，却不好出游。对她而言，能去依斯特堡①度假于愿已足。在她有生之年，我从未跨过英吉利海峡一步，你能想象出来吗？"

"不过，你总还有其他亲情牵挂吧？"

"无牵无挂。我是家中独子。家父有一胞兄，在我出世前就远赴澳洲。我孑然一身，普天之下还有谁比我更加伶仃独步？再也没有什么亲情能羁绊我，阻碍我随心所欲了。当时我已虚度了三十四载。"

他曾提及自己定居此岛十五个春秋，如此算来，他眼下应有四十九岁，与我之前的猜度相差无几。

"我十七岁初涉职场，日复一日地规行矩步，唯待退休之日劳碌方休。我扪心自问，如此度日果真值得？若从此担风袖月，在岛上了

---
① 英国东南部城市。

218

此一生，又有何不可呢？卡普里岛便是我的人间仙境。可好歹我也在 生意场上历练几十载，天性又谨小慎微，事到临头免不了逡巡一番。'不行'，我自忖，'岂能如此轻率。明天我照旧回去，再斟酌品度一番。保不准踏足伦敦后，此番心思便也荡然无存了。'我真是蠢不可言，如此这般竟白白荒废了一载。"

"你的心思依然如故？"我追问道。

"我当然初衷不改。工作时我总是魂不守舍，岛上点滴皆念念不忘，海水中畅游，葡萄园中小酌，山峦之巅漫步，登高赏月观海，薄暮时分聆听劳碌一天的人们在露天广场上喁喁清谈。但唯有一事颇使我心存顾虑：天下众生皆以劳劳碌碌为常事，唯独我四体不勤岂不是有违天理？后来我读到一本历史书，作者是马里恩·克劳福德，书中记述了锡巴里斯与克罗托纳双城之事。锡巴里斯人散淡度日，尽享安乐，而克罗托纳人无冬无夏，攻苦食俭。终有一日，克罗托纳人灭了锡巴里斯，将城池夷为平地。时隔不久，又有他国令克罗托纳全城尽毁。锡巴里斯国从此消亡，了无痕踪，不存片瓦，而克罗托纳又何尝不是，唯余一柱孑然而立。读罢，神思顿觉清明。"

"有何说道？"我问。

"无论哪座城池，终不免灰飞烟灭。回念往昔，孰枯孰荣又有何分别呢？"

我无言以对。他继续侃侃而谈。

"不过钱财之虞不可小觑。工龄不足三十年，银行不予养老金；若是提早退休，倒是有笔额外补贴。可是即便领了这笔补贴，再变卖房产，贴上微薄积蓄，却依旧无力买足年金以度余生。如此这般抛家舍业，只为逍遥自在、心悦神怡，到头来却困于用度而忧心如捣，这未免有点愚不可及，枉费心机了。我只想有间小舍，雇个仆人日常打理，存款备足，可买烟丝美食，间或购书为乐，再留余钱以备不虞。此中所需款额我自然心中有数。依此打算，我的全部身家财产正好能购买二十五年的年金。"

"当时你只有三十五岁？"我问。

"是啊，年金正好供至六十岁。毕竟，无人敢自夸能活过花甲，多少人年逾半百便已撒手人寰。人到花甲时，照理该享尽了人世间的富贵荣华。"

"可是，谁又能预见自己正好在花甲之年寿终正寝呢？"我说。

"这个，我倒确实不知。但成事在人嘛，不是吗？"

"换作是我，我就在银行里按部就班，年限届满后再退休走人，坐领年金。"我直言相告。

"那我得劳劳碌碌，直至四十七岁。若是如此，拖着风烛残年，却又如何能在此岛得享安乐呢？眼下我早已过了四十七岁，却依旧钟爱此岛，悠闲自得，一如从前。不过，我这个年龄本应是老态龙钟，不比锦瑟华年时沉湎于千般喜乐之中。你应该知道，身在知命之年，虽然也能如而立之年一样，安享恬逸，杳无尘虑，但个中心境已不可同日而语了。我想趁着气沛神满之时，尽享天乐。漫漫二十五载，其间欢畅之事不胜枚举，这似乎值得压上真金白银，付出代价。我狠下决心静待了一年，一年后，我递交辞呈拿到了补贴，不日便兑了年金来到卡普里岛。"

"二十五年的年金？"

"没错。"

"可曾有过悔恨？"

"从未有过。身家财产贴进，早已钱尽其值。我还余十年光阴。难道你不觉得，悠闲自在二十五载后，不是可以心满意足地告别人世了吗？"

"也许吧。"我应声道。

虽然他没有细说如何绸缪未来，但最终打算却早已形于颜色。友人所述当真不谬，但亲耳听他自剖心曲，此中况味却截然不同了。我偷眼窥视，发现此人身上并无超凡脱俗之处。任谁也不会料到这整肃的外表背后，竟然会有如此惊世骇俗的作为。我并不觉着他如此行事有何不妥，他尽可以兴之所至，恣意生活，即便乖张异常，也并无不可之理。我虽然如此思量，却依旧禁不住脊背一阵寒战。

"有点凉了吧？"他微微笑道，"我们这就下山去。月亮早已爬上了树梢。"

那夜话别时，他邀请我择日去他小舍一坐。两三日后，弄清了他的居所，我便一路漫步，专程拜访。那是一间农舍，位于葡萄园中，远离尘嚣，面向大海。门前矗立一株夹竹桃，硕大无朋，花开正艳。屋内只有两间窄小正房，一间厨房面积更小，另有耳屋以作囤柴之用。卧室陈设简朴，颇似修道士的隐居之所；相形之下，客厅却显得温馨舒适，沁溢着幽幽烟草香气，两张从英国带来的大扶手椅相对而放，一台卷盖式大书桌在旁伫立，一架竖式小钢琴静待一旁，背后架子上满是图书卷册，四壁悬挂着 G. F. 沃茨与雷顿男爵[1]的雕版画。威尔逊的房东是葡萄园的主人，居住在对面山坡上的农舍中。房东太太每日下山为他收拾房间，准备饭食。初次游览卡普里岛时，他便看上了这

---

[1] 沃茨（G. F. Watts, 1817—1904）与雷顿勋爵（Lord Frederic Leighton, 1830—1896）均为十九世纪英国画家。

座房舍，一年后回岛长期租住，一直在此悠然定居。我见钢琴盖儿开着，上面摆着琴谱，便请他弹奏一曲。

"我琴艺不佳，却也一向雅好音乐，随便弹弹便自觉心甜意洽。"

他边说边坐定，开始弹奏贝多芬奏鸣曲中的一个乐章。他弹得并不悦耳。我随手翻了翻琴谱，内中尽为名家之曲，有舒曼、舒伯特的曲子，也有贝多芬、巴赫、肖邦的乐谱。又见饭桌上放着一副纸牌，年深日久早已玩得油渍斑斑。我随口问他会不会玩单人纸牌。

"倒也常玩。"他答道。

一番耳闻目睹之后，我能准确地描画出他在岛上十五载的起居图了。他过的是多么淳朴无邪的生活啊。他畅游海滨，尽兴漫步，虽然早已对当地一草一木熟谙于心，但是对岛上绮丽的景色始终不失热忱。他时时弹弹钢琴，玩玩纸牌，再捧书一读。若是有宴会相邀，他会欣然而往，尽管言谈并无妙趣，却也不失温良，即便遭人冷落，他也一副好性子。他从不拒人千里，但是却极讲分寸，断不会与人亲密无间，举止便略显超然冷僻。他一向朴素恬简，却也相当安逸知足。他平日从不举债一分一毫。想必男女之事也未曾困扰其恬淡之心。即便在盛壮之年，一时同某个纵情山水的女游客露水相逢，我敢断定，他的情愫也不曾失控过。他真是个矢志不渝之人，任何凡尘琐事都难扰其心，难夺其志。能让他激情荡漾的唯有纯美的自然风光。他将人生的幸福寄托在朴素自然的平凡生活中。也许你会说这样的生活方式非常自私狭隘，此话当然不谬。这样的人对世人确实百无一用，但换个角度看，他也绝对不会危害到他人。他平生孜孜不懈，但求个人悠闲快乐，而且早已抵达了悠闲快乐之境。尘寰之中，知道如何去寻求幸福的人不过寥寥，而果能找到幸福的更是屈指可数。他究竟是大智，还是大愚，真的很难定夺。但可以确信，他是个主意既定、心志不乱之人。在我眼里，他的奇特之处就在于他只是个庸常之辈，若不知他的故事，我对这样的人向来过目即忘。因为在此后的十年中，假如他没有被病魔夺走性命，那他就要在大限之日自行了断，告别他深深眷恋着的这个世界了。也许，正因为命终之日始终萦绕在他的心头，他才尽力享受着生命中的每一分钟。

他绝非那种对自述往事上瘾成癖之人，我若不加此一笔，必然于他有失公平。我那友人恐是他唯一倾诉衷肠的对象。他对我作此番促膝之谈，也是料到个中内情我已知八九，加之那夜三杯两盏下肚，他借着酒兴就畅所欲言了。

此后，我的假日已尽，便离开卡普里岛而去。一年后，战争爆发，时过境迁，我亦历尽人间沧桑巨变，再次踏上卡普里岛已是三十年后了。友人回岛安居也有些日子了，但他的家境已不再殷实。他的新居寓所已无待客留宿之处，我便在旅馆中住下。他赶到码头接我下船，我们共进晚餐。席间，我问他新居的确切地址。

"那地方你知道的，"他答道，"就是威尔逊的那座房舍。我扩建了一间，如今倒是个惬意住所。"

岁月流转，我亦为人间诸事所累，威尔逊其人其名早已淹没在如烟尘事中。可刹那间，我蓦地心惊，恍然如梦中醒来。上次相遇晤谈后，他所言及的十年大限必定早已期满。

"他践行承诺自寻短见了吗？"我不禁问道。

"他的故事令人黯然。"

威尔逊的人生筹划并无差池，却偏存一处疏漏。我想，他纵有千虑也难以预见。他未曾料到，二十五年幽居恬谧之地，寄情于山水之中，摒弃一切扰心之事，个性中原有的锋芒便日渐衰钝。人的意志只有遭遇重重阻力才能磨砺出锐气，一旦全无障碍，不费吹灰之力就能得偿所愿，个人欲求皆触手可及，人的意志就会疲软乏力。犹如平日里只在平地上行走，用以攀缘的肌肉就会萎缩退化。这些道理虽为老生常谈，却也算是至理良言。待年金耗尽之后，威尔逊已无果决之心自行了断了。曾几何时，他为了久享和悦恬美的人生，自我许诺以命作押。从我所见所闻来看，威尔逊并不是生性懦弱之人，但他所欠缺的恰是一颗决断之心，此后便日复一日地延宕偷生了。

他长期隐居在岛上，素来按时结账，此后便轻松地赊起账来。他平生从未借钱度日，如今开口求人，忽然发现很多人愿意借他几个小钱。多少年来，他总是准时支付房租，房东太太阿桑塔依旧服侍着他，房东倒也同意他缓交几月。一日他自称有个亲戚病故，由于法律程序烦琐，一笔遗产尚需时日才能到手，导致眼下手头拮据、经济窘迫，大家也都深信不疑。他如此这般巧立名目，竟然也支撑了一年。此后，他就再也无处赊账、无钱可借了。房东给他下了最后通牒，限定他在某月某日必须还清所有拖欠房租。

最后限期到来前，他走进窄小的卧室，关起门窗，拉严帘子，点燃了一盆木炭。次日一早，阿桑塔下山来做早饭，发现他昏迷不醒，却一息尚存。农舍四壁漏风，尽管他忙东忙西地堵住风口，却还是留下了缝隙。看那情形，更像是在最后关头，他虽然深陷绝境，却仍然没有下定必死的决心。威尔逊被送进医院救治，虽然重病一场，最终还是活了过来。不过，也许是昏迷或木炭中毒所致，他的各项官能却从此失控。他倒没有发疯，总不至于非得住进精神病院不可，但他的神志却显然不再清醒正常了。

"我去看他时，"朋友说，"想让他开口说上几句，他却一直用古怪的眼神盯着我看，好像我们以前从来都没有见过似的。他躺在床榻上，样子十分不堪，花白的胡子已有一个星期没有刮过了。可是除了眼睛里的古怪神色外，举止也不算失常。"

"什么样的古怪神色？"

"我真不知道该如何向你描述。困惑不解吧。我打一个未必妥当的比方，假如你向空中扔一块石头，那石块竟然没有落下，却一直悬停在半空中。"

"确实是相当困惑的。"我笑言道。

"说起来，他就是这种眼神。"

他出院后的去向实在难办。他身无分文，又无赚钱的营生。尽管他的财物均已变卖，相比所欠债务却仍是杯水车薪。他是英国人，意大利政府不愿意担责接管，那不勒斯的英国领事又无钱领人。当然，尽可以将他遣返回国，但是回到英国后，又该如何安置他呢？后来，女仆阿桑塔坦言威尔逊是个好雇主，好房客，只要有钱就从不欠账，并主动提出让他睡在自家农舍的木棚里，还愿意提供他免费饭食。他听到这番好意后，没人知道他究竟听明白了多少。阿桑塔接他出院的时候，他默默无语地随她而去。他的独立意志似乎早已泯灭，他就这样仰人鼻息地生活了两年。

"要知道，他这两年的生活真的难言舒适，"友人说，"他住在破旧的棚子里，睡在临时搭起、摇摇欲坠的床铺上，将就地裹着几块毯子。棚子里没有一扇窗户，冬天冰冷刺骨，夏天灼烤炙人。一日三餐粗陋不堪。你也清楚这些农民伙食如何：星期天才吃顿通心粉，往往数月都不知肉味。"

"那他是如何打发日子的？"我问道。

"他在周围山野间四处游荡。有几次我想去看望他，却总也不得一见，因为他远远地看到你，就像兔子一样撒腿就跑。阿桑塔偶尔下山和我闲聊一番，我便周济一些小钱，指望能给他买些烟丝，不过天知道，这些烟丝能不能到他手中。"

"他们待他好吗？"我问道。

"阿桑塔心地善良，待他如孩子一般。恐怕她丈夫没她和气，对他白吃白住怨词颇多。这倒也不是说他心肠冷酷，但他对威尔逊确实有些苛刻，总指使他挑水担水，清扫牛栏，还干些其他家务活。"

"真是太惨了。"我感叹道。

"这是咎由自取啊。毕竟，他只是自食苦果罢了。"

"是啊，世间众生种下了苦涩的莲果，最终只能由自己张口吞下，"我说，"依我看，他的遭遇确实触目惊心。"

又过了两三日，我与友人出门散步。我们沿着橄榄园中的小径信步而行。

"你瞧，威尔逊，"朋友忽然说道，"你不要朝他看，否则会吓到他了。我们继续往前走。"

我低头而行，双眼看着地面，眼角的余光瞥见一人藏在橄榄树后。我们经过时，他一动不动地藏着，但是我觉得他正在偷眼打量着我们。我们走过去之后，便听见身后一阵慌乱的脚步声。威尔逊犹如一头被追逐的猎物，夺路而逃。这一次邂逅，却是我见到他的最后一眼。

去年某日，他终于辞世归天。他熬过了六年困窘的时光。拂晓时分，人们在山坡上发现了他的遗体。他神色安详地躺卧在地，仿佛是在睡梦中恬然而逝。站在他的归天之处，可以远眺海边双峰耸立、名叫法

226

拉可列尼的巨大礁岩。那日夜晚圆月当空，他定是去观赏月色轻笼的礁石。也许，他就是因为耽于月夜之美而命丧黄泉的。